# EINFACH ANDERS GRÜN

## VOM LINKSFAHREN UND ANDEREN ABENTEUERN

BRITTA FREEMANTLE

**Biografische Informationen der Deutschen Nationalbibliothek**

Die Deutsche Nationalbibliothek verzeichnet diese Publikation in der Deutschen Nationalbibliografie; detaillierte bibliografische Daten sind im Internet unter www.dnb.de abrufbar.

Korrektorat und Lektorat: Christina Hertz

Coverdesign: Designstack Ltd.

**Erschienen unter dem Label Dancing Willow Press**

Verlag: BoD · Books on Demand GmbH, Überseering 33, 22297 Hamburg, bod@bod.de

Druck: Libri Plureos GmbH, Friedensallee 273, 22763 Hamburg

**Zweitauflage 2025**

ISBN: 978-3-7693-7730-9

 Formatiert mit Vellum

*Für Tony und Rosemary*
*Danke für alles!*

# KAPITEL 1
# BRITTAS EXIT

Die deutsche Sprache ist die unangefochtene Königin der zusammengesetzten Substantive. Kein anderes Volk schafft es, zwei oder mehr Wörter so nahtlos ineinander zu verschmelzen und dabei neue Begriffe zu kreieren, die eine ganze Welt an Bedeutung in sich tragen. Wir sprechen hier nicht von banalen Kombinationen wie "Handtasche" oder "Wurstbrot" – obwohl diese durchaus ihren Charme haben –, sondern von solchen Meisterwerken wie "Fingerspitzengefühl" oder "Lebensabschnittsgefährte". Mein persönlicher Favorit aber: "Wahlheimat". Es beschreibt das Land, das man nicht durch Geburt, sondern durch eine bewusste Entscheidung zu seinem Zuhause gemacht hat. Ein Wort, das irgendwie nach Romantik und Abenteuer klingt – und gleichzeitig ein bisschen nach Formularen und Behörden.

Wahlheimat ist ein Begriff, der sich nicht so leicht übersetzen lässt. Würde ich versuchen, das Konzept meinen englischen Freunden zu erklären, wäre die Antwort meist ein Stirnrunzeln und ein verwirrtes "Do you mean your second home?" Nein, liebe Briten, mein Wahlheimatland ist kein Ferienhaus an der Küste, sondern der Ort, an dem ich irgendwann beschlossen habe, mein Leben zu leben. Und wie so oft im Leben – man plant, Gott lacht. Was ursprünglich nur als ein Abenteuer von einem Jahr gedacht war, wurde zur über zwanzigjährigen Odyssee.

Über zwei Jahrzehnte, in denen ich nicht nur eine neue Sprache und neue Traditionen gelernt habe, sondern auch neue Arten der Verwirrung – zum Beispiel die britische Leidenschaft für das Wetter. Und glauben Sie mir, es gibt kaum eine Lebenslage, die ein Engländer nicht mit einem Wettergespräch einleiten kann. Gerade frisch ins Land gezogen, dachte ich zunächst, diese Höflichkeit sei ein Zeichen besonderer Gastfreundschaft. Bis ich merkte, dass sie auch untereinander – und das ständig – über Regen, Wind und Sonnenschein philosophieren. Der Wetterbericht hier ist weniger eine Prognose als eine Form der Nationalliteratur.

Doch zurück zur deutschen Sprache. In meinem Heimatland existiert auch ein wunderbares Wort, das dem britischen Humor hätte entsprungen sein können: Schadenfreude. Sie beschreibt die Freude am Missgeschick anderer, und auch wenn sie ein moralisch fragwürdiges Konzept sein mag, ist sie doch Teil unserer kulturellen DNA. Wer also behauptet, dass die Deutschen keinen Sinn für Humor haben, sollte einmal eine Runde "Dinner for One" mit uns schauen. Aber natürlich nur an Silvester. Die deutsche Liebe zu Traditionen kennt eben keine Grenzen.

Während meiner ersten Jahre in England hatte ich das Gefühl, ein bisschen ähnlich wie "Schadenfreude" zu sein – ein Fremdkörper, den man nicht so recht einordnen kann, der aber irgendwie dazugehört. Mit der Zeit wurde England jedoch zu meiner Wahlheimat, und ich begann zu verstehen, dass das Gras auf der anderen Seite nicht grüner ist. Es ist einfach anders grün. Manchmal ein bisschen fleckig, manchmal von Schafen zertrampelt, aber immer voller Geschichten und Eigenarten, die ich mittlerweile genauso liebe wie die Landschaft, in der ich aufgewachsen bin.

Dieses Buch ist mein Versuch, diese Geschichten festzuhalten – humorvoll, ehrlich und hoffentlich unterhaltsam. Es ist die Geschichte einer Deutschen, die auszog, das englische Leben zu lernen, und dabei nicht nur neue Gepflogenheiten, sondern auch viel über sich selbst entdeckte. Also, setzen Sie sich, machen Sie es sich bequem und vergessen Sie nicht: Tee trinkt man hier mit Milch. Alles andere wäre barbarisch.

### Der Anfang einer lebensverändernden Entscheidung

Meine Entscheidung, Deutschland zu verlassen und England zu meiner neuen Heimat zu machen, war natürlich keine spontane Eingebung. Es war nicht so, dass ich plötzlich dachte: „Schluss mit Bratwurst und Sauerkraut – her mit Gin und Sandwiches!"

Nein, das war ein Prozess, der langsam Gestalt annahm, wie eine Tasse englischer Tee, die erst nach einer Weile ihre volle Stärke entfaltet. Und alles begann 1996, auf einer Busreise durch den Südwesten Englands mit meiner CVJM-Jugendgruppe.

Damals reisten wir, wie es sich für eine Jugendgruppe gehört, in einem Reisebus, der ungefähr so alt war wie Stonehenge selbst – und mindestens genauso unbequem. Unser Fahrer war ein gewisser Tony, ein freundlicher Engländer mit einem trockenen Humor und einem unerschütterlichen Vertrauen in die britische Straßeninfrastruktur, das mich angesichts der engen Landstraßen ehrlich beeindruckte. Wenn den Bus nur ein Zentimeter von dem Steinwall trennte, sagte Tony lässig:

„Passt schon. Die Steine stehen hier schon 500 Jahre, die fallen wegen uns nicht um."

Eines der Highlights der Reise war unser Picknick im Garten der Kirchengemeinde in Wincanton. Es war ein typischer englischer Nachmittag – also: Wolken, leichter Nieselregen und ein hartnäckiger Wind, der die Picknickdecken ständig durcheinanderwirbelte. Doch wir ließen uns nicht beirren. Während wir uns die selbstgeschmierten Sandwiches schmecken ließen, bereiteten wir uns auf ein kleines Konzert vor, das wir der Gemeinde als Dankeschön geben wollten.

Ich spielte damals Gitarre – oder besser gesagt: Ich versuchte, mit einem Haufen schräger Töne so zu tun, als könnte ich es. Unsere Jugendgruppe gab ihr Bestes, und trotz der musikalischen Pannen schien das Publikum begeistert. Ein älteres Gemeindemitglied sagte sogar:

„Das war lovely!"

Wobei ich bis heute nicht weiß, ob das höfliche Zurückhaltung oder echtes Lob war.

Nach dem Konzert, als wir alle erschöpft, aber zufrieden im Garten saßen, kam ich mit Tony, unserem Busfahrer, und seiner Frau Rosemary ins Gespräch. Sie waren ein unglaublich freundliches Paar, das sofort eine

Vertrautheit ausstrahlte, als hätte ich sie schon mein ganzes Leben gekannt. Rosemary erzählte Geschichten von ihren Reisen und wie sie es liebte, neue Leute kennenzulernen, während Tony mit einem trockenen „Ja, und ich fahre sie dann immer überall hin" kommentierte.

Irgendwann fragte Rosemary:

„Und wie gefällt dir England bisher?"

Ich erzählte von unserer Reise und dass ich zum ersten Mal auf der Insel war. Sie nickte und sagte mit einem Lächeln:

„Nun, du hast dir eine gute Gegend ausgesucht, um England kennenzulernen. Hier im Südwesten leben die besten Leute."

Tony schmunzelte und ergänzte:

„Und die engsten Straßen."

Es war ein Gespräch, das irgendwie länger dauerte als geplant. Wir redeten über alles Mögliche – Musik, die Unterschiede zwischen Deutschland und England, und warum Engländer scheinbar zu jeder Tageszeit Tee trinken können. Am Ende tauschten wir Adressen aus, was damals bedeutete, dass man sich tatsächlich Briefe schrieb, nicht nur Instagram-Namen tauschte. Und so begann eine kleine, aber besondere Brieffreundschaft.

In den nächsten Jahren schrieben wir uns regelmäßig. In jeder Brieflieferung steckte eine neue Anekdote aus Wincanton – Geschichten über das Gemeindeleben, kleine Alltagsdramen und natürlich Tonys neueste Erlebnisse als Busfahrer. Rosemary schrieb so lebendig, dass ich mir ihr Leben in England bildlich vorstellen konnte.

Ich besuchte die beiden sogar ein paar Mal. Bei jedem Besuch wurde ich von Rosemary mit hausgemachtem Kuchen und Tonys trockenem Humor empfangen.

Irgendwann, nachdem unsere Freundschaft gewachsen war und sie mehr über mein Leben und meine Pläne erfahren hatten, boten sie sich an, meine Gasteltern zu werden. Es war ein Angebot, das mich tief berührte. Ihre Herzlichkeit und Offenheit machten die Entscheidung leicht, und so wurde aus dieser zufälligen Begegnung auf einer Jugendgruppenreise eine Verbindung, die mein Leben veränderte.

Die Bekanntschaft mit Tony und Rosemary war nicht nur der Beginn einer wunderbaren Freundschaft, sondern auch der erste Schritt in ein neues Leben. Ohne sie hätte ich England vielleicht nie in Erwägung gezogen. Sie waren ein Stück Heimat in einem fremden Land, ein Beweis dafür, dass manchmal die einfachsten Begegnungen den größten Einfluss haben können – vor allem, wenn sie von einem Gartenpicknick und einem schiefen Gitarrensolo begleitet werden.

Tony sagte bei einem meiner späteren Besuche einmal:

„Das Leben ist wie ein Roadtrip – man weiß nie, wen man unterwegs trifft. Aber wenn's passt, dann passt's."

Und wie recht er hatte.

### Verlassen der Heimat

Ich hätte schon alleine bei der Ausreise aus der Heimat hellhörig werden sollen, denn das Universum schien alles zu tun, um mich dort festzuhalten.

Tony und ich fuhren früh am Morgen los. Es dauerte nicht lange, den Lieferwagen zu beladen. Mein Fahrrad, meine Gitarre und ein paar Klamotten waren damals meine wertvollsten Besitztümer. Der Transit war nicht einmal halb voll.

Ich verabschiedete mich von meinen Eltern und dann ging die Reise ins Ungewisse los.

Ein letzter Blick auf den Fluss, als wir die Brücke über der Lahn passierten. Ein letzter Blick auf die alte Kirche mit ihren schönen Glasfenstern. Ich hörte etwa eine Stunde lang nicht auf zu weinen. Der Abschied von dem Ort, den ich zweiundzwanzig Jahre lang mein Zuhause genannt hatte, war viel schwerer, als ich gedacht hatte.

Ich muss wohl eingeschlafen sein, denn das Nächste, an das ich mich erinnere, ist, dass wir in Belgien, nur wenige Kilometer hinter der deutschen Grenze, an einer Raststätte anhielten. Wir stiegen aus dem Wagen und aßen die Käsebrote, die ich am Abend zuvor belegt hatte. Nach zwanzig Minuten waren wir bereit, die Fahrt fortzusetzen. Jetzt war ich mit dem Fahren dran. Ich drehte den Schlüssel im Zündschloss – nichts passierte.

„Was ist los?", erkundigte sich Tony.

„Ich weiß es nicht. Der Wagen springt nicht an."

„Schalte alles aus, ziehe den Schlüssel ab und starte erneut."

Ich tat, wie mir gesagt wurde. Ich steckte den Schlüssel wieder ins Zündschloss und drehte ihn, aber nichts passierte. Ich versuchte es noch ein paar Mal.

„Lass mich mal versuchen", sagte Tony. Wir stiegen beide aus und tauschten die Seiten. Tony versuchte es ebenfalls ein paar Mal, aber es passierte immer noch nichts.

„Der Motor springt nicht einmal an. Ich schaue mal unter die Motorhaube. Kannst du ihn anlassen, wenn ich es dir sage?", bat mich Tony und stieg wieder aus dem Wagen. Wir versuchten mehrmals, den Motor zu starten, aber ohne Erfolg. Tony stieg wieder in den Wagen ein.

„Was machen wir jetzt?", fragte ich.

„Ich glaube, man hat mir bei der Autovermietung gesagt, ich solle eine bestimmte Nummer für Pannen im Ausland anrufen. Ich bin mir nicht sicher, aber ich glaube, sie haben die Nummer im Handschuhfach." Tony öffnete es und holte ein schwarzes Lederportemonnaie heraus. Er kramte darin herum, bis er eine kleine Karte fand, auf der RAC stand. Er wählte die Nummer von seinem Handy aus.

„Ah, hallo. Guten Morgen. Ich habe einen Lieferwagen von U-Drive gemietet, der in Belgien eine Panne hatte. Ich wollte meine Bekannte aus Deutschland abholen. Wir haben mehrmals versucht, ihn zu starten. Ich habe mir den Motor angeschaut, aber ich kann keinen Fehler feststellen."

Die Dame am anderen Ende der Leitung fragte nach dem Kennzeichen des Fahrzeugs und dem genauen Standort, und nach ein paar Minuten legte Tony auf.

„Und? Was hat sie gesagt?", fragte ich erwartungsvoll.

„Sie sagte, dass sie eine Pannenhilfe für uns organisieren und wir hier warten sollen."

„Wie lange wird das dauern?"

„Das hat sie nicht gesagt." Ich hörte an Tonys Stimme, dass er sich langsam ärgerte. Wir sollten die Fähre um vier Uhr nachmittags erreichen, und es sah so aus, als würden wir es nicht schaffen.

Eine Stunde später kam ein sehr schlaksig aussehender Mann mittleren Alters in einem Pick-up-Truck an. Er war ziemlich groß, hatte braunes, lockiges Haar und ein Gesicht wie ein Donnerwetter. Er trug einen blauen, ölverschmierten Overall.

„Parlez-vous anglais?", fragte ich in meinem Schul-französisch, aber er schüttelte den Kopf.

„Parlez-vous allemand?" fragte ich, obwohl ich kaum Chancen sah, dass er Deutsch sprach, und er schüttelte wieder den Kopf. Es gelang mir nicht, die Sprachbarriere zwischen uns zu durchbrechen.

Er öffnete die Motorhaube und sah sich den Motor an. Er gab Tony ein Zeichen, den Schlüssel zu drehen. Dann begann er, um das Fahrzeug herumzugehen. Er holte sein Handy heraus und sprach mit jemandem. Er schüttelte immer wieder den Kopf und fuchtelte mit der freien Hand in der Luft herum. Schließlich hängte er uns an seinen Pick-up und schleppte uns zu einer kilometerweit entfernten Werkstatt in einem sehr abgelegenen belgischen Dorf.

Er führte uns in einen riesigen Metallschuppen, an dessen Ende wir ein Büro erblicken konnten. Dort deutete er auf die beiden Stühle vor dem Schreibtisch und verschwand dann.

„Wo sind wir?", fragte ich Tony.

„Ich weiß es nicht genau. Ich hoffe, deine Eltern haben genug Geld, um das Lösegeld zu bezahlen", sagte Tony mit einem leichten Lachen.

Wir saßen eine Weile schweigend da, als der Mann wieder auftauchte, gefolgt von einer Frau. Sie sah recht schlicht aus und hatte glattes braunes Haar, das zu einem Bob geschnitten war. Sie muss Ende dreißig oder Anfang vierzig gewesen sein. Auch sie konnte keine der Sprachen verstehen, die ich ihr anbot. Bis zu diesem Tag dachte ich, dass man in Belgien Französisch spricht oder zumindest versteht, aber das war nicht der Fall, zumindest nicht in diesem Dorf, wo auch immer es sich befand.

Es gab viele Diskussionen zwischen ihr und dem Mann, von dem ich annahm, dass es ihr Ehemann war, und eine endlose Anzahl von Anrufen.

Nach sechs Stunden bewegte sich der mürrische Mann auf seinen Pick-up zu und forderte uns auf, vorne Platz zu nehmen. Wir waren sehr erleichtert.

Um zehn Uhr abends kamen wir in Calais an. Der Lieferwagen wurde auf die Fähre geschleppt, und wir konnten endlich an Bord etwas essen. Die Überfahrt dauerte fast zwei Stunden, da die See rau war. In Dover wartete ein weiterer RAC-Lkw auf uns. Dieser schleppte uns den ganzen Weg zurück nach Somerset, wo wir um drei Uhr nachts ankamen.

Dieses Jahr wird mein fünfundzwanzigstes Jahr auf dieser wunderbaren, außergewöhnlichen und eigenwilligen Insel sein. Eigentlich wollte ich nur ein Zwischenjahr einlegen, aber ich glaube, John Lennon hat einmal gesagt: „Das Leben ist das, was dir passiert, während du damit beschäftigt bist, andere Pläne zu machen."

Ich hatte keine Ahnung, welche Pläne das Leben für mich bereithielt.

## Wincanton: Ein Dorf wie ein gemütlicher Wollpullover

Wincanton im Jahr 2000 war ein Ort, der sich anfühlte, als hätte jemand die Zeit auf "Teepause" gestellt. Es war klein, freundlich und so entspannt, dass ich fast das Gefühl hatte, der Ort könnte sich jederzeit in einen Sessel zurücklehnen und anfangen zu schnarchen. Die Hauptstraße war das Herz des Städtchens – gesäumt von Läden, die alle irgendwie ein bisschen altmodisch und ein bisschen einladend waren. Es gab einen Bäcker, der immer fröhlich lachte, eine kleines Café mit quietschenden Dielen und einen Supermarkt, in dem man immer jemanden traf, der genau wusste, was man letzte Woche eingekauft hatte.

Doch Wincanton hatte seine ganz besonderen Eigenheiten. Die Bücherei zum Beispiel war wie eine kleine Zeitmaschine. Der Duft nach alten Büchern, die Regale, die sich fast bis zur Decke türmten, und die leise Stimme der Bibliothekarin, die „Psst" flüsterte, auch wenn niemand sprach. Es war ein magischer Ort – und gleichzeitig ein bisschen einschüchternd, denn die Titel waren natürlich alle auf Englisch, und mein Schulenglisch war in etwa so hilfreich wie ein Kompass ohne Nadel.

„Excuse me, where can I find Dan Braun?" fragte ich einmal. Die Bibliothekarin sah mich mit einem freundlichen Lächeln an.

„Oh, you mean ‚Dan Brown!" Sie führte mich zu einem Regal, wo eine verstaubte Ausgabe von „The Da Vinci Code" stand. Das war der Moment, in dem mir klar wurde, dass nicht nur mein Englisch, sondern auch meine deutsche Aussprache hier einer kleinen Anpassung bedurfte.

Die Menschen in Wincanton waren unbeschreiblich höflich. Egal, wo man hinkam, man wurde mit einem breiten Lächeln und einem warmen „Hello, love!" begrüßt. Das klang so herzlich, dass ich beim ersten Mal überlegte, ob ich die Person vielleicht tatsächlich aus einem früheren Leben kannte. Beim Einkaufen wurde jedes Gespräch mit einem „How are you?" eingeleitet, und ich hatte lange das Gefühl, dass ich wirklich darauf antworten musste. Erst später lernte ich, dass es in England eher eine rhetorische Frage ist – was mich unzählige Minuten an missverständlichem Smalltalk gekostet hatte.

Trotz allem hatte Wincanton einen Charme, der sich nicht leugnen ließ. Die Menschen hatten eine Art, einen Willkommen zu heißen, die sich nicht aufdringlich, sondern einfach echt anfühlte. Und die Langsamkeit – ja, die war gewöhnungsbedürftig, aber irgendwann auch tröstlich. Es war, als ob der Ort selbst sagte: „Mach dir keinen Stress, hier hat niemand Eile.“

**Home sweet home**

Da ich Rosemary und Tony ja schon öfter besucht hatte, bevor ich mich entschloss, ganz nach England zu ziehen, waren mir einigen Tücken von englischen Häusern schon bekannt. Damit permanent zu leben, war allerdings eine andere Herausforderung.

Das Badezimmer war keine bloße Nasszelle – es war ein interaktives Museum der Sanitärkultur. Eine Zeitreise direkt zurück in die 1970er, wenn nicht gar in die späten 60er. Alles war in einem satten Altrosa gehalten, als hätte jemand mit einem riesigen Pinsel großzügig durch den Raum gewischt. Die Wanne? Altrosa. Das Waschbecken? Natürlich auch altrosa. Selbst die Kacheln, die eigentlich ein mildes Türkisgrün sein sollten, schienen sich ihrem rosafarbenen Schicksal ergeben zu haben und schimmerten je nach Lichtstimmung in einem undefinierbaren Pastellton.

Eine Dusche? Fehlanzeige. Wozu auch, wenn man eine königliche Badewanne hatte, die mitten im Raum thronte wie ein Denkmal britischer Badekultur? Die glänzenden, aber leicht angelaufenen Armaturen verliehen dem Ganzen eine elegante Patina, als wollten sie sagen: „Wir haben hier schon so einiges erlebt."

Daneben stand ein bescheidenes Waschbecken, ebenfalls in Altrosa – natürlich mit zwei separaten Wasserhähnen. Einer für kaltes Wasser, das einer arktischen Gletscherquelle Konkurrenz machte, und einer für heißes Wasser, das ohne weiteres als Notfall-Teekocher hätte durchgehen können. Eine Mischbatterie? Pah! Das wäre ja geschummelt. Hier war echtes Geschick gefragt! Die Kunst bestand darin, blitzschnell zwischen den beiden Hähnen hin und her zu jonglieren, um sich nicht entweder die Finger zu verkühlen oder gleich die oberste Hautschicht wegzubrennen. Eine britische Spezialdisziplin, die offenbar schon im Kindesalter trainiert wurde.

Und dann das Haarewaschen – eine Disziplin für sich. Keine einfache Angelegenheit mit fließendem Wasser von oben, oh nein! Hier musste ich mich erst einmal in die geräumige Wanne bugsieren, dann einen seltsamen Schlauch mit zwei Enden aus einer Schublade kramen und ihn kunstvoll über die Wasserhähne stülpen. Mit zittrigen Fingern drehte ich vorsichtig auf, immer in der Hoffnung, die perfekte Mischung aus „Eiskalt" und „Vulkanlava" zu treffen, bevor mein Kopf entweder zu einer gefrorenen Skulptur oder zu einem dampfenden Krater wurde.

Kurz gesagt: Die tägliche Waschroutine war kein simples Ritual. Sie war ein Abenteuer, eine Mutprobe und ein Crashkurs in britischer Ingenieurskunst – alles in einem. Und wer es schaffte, sich hier unfallfrei die Haare zu waschen, konnte sich wirklich mit Fug und Recht als Meister der Wasserhahn-Akrobatik bezeichnen.

Eine weitere Herausforderung waren die Fenster. Ja,

die Fenster! Ich lebte nun in einem etwa 16m² großen Zimmer, und es gab genau ein Fenster – zur Straße hin, mit Blick auf vorbeirauschende Busse und das pralle englische Wetter. Die Fenster waren einfach verglast, aber doppelt vorhanden – eine geniale Konstruktion namens Schiebefenster. Der Rahmen? Ein kunstvoll von Holzwürmern durchlöcherter Zeitzeuge vergangener Jahrhunderte.

Bei starkem Wind oder auch nur beim Öffnen der Zimmertür wackelte das Fenster so dramatisch, dass ich jedes Mal sicher war, gleich würde es entweder von alleine aufspringen oder mir ein musikalisches Solo in klirrendem Moll präsentieren. Wenn draußen ein Bus vorbeifuhr, hatte man das Gefühl, mitten auf der Straße zu stehen – inklusive gratis Diesel-Aromatherapie.

Das Öffnen war eine echte Fingerfertigkeitsprüfung. Zunächst musste man einen silbernen Hebel am unteren Rahmen umlegen, ohne dass das Fenster beleidigt reagierte. Dann galt es, die erste Scheibe vorsichtig nach oben zu schieben – aber nicht zu schnell, sonst sprang sie aus der Führung und lieferte eine potenzielle Bewerbung für „Britain's Got Talent" als fliegendes Geschoss. Hatte man das überlebt, kam der zweite Teil des Manövers: die zweite Scheibe nach unten schieben, um etwas frische Luft ins Zimmer zu lassen. Wobei „frisch" relativ war – bei dieser Konstruktion gab es ohnehin konstant Zugluft, ob man wollte oder nicht.

Egal wie ich es anstellte, die Fenster waren entweder zu oder zu viel offen. Aber immerhin hatte ich so morgens einen natürlichen Weckdienst: das Klappern, Rütteln und Pfeifen des Windes sorgte dafür, dass ich spätestens um sieben hellwach war – ob ich wollte oder nicht.

Und wo wir gerade beim Thema Luft sind. Einen Fön zu benutzen ist in England auch schwieriger als gedacht.

Ich stand mit tropfenden Haaren in meinem Zimmer, der Fön in der einen Hand, der Stecker in der anderen. Mein Haar tropfte auf den Teppich, mein Rücken begann langsam zu frieren, und meine Geduld war am Ende. Ich hatte den Stecker in die Steckdose gesteckt, auf den Einschaltknopf des Föns gedrückt – und nichts. Keine warme Luft, kein leises Summen, gar nichts.

„Na toll", murmelte ich, „erst diese Fenster, jetzt auch noch die Steckdosen! Gibt es hier irgendwas, das einfach funktioniert?"

In diesem Moment klopfte es an der Tür, und Rosemary steckte den Kopf herein. „Alles in Ordnung, Liebes?"

„Nein! Mein Fön geht nicht!" Ich hielt ihr das Gerät entgegen, während mir eine kalte Wassersträhne ins Gesicht lief.

Rosemary lachte. „Hast du den Schalter an der Steckdose umgelegt?"

„Den was?" Ich drehte mich um und betrachtete die Steckdose genauer. Und da war er – ein kleiner roter Kippschalter direkt daneben. Ich hatte ihn für eine Art Dekoration gehalten oder vielleicht für einen Geheimschalter, der einen Geheimgang zur königlichen Teekammer öffnete.

„Das ist ja verrückt!" rief ich aus und drückte den Schalter um. Augenblicklich begann mein Fön zu summen. Ich sah Rosemary an. „Warum zum Teufel haben eure Steckdosen einen An- und Ausschalter?"

„Nun", sagte sie schmunzelnd, „das spart Energie und verhindert, dass du dich versehentlich mit deinem Fön strangulierst."

Ich betrachtete die Steckdose immer noch ungläubig. „Also muss ich jedes Mal, wenn ich etwas einstecke, diesen Schalter betätigen?"

„Genau", bestätigte Rosemary und zog dann ihren eigenen Fön aus der Tasche. Ihr Stecker war ein massives dreizackiges Ungetüm, so groß, dass man es vermutlich als Notfallhammer für Autounfälle benutzen konnte.

„Warum sind eure Stecker so riesig?" fragte ich, während ich ihn in die Hand nahm und sein Gewicht testete.

„Britische Ingenieurskunst, Liebes! Sicher und stabil. Deutsche Stecker sind doch nur dünne Stäbchen."

Ich betrachtete mein winziges deutsches Ladegerät, das im Vergleich zu ihrem monströsen Stecker aussah wie ein Spielzeug. „Man könnte mit dem Ding jemanden bewusstlos schlagen", murmelte ich.

Rosemary lachte. „Genau! Und wenn du mal mitten in der Nacht angegriffen wirst, kannst du einfach den Schalter umlegen und den Angreifer mit dem Stecker k.o. schlagen."

Während die warme Luft endlich meine nassen Haare trocknete, dachte ich über all die kleinen Eigenheiten dieses Landes nach. Fenster, die klapperten, Steckdosen, die man erst anschalten musste, und Stecker, die man als Wurfgeschosse nutzen konnte – England war wirklich eine Welt für sich. Aber trotz all dieser technischen Überraschungen gab es eine viel größere Herausforderung: Menschen kennenzulernen.

Denn während ich langsam lernte, mit britischen

Haushaltsgegenständen umzugehen, blieb eines schwierig – echte Kontakte zu knüpfen. Es war nicht so, dass die Engländer unfreundlich waren, im Gegenteil. Sie waren höflich, zuvorkommend und immer für ein kleines Gespräch über das Wetter zu haben. Aber dabei blieb es oft. Ich konnte mich in noch so vielen Warteschlangen unterhalten oder Small Talk mit Nachbarn führen – am Ende ging jeder wieder seiner Wege.

So sehr ich mich bemühte, es blieb ein bisschen wie die britischen Schiebefenster: Man konnte sie ein Stück öffnen, aber eine richtige Verbindung herzustellen war schwieriger, als es auf den ersten Blick schien.

# KAPITEL 2
# ERSTE KONTAKTE

In meiner ersten Woche in England nahmen mich Tony und Rosemary auf den Geburtstag von Rosemarys Tante Florence mit – eine Einladung, der ich höflich, aber mit leichter Nervosität zusagte. „Es wird ganz entspannt, nur ein kleiner Afternoon Tea," hatte Rosemary versprochen, während sie mir bedeutungsvoll zublinzelte. Damals wusste ich noch nicht, was Afternoon Tea genau war, aber ich stellte mir etwas vor, das einer deutschen Kaffeetafel entsprach: große Tortenstücke, viel Lachen und vielleicht auch ein bisschen Chaos.

Doch ich war nicht vorbereitet auf das, was mich tatsächlich erwartete.

Tante Florence lebte in einem kleinen Häuschen, das wie aus einem Bilderbuch stammte. Die Zimmer waren voller Spitzendeckchen, Vasen mit Blumen und Bildern ihrer Kinder und Enkel. Alles hatte einen zarten, fast zerbrechlichen Charme – genauso wie die Damen, die schon versammelt um einen großen, runden Tisch saßen. Es waren etwa acht ältere Damen, jede perfekt gekleidet, mit Perlenketten und Pullovern, die so ordentlich gebügelt waren, dass man sich kaum traute, daneben zu sitzen. Und auf dem Tisch: feines Porzellan, blumig bedruckt, in einem Muster, das selbst meine Großmutter als „besonders schick" bezeichnet hätte.

Dazu die kleinsten Kuchenstücke und Sandwiches, die ich je gesehen hatte.

„Das ist Afternoon Tea," flüsterte Rosemary, als sie meinen erstaunten Blick bemerkte. „Manchmal auch als 'High Tea' bezeichnet – aber das hier ist die klassische Variante. Kleine Häppchen, dazu Tee mit Milch. Ganz traditionell."

Ich nickte, obwohl mir noch immer nicht ganz klar war, warum man Kuchenstücke so klein schnitt, dass man sie mit einem Happen essen konnte, anstatt sie genussvoll zu zerteilen. Es fühlte sich an, als wäre ich in eine Welt eingetreten, in der alles ein bisschen zu klein und zu zart war – außer der Freundlichkeit der Anwesenden.

„Ach, du bist also die neue Mitbewohnerin von Rosemary und Tony?" fragte eine Dame mit freundlicher Stimme. Sie hieß Margaret, wie ich später erfuhr, und war genauso herzlich wie neugierig.

„Yes, I am… ähm… their… äh… guest," stammelte ich und versuchte, das richtige Wort zu finden.

„Oh, how lovely! And where are you from, dear?" Margaret beugte sich interessiert vor. Alle Augen waren plötzlich auf mich gerichtet. Es fühlte sich an, als säße ich auf einer Bühne.

„I am from… Germany," antwortete ich und versuchte zu lächeln, obwohl ich spürte, wie mein Gesicht langsam die Farbe einer reifen Tomate annahm.

„Germany!" rief eine andere Dame, die mir später als Doris vorgestellt wurde. „I've been to Germany once! We went to Düsseldorf. Such a lovely place! Do you live near Düsseldorf?" Sie beugte sich vor und sah mich erwartungsvoll an.

„Uhm… no… not near Düsseldorf. I live in Lahnau," erklärte ich, in der Hoffnung, dass jemand den Ort kennen würde.

„Lahnau?" fragte Doris. „Is that in Bavaria?"

„No… not Bavaria. It's… near Frankfurt," versuchte ich zu erklären, aber das Gespräch nahm bereits eine Eigendynamik an.

„Oh, Frankfurt!" rief Margaret begeistert. „I once had a Frankfurter sausage. Do you eat those every day?"

Ich war kurz sprachlos. „No… not every day. Sometimes," antwortete ich, und die Damen lachten herzlich, als hätte ich gerade den Witz des Jahres gemacht.

„And what do you think of England so far, dear?" hakte eine weitere Dame nach, deren Name mir in der allgemeinen Aufregung entgangen war.

„It is… very nice," sagte ich, wobei ich hoffte, dass die Einfachheit meiner Antwort nicht zu auffällig war. Aber die Damen waren offensichtlich zufrieden und nickten einander lächelnd zu, als hätten sie meine Aussage offiziell abgesegnet.

Währenddessen wurde ich mit Tee versorgt, den ich tapfer mit Milch trank, obwohl ich diese Kombination immer noch seltsam fand. Dazu kamen die Sandwiches –

kleine Dreiecke mit Gurke, die so dünn geschnitten war, dass sie fast durchsichtig wirkte – und Kuchen, der so leicht und luftig war, dass man kaum das Gefühl hatte, etwas gegessen zu haben.

Die Damen führten die Unterhaltung mit einer Mischung aus Höflichkeit und Neugier weiter. Sie fragten nach meiner Familie, meiner Meinung zu englischem Wetter (ich lernte schnell, dass „It's lovely" immer die richtige Antwort war, egal ob es regnete oder nicht) und meiner Haltung zu

englischem Essen. Ich gab mein Bestes, höflich und interessiert zu wirken, aber irgendwann waren meine Englischkenntnisse erschöpft. Meine Antworten wurden kürzer, und ich begann, viel zu nicken und zu lächeln.

Tony beobachtete das alles mit einem schmunzelnden Gesichtsausdruck und beugte sich irgendwann zu mir. „Keine Sorge, sie meinen es gut. Sie reden sowieso meistens nur, um sich selbst reden zu hören." Er zwinkerte mir zu, und ich musste lachen – ein Moment, der die Spannung löste.

Am Ende des Nachmittags war ich völlig erschöpft, aber die Damen verabschiedeten sich so herzlich, dass ich mich fast ein bisschen schlecht fühlte, nicht wortgewandter gewesen zu sein.

„Do come again, dear!" rief Margaret, und Doris fügte hinzu: „And maybe next time you can teach us some German words!"

Ich nickte eifrig, obwohl ich mir kaum vorstellen konnte, dass „Schadenfreude" und „Donaudampfschifffahrtsgesellschaft" gute Einstiegspunkte wären. Aber eines war sicher: Dieser Nachmittag hatte mir eine

Lektion in britischer Höflichkeit, Geduld und der Kunst des Smalltalks erteilt – und ich wusste, dass ich noch viele weitere solcher Lektionen vor mir haben würde.

Nach diesem Nachmittag mit Rosemarys Tantenrunde war ich überzeugt, dass ich die britische Höflichkeit überlebt hatte – und vielleicht sogar ein kleines bisschen verstanden. Doch wie sich herausstellte, war das nur die Einführungsrunde. Denn während es vergleichsweise leicht war, sich mit acht älteren Damen über Tee, Wetter und die gelegentliche Frankfurter Wurst zu unterhalten, lag die wahre Herausforderung erst vor mir: Menschen in meinem Alter kennenlernen.

Es war ein Schritt, der Mut erforderte, und ich war fest entschlossen, ihn zu wagen. Schließlich konnte ich nicht ewig in meiner kleinen Blase aus Tony, Rosemary und gelegentlichen Besuchen bei Tante Florence leben. Doch schnell stellte ich fest, dass der Versuch neue Freunde zu finden nicht ganz so einfach war, wie ich es mir vorgestellt hatte.

**Hockey**

In den ersten drei Wochen meines neuen Lebens in England fand ich eine Stelle als Kellnerin in einem kleinen Landhotel. Alle, die dort arbeiteten, waren aufgrund des Schichtdienstes sehr beschäftigt, und ich fand es schwer, Freunde zu finden. Ich fühlte mich sehr einsam und vermisste das lebendige Treiben in Frankfurt, wo es immer etwas zu tun gab. Bevor ich nach England zog, hatte ich vier Jahre lang in der deutschen Finanzmetropole gelebt. hatte einen großen Freundeskreis und genug Freizeit für Hobbys. Ich sang in einem Chor und ging mit meiner besten Freundin zum Sport. Meine Freizeit war immer mit Aktivitäten, Partys oder Besuchen bei Freunden gefüllt.

Ich wusste, dass ich, wenn ich mich in England besser einleben wollte, Leute treffen und Freunde finden musste.

Wincanton erschien mir im Vergleich zu Frankfurt sehr verschlafen. Das Internet war damals noch nicht so verbreitet, und Tony und Rosemary benutzten eine Einwahlverbindung. Wenn ihr Sohn Mark die Leitung für seinen Laptop nutzte, konnte ich sie nicht verwenden.

Tony arbeitete halbtags in der örtlichen Bibliothek und schlug mir vor, dort ebenfalls hinzugehen. Er sagte auch, dass es dort soziale Aktivitäten gebe, die auf einer Tafel ausgeschrieben waren.

An einem meiner freien Nachmittage ging ich in die Bibliothek, um mir das anzusehen. Die örtliche Damen-Hockeymannschaft suchte nach neuen Mitgliedern. Es stand dort, dass sie jeden Mittwochabend trainierte, und es gab eine Telefonnummer, die man anrufen konnte. Ich notierte

sie mir, denn Hockey mochte ich schon immer. Als ich in meinen Teenagerjahren Mitglied der Jugendgruppe der örtlichen Kirche war, spielten wir abends oft Hockey. Wir hatten rote und blaue Plastikschläger und einen orangefarbenen Puck, und ich erinnere mich, wie viel Spaß wir dabei hatten. Also dachte ich, dass ich es auch hier einmal mit Hockey versuchen würde.

Als ich von meinem Bibliotheksbesuch nach Hause kam, rief ich die Nummer an, die ich von der Tafel kopiert hatte, und eine Dame namens Pauline nahm ab. Sie nannte mir den genauen Ort und die Uhrzeit und sagte mir, dass ich keinen Hockeyschläger kaufen müsste, da sie einige übrig hätte.

Am Mittwochabend kam ich pünktlich im typisch deutschen Stil am Astroplatz an. Dort stand eine kleine Dame in einem rosa Trainingsanzug mit kurzen blonden Haaren und stellte Kegel in einer geraden Linie auf. Ich ging zu ihr hinüber. Als sie mich näher kommen sah, blickte sie auf.

„Oh, hallo! Bist du Britta?" – „Ja, das bin ich. Bist du Pauline?" – „Ja. Die anderen müssten gleich kommen. Wir sind kein großes Team, aber wir sind ein netter Haufen. Im Moment sind wir ganz unten in der Liga, aber es geht nur um den Spaß, oder? Hast du schon viel gespielt?", fragte sie.

„Naja, nicht wirklich. Nur zum Spaß und nicht in einer Liga", antwortete ich.

„Ich habe dir einen Schläger mitgebracht. Geh und spiel ein bisschen, während ich mich fertig mache." Pauline ließ mich kurz alleine zurück und kam dann mit einem Hockeyschläger zurück. In ihrer Hand sah er aus wie ein normaler Schläger, aber als sie ihn mir gab, wirkte er eher wie ein Zahnstocher.

„Mensch, bist du groß! Schau mal, wie du zurecht-kommst, und wenn es dir gefällt, musst du dir wohl einen größeren Hockeyschläger besorgen."

Das erste Training gefiel mir, und ich besorgte mir einen Hockeyschläger für größere Menschen. Unser erstes Spiel in dieser Saison fand drei Wochen nach meinem Einstieg statt. Ich wurde als linke Verteidigerin eingeteilt, was mir gut gefiel, da ich so weniger laufen musste.

Das Spiel war in vollem Gange, und der Gegner

näherte sich gerade unserem Tor über den rechten Flügel. Clare spielte in der rechten Verteidigung. Sie war eine große, schlanke Frau mit braunem, schulterlangem Haar. Sie wirkte fast zu unscheinbar und sanft für eine Position in der Verteidigung. Die Gegnerinnen spielten sich den Ball gegenseitig zu, und Clare legte ihren Schläger auf den Boden, um den Ball zu stoppen. Das nächste, was ich sah, war, dass weiße Stücke aus ihrem Mund fielen und Blut aus ihren Lippen und ihrer Nase floss.

Clare fiel zu Boden. Ich war die erste Person an ihrer Seite. Sie weinte und hielt sich den Mund. Überall war Blut. Als sie den Mund öffnete, um zu sprechen, sah ich, was passiert war: Wo ihre beiden Vorderzähne gewesen waren, klaffte nun eine große Lücke. Ich musste wegschauen. Pauline kam mit einem Eisbeutel, und ein Krankenwagen wurde gerufen. Ein anderes Teammitglied hob die Zähne vom Astro-Rasen auf und wickelte sie in Tücher. Clare wurde mit dem Krankenwagen abtransportiert. Das Spiel haben wir nie zu Ende gespielt.

Ich habe noch ein Jahr lang Hockey gespielt, aber nach diesem Tag war ich immer diejenige, die dem Ball davonlief. Man kann mit Sicherheit sagen, dass ich nie zur Spielerin des Spiels ernannt oder zu den Kneipentouren nach dem Spiel

eingeladen wurde.

Ich hatte das Gefühl, dass ich nie wirklich dazugehörte. Ich hatte gehofft, im Hockeyclub Freunde zu finden, aber abgesehen von den Spielen und den Trainingsabenden habe ich mich nie mit einem der Mädchen zu einem gesellschaftlichen Anlass oder auch nur zu einer Tasse Tee verabredet. Es schien eine kulturelle Barriere zu geben, die ich nicht überwinden konnte. Beim

Sport habe ich keine ersten Kontakte geknüpft, aber vielleicht würde ich an anderen Orten mehr Erfolg haben, Freunde zu finden.

## Chor

Etwa zur gleichen Zeit, als ich dem Hockeyteam beitrat, schloss ich mich auch einem Chor an. Singen fand ich schon immer sehr erbaulich.

Der Chor traf sich jeden Montagabend in der Dorfhalle. Als ich das erste Mal dort war, dachte ich, ich sei am falschen Ort, denn es wirkte wie ein Treffen des Seniorenvereins. Jeder im Raum schien mindestens sechzig Jahre alt zu sein – zumindest aus meiner Perspektive. Die Chorleiterin hieß Dorothy. Sie erinnerte mich ein wenig an Miss Marple, nur mit Hüften.

Zwei der älteren Damen nahmen mich unter ihre Fittiche, und ich setzte mich zu ihnen in den Sopranbereich.

Dorothy stand an der Spitze des Chors, und Margret, ihre treue Begleiterin, nahm neben ihr am Keyboard Platz. Dorothy klopfte mit einem Bleistift auf den Notenständer, und das Geschnatter im Saal verstummte sofort. Es wurde totenstill. Der ganze Chor blickte erwartungsvoll auf die Chorleiterin.

„Guten Abend, meine Damen und Herren. Heute Abend haben wir ein neues Mitglied in unserem Chor, ich möchte Ihnen Britta vorstellen", verkündete Dorothy.

Ich schaute mich um und winkte allen leicht zu.

„Darf ich dich bitten, nach vorne zu kommen, meine Liebe?", fragte Dorothy.

Ich sah sie überrascht an, und mein Gesicht wurde

rot. Warum wollte sie das von mir? Sollte ich eine Rede halten? Auf all das war ich nicht vorbereitet.

„Komm schon, Liebes, wir warten. Wir haben nicht die ganze Nacht Zeit", sagte Dorothy, und ich hörte, wie leises Lachen durch den Raum schallte.

Zögernd stand ich auf und ging zu ihr. Meine Handflächen wurden feucht, und meine Kehle fühlte sich trocken an.

„Welches Lied würdest du gerne singen?", wollte Dorothy von mir wissen. Ihre Brille rutschte auf die Spitze ihrer Nase, und aus der Nähe wirkte sie noch strenger.

„Entschuldigung, ich verstehe nicht", flüsterte ich.

„Britta, du musst uns ein Lied singen", erklärte sie.

„Ich? Alleine? Warum?", stammelte ich, inzwischen bereit, sofort zu gehen. Panik stieg in mir auf, und Schweiß lief mir von der Stirn.

„Wir müssen sehen, ob du Sopran oder Alt bist."

„Das ist nicht nötig. Ich war schon immer Sopran", erwiderte ich und machte Anstalten, zu meinem Platz zurückzukehren.

„Komm zurück, junge Dame. Ich muss es selbst hören", sagte Dorothy und klopfte erneut mit ihrem Stift auf den Notenständer.

Widerwillig ging ich zurück, und Dorothy legte mir eine Hand auf die Schulter.

„Sing uns 'Happy Birthday'. Margret, spiel bitte 'Happy Birthday' in C", wies Dorothy sie an, und Margret begann, die Melodie zu spielen. Meine Kehle fühlte sich trocken an wie Sandpapier, und ich wusste nicht, was ich tun sollte. Ich öffnete meinen Mund, um zu singen, verpasste jedoch den Einsatz. Dorothy bat

Margret, noch einmal zu beginnen, und so sang ich 'Happy Birthday' vor dem gesamten Chor. Es war bei weitem die schlechteste Darbietung, die ich je abgeliefert hatte. Am Ende entschied Dorothy, dass ich doch ein Alt sei.

Ich holte meine Sachen und wechselte in die Alt-Stimme, wo ich mich schnell wie zu Hause fühlte – inmitten eines ähnlichen Paars älterer Damen.

Ich blieb acht Jahre lang in diesem Chor. Obwohl ich bei weitem das jüngste Mitglied war, fühlte ich mich immer willkommen. Es war, als hätten sich dreißig Groß-eltern um mich gekümmert.

Auf der Suche nach weiteren Kontakten und Freund-schaften versuchte ich es später auch mit Line Dance, stellte jedoch bald fest, dass meine Bein-Arm-Koordina-tion zu wünschen übrig ließ.

## Wahl der Kirchen

Ich bin protestantisch aufgewachsen. Nach meiner Taufe und Konfirmation trat ich im Alter von vierzehn Jahren der örtlichen CVJM-Kirchengruppe bei und wurde Helferin in der Sonntagsschule. Mein Vater war nie glücklich über meine neu gefundene Religion und nannte mich immer das schwarze Schaf der Familie. Während meine jüngere Schwester zu geheimen Treffen auf Fried-höfen ging, sang ich gerne im Kirchenchor und half dem Pfarrer, Bibelstunden für die Gemeinde zu organisieren.

Rosemary und Tony waren beide Christen und nahmen mich gleich mit in ihre örtliche Kirche, die eine anglikanische war. Die Gottesdienste waren anders, als ich es gewohnt war. Sie erinnerten mich eher an die katholische Kirche zu Hause, und die Gemeinde füllte etwa ein Zehntel der Kirche.

Ehrlich gesagt fand ich es langweilig und altmodisch, was meine Sehnsucht nach Zuhause noch größer werden ließ. Dabei hatte ich gerade erst erfahren, dass die anglikanische Kirche eigentlich eine ziemlich aufregende Gründungsgeschichte hat – wenn man auf königliche Skandale steht.

Denn, wie ich erfuhr, begann die ganze Sache mit einem Mann, der einfach nicht genug bekommen konnte. Und dieser Mann war niemand anderes als King Henry VIII. Wir sprechen von einem König, der sechs Ehefrauen hatte und sich dabei so oft scheiden ließ, dass die katholische Kirche irgendwann den Spaß daran verlor. Henry wollte sich von seiner ersten Frau, Katharina von Aragón, scheiden lassen, weil sie – sagen wir mal – nicht ganz die erhoffte männliche Nachkommenschaft geliefert hatte. Aber der Papst sagte: „Nein, mein Sohn. Du bleibst verheiratet."

Henry, der nie ein Fan von „Nein" war, antwortete sinngemäß: „Gut, dann gründe ich eben meine eigene Kirche!" Und so wurde die anglikanische Kirche geboren, die – zumindest offiziell – alle Scheidungen absegnete, die Henry jemals brauchen würde. Es war weniger eine theologische

Revolution als vielmehr die königliche Version eines „Mach's selbst"-Projekts.

Das Ergebnis war eine Kirche, die zwar viele Traditionen der katholischen Kirche beibehielt, aber eben ohne die Einmischung des Papstes. Oder wie ich es mir gerne vorstellte: die katholische Kirche, aber mit einem sehr britischen Touch.

Trotz dieser turbulenten Entstehungsgeschichte fand ich die Gottesdienste immer noch langweilig und altmodisch. Nachdem ich mit Rosemary darüber gesprochen hatte, wie ich es fand, mit ihnen in die Kirche zu gehen, schlug sie vor, es mit einer der anderen Kirchen in Wincanton zu versuchen.

„Es gibt noch andere Kirchen in Wincanton?", wunderte ich mich.

„Ja, wir haben mehrere."

„Du meinst katholisch, richtig?", fragte ich, denn das waren die einzigen beiden Möglichkeiten, die ich aus meiner Heimatstadt kannte.

„Ja, es gibt die katholische Kirche, aber ich dachte eher an die methodistische Kirche. Das würde dir vielleicht besser passen."

Am folgenden Sonntag gingen Rosemary und ich gemeinsam in die Methodistenkirche, und sie hatte Recht. Sie hatten eine Band, die Lieder spielte, und sie standen auf und klatschten, während sie sangen. Es herrschte eine fröhliche Atmosphäre im Raum. Das war etwas, was ich noch nie in einer Kirche erlebt hatte. Ich fühlte mich sofort verbunden. Die Leute waren sehr freundlich, und eine Frau namens Mathilda sagte, ich sei immer willkommen.

Ich ging fast jeden Sonntag in die Kirche, bis mich eines Tages im November der methodistische Pfarrer bat, nach dem Gottesdienst noch zu bleiben.

„Britta, es ist so schön, dich jede Woche hier zu sehen. Du bist ein geschätztes Mitglied unserer Gemeinde geworden."

„Ich danke Ihnen. Ich komme wirklich gerne hierher. Ich fühle mich wie zu Hause."

„Aber es gibt etwas, das ich mit dir besprechen muss."

„Um was geht es? Habe ich etwas falsch gemacht?"

In diesem Moment traten auch Mathilda und ihr Mann in den Raum. Die Temperatur im Raum fühlte sich plötzlich kälter an, und ich hatte ein ungutes Gefühl im Magen.

„Wir müssen über Ihre Taufe sprechen", eröffnete der Priester, und Mathilda nahm neben mir Platz.

„Meine Taufe?"

„Ja, Britta. Wenn du Mitglied unserer Kirche sein willst, musst du dich taufen lassen", erklärte Theresa und nahm meine Hand.

„Aber ich bin doch getauft", antwortete ich.

„Nicht in unseren Augen", mischte sich Theresas Mann ein.

„Alle zahlenden Mitglieder unserer Kirche werden als Erwachsene in diesem Becken getauft", sagte der Pfarrer. Er stand auf und nahm die Abdeckung eines kleinen Beckens ab, das für mich wie ein Whirlpool aussah.

„Ich möchte nicht noch einmal getauft werden. Ich bin auch konfirmiert. Reicht das in den Augen Gottes nicht aus?", fragte ich.

„Du konntest nicht wählen, als du ein Baby warst. Du hast dich damals nicht bewusst dafür entschieden, Christ zu sein und den Weg eines wahren Gläubigen zu gehen", führte Mathilda genauer aus.

„Aber ich habe mich bei meiner Konfirmation dafür entschieden, Christin zu sein", wandte ich ein.

„Britta, wenn du Mitglied unserer Kirche sein willst, musst du dich noch einmal taufen lassen, vor der Gemeinde, vor deinen Freunden", bekräftigte der Pfarrer.

„Ich würde gerne den Beitrag zahlen, den die anderen zahlen, um Mitglied Ihrer Kirche zu sein", sagte ich.

„Aber Sie müssen sich noch einmal taufen lassen", antwortete Mathildas Mann.

„Wenn das so ist, kann ich nicht Mitglied eurer Kirche sein", machte ich klar, stand von meinem Stuhl auf, ging hinaus und kehrte nie wieder zurück.

Mein Versuch, erste Kontakte zu knüpfen und Freunde zu finden, scheiterte wieder einmal – diesmal aus religiösen Gründen.

### Parlez-vous francais?

Nach diesem Ereignis war ich sehr niedergeschlagen. Rosemary, mit ihrem unerschütterlichen Optimismus und der Fähigkeit, in jeder Situation eine Lösung zu finden, setzte sich eines Abends zu mir aufs Sofa. Sie hielt einen Stapel Broschüren und einen dampfenden Becher Tee in der Hand.

„Du brauchst einfach eine neue Richtung", sagte sie und blätterte eine Broschüre auf, die wie ein Kurskatalog aussah. „Die Abendkurse an der örtlichen Schule sind groß-artig, wirklich. Es gibt alles Mögliche – Kochen, Töpfern, Sprachen, sogar Fotografie. Das wäre doch etwas für dich!"

Ich zögerte. „Abendkurse? Glaubst du wirklich, dass ich dort jemanden kennenlernen werde?"

Rosemary nickte energisch. „Natürlich! Und wenn nicht, dann lernst du zumindest etwas Neues. Man kann nie zu viel wissen." Sie hielt mir den Katalog hin. „Schau ihn dir einfach mal an. Ich bin sicher, da ist etwas für dich dabei."

Später, allein in meinem Zimmer, schlug ich den Katalog auf und blätterte durch die Seiten. Viele der Kurse klangen interessant, aber keiner schien so recht zu mir zu passen. Töpfern? Nicht mein Ding. Kochen? Schon eher, aber die Vorstellung, mich in einer Gruppe zu blamieren, ließ mich erschaudern. Schließlich blieb ich bei den Sprachkursen hängen.

„Französisch auffrischen?" murmelte ich vor mich hin und tippte mit dem Finger auf die Beschreibung. „Warum nicht?" Ich hatte Französisch in der Schule gelernt, und obwohl ich nie besonders gut darin war, dachte ich, es könnte eine gute Gelegenheit sein, den Engländern zu zeigen, wie man Französisch richtig ausspricht. Schließlich, dachte ich mir selbstbewusst, hatte ich als Deutsche sicherlich einen Vorteil gegenüber ihnen.

Am ersten Kursabend saß ich in einem kargen Klassenzimmer, umgeben von einer bunt zusammengewürfelten Truppe. Da waren zwei ältere Damen, die aussahen, als hätten sie noch die französische Revolution miterlebt, ein junges Paar, das mehr miteinander flirtete als mit der französischen Sprache, und ein Typ in einer Weste, der verzweifelt seinen Kugelschreiber mit einem Taschenmesser sezierte. Es versprach, eine interessante Runde zu werden.

Dann kam Jacqueline herein, unsere Kursleiterin. Sie war Französin – was ich auf Anhieb daran erkannte, dass sie das Wort „Bonjour" aussprach, als wäre es mit Butter bestrichen. Sie war schlank, elegant und hatte diese mühelose Coolness, die nur Franzosen hinkriegen.

„Bonsoir, tout le monde!" begrüßte sie uns strahlend.

„Ich bin Jacqueline, und ich freue mich, mit Ihnen Ihr Französisch zu verbessern."

„Bonsoir!" murmelten wir im Chor. Na ja, fast. Der Kugelschreiber-Typ sagte irgendwas, das klang wie „Bonsai".

Die erste Stunde war… eine Herausforderung. Jacqueline begann mit den Grundlagen. „Je m'appelle…", „J'habite à…" – Dinge, die ich eigentlich können sollte. Aber jedes Mal, wenn sie mich etwas fragte, schien mein Gehirn Urlaub zu machen.

„Et vous, Madame?" Sie lächelte mich ermutigend an. „Comment vous appelez-vous?"

„Äh… je… je m'appelle… Britta?" Es klang wie eine Frage, und ich hätte schwören können, dass Irene ein unterdrücktes Lachen herauspresste.

„Sehr gut!" Jacqueline nickte. „Et vous habitez où?"

„Ich… äh… j'habite à… Wincanton?" Es kam so zögerlich heraus, dass ich mir selbst nicht glaubte. Trotzdem nickte Jacqueline anerkennend.

Barbara beugte sich zu mir und flüsterte: „Das war großartig, Britta. Besser als mein Versuch letzte Woche, als ich behauptet habe, ich wohne in einer Tomate."

Ich kicherte, und plötzlich fühlte ich mich ein wenig entspannter. Sogar der Kugelschreibertyp, dessen richtiger Name Michael war, begann mir ans Herz zu wachsen.

In den nächsten Wochen entwickelte sich der Kurs zu einer kleinen Comedy-Show. Irene und Barbara waren die heimlichen Stars des Abends. Irene versuchte jede Woche, irgendein französisches Sprichwort anzuwenden – meist falsch. Eines Abends verkündete sie stolz: „C'est la vie!" als Antwort auf eine Frage über Gemüsepreise.

Barbara hingegen hatte die Angewohnheit, mitten im Satz aufzugeben. „Je… euh… ach, du weißt schon, was ich meine!" rief sie oft und wedelte dabei energisch mit den Händen.

Michael entpuppte sich als wandelndes Wörterbuch, das aber so leise sprach, dass wir alle näher an ihn heranrückten, um ihn zu verstehen. Und das Pärchen – Sarah und Tom – brachte mehr Dramatik als Inhalt. Sie stritten regelmäßig auf Englisch darüber, wer zuerst antworten sollte, während der Rest von uns wartete.

Jacqueline blieb immer gelassen. „Ihr seid großartig!", lobte sie uns jedes Mal. Ich vermutete, dass sie insgeheim ihre Geduld mit französischem Rotwein auffüllte, aber das war nur eine Theorie.

Eine Freundschaft begann sich zu entwickeln – nicht nur zwischen mir und Jacqueline, sondern auch mit den anderen Kursteilnehmern. Nach der Stunde blieben wir oft noch ein wenig sitzen und unterhielten uns. Irene erzählte gerne Geschichten aus ihrer Jugend, als sie angeblich einmal in Paris mit einem Baguette-Verkäufer geflirtet hatte. Barbara brachte selbstgebackene Kekse mit, die erstaunlich gut zu Michaels Tee-Päckchen passten, die er immer dabei hatte. Und Sarah und Tom – nun, die beiden waren manchmal anstrengend, aber irgendwie gehörten sie auch dazu.

Eines Abends, nach dem Kurs, schlug Irene vor, dass wir uns mal außerhalb der Schule treffen könnten.

„Wie wäre es mit einem französischen Abend?" rief sie begeistert. „Wir könnten Crêpes machen und französische Musik hören!"

„Und Rotwein trinken", fügte Barbara hinzu. „Viel Rotwein."

Michael nickte zögernd. „Aber… können wir die Crêpes vorher üben? Ich bin nicht so gut im Kochen."

„Keine Sorge, Michael", beruhigte ich ihn. „Wir lassen dich einfach den Rotwein öffnen."

Der französische Abend wurde ein voller Erfolg. Irene hatte einen alten Edith-Piaf-Schallplattenrekorder mitgebracht, und Barbara versuchte, dazu zu singen, während sie Crêpes umdrehte – mit mäßigem Erfolg. Jacqueline kam ebenfalls vorbei und brachte echten französischen Käse mit. „Damit ihr euch wie in Frankreich fühlt", sagte sie und lachte. Es endete damit, dass wir alle mehr Wein als Crêpes konsumierten und versuchten, uns gegenseitig französische Zungenbrecher beizubringen.

„Essayer de dire ‚un chasseur sachant chasser'", forderte Jacqueline uns heraus. Keiner von uns schaffte es, aber wir lachten so viel, dass uns die Tränen kamen.

Der Kurs wurde zu einem wöchentlichen Highlight in meinem Leben. Ich lernte nicht nur, wie man halbwegs verständliches Französisch spricht, sondern auch, wie viel Spaß es machen kann, Fehler zu machen – besonders in guter Gesellschaft.

Nach diesen ersten, oft holprigen Versuchen, in England Kontakte zu knüpfen – sei es in der Kirche oder in anderen sozialen Kreisen –, wurde mir klar, dass ich meinen Platz in diesem neuen Umfeld nicht so leicht finden würde. Freundschaften schienen kompliziert und manchmal fühlte ich mich wie ein Puzzle-Stück, das nicht so recht in das englische Bild passte.

Doch das Leben hatte andere Wege, mich einzubinden, und diese Wege führten mich direkt in die Arbeitswelt. Jobs boten mir nicht nur die Möglichkeit, Geld zu verdienen, sondern auch, neue Leute kennenzulernen und in verschiedene Facetten des englischen Lebens einzutauchen. Und wie sich herausstellte, konnte selbst der einfachste Job manchmal so viel Drama und Unterhaltung bieten wie ein halber Jane-Austen-Roman.

Von meinen ersten Aushilfsjobs bis hin zu den beruflichen Stationen, die mich geprägt haben, eröffnete sich eine Welt voller Herausforderungen, witziger Momente und wertvoller Lektionen. So begann ein ganz neues Kapitel meiner Reise: meine Arbeitserfahrungen.

# KAPITEL 3
# EIERLEGENDEWOLLMILCHSAU

Wie bereits erwähnt, begann ich meine berufliche Laufbahn in England mit einer Vielzahl von Nebenjobs. Tagsüber arbeitete ich in der Kinderbetreuung eines Fitnessstudios, abends als Kellnerin in einem kleinen luxuriösen Landhotel. Es war ein hektisches Leben, aber immerhin bot es mir die Möglichkeit, langsam Fuß zu fassen.

Meine pädagogische Ausbildung in Deutschland – ein fünfjähriger Ausbildungskurs zur staatlich anerkannten Erzieherin – war für die Engländer leider weniger beeindruckend. UK NARIC, die für die Anerkennung ausländischer Abschlüsse zuständige Behörde, bewertete meine Qualifikation als NVQ4 in Kinderbetreuung. Was auf dem Papier gut klang, entpuppte sich als wenig hilfreich auf dem britischen Arbeitsmarkt. Vollzeitstellen in meinem Beruf waren rar und schlecht bezahlt, weshalb ich schließlich für den Mindestlohn als Kellnerin arbeitete.

Dank Rosemary und Tony konnte ich mir mit einem kleinen roten Mini-Metro etwas Unabhängigkeit erarbeiten. Für 300 Pfund wurde ich stolze Besitzerin dieses charmanten Oldtimers, auch wenn es fast ein Jahr dauerte, bis ich den Kredit an sie zurückzahlen konnte.

Nach einem Monat ergab sich eine spannende Möglichkeit: Eine Teilzeitstelle in einer örtlichen Spielgruppe.

Eine Spielgruppe? Ist das wie ein Kindergarten?

Nicht ganz. Die englische Spielgruppe, oder „playgroup", war eine völlig andere Welt als der deutsche Kindergarten, den ich kannte. Die Spielgruppe öffnete ihre Türen um neun Uhr morgens und schloss sie Punkt zwölf Uhr mittags. Es fühlte sich an wie ein „Kinderbetreuungs-Snack" statt einer vollwertigen Mahlzeit.

Ich erinnere mich noch gut an meine ersten Tage dort. Die Räumlichkeiten bestanden aus einer kleinen Halle mit Plastikstühlen, Klapptischen und einer beeindruckenden Auswahl an Lego-Steinen, Bauklötzen und Puppenwagen. Die Teeküche im Nebenraum diente vor allem dazu, dass die Betreuerinnen eine Tasse Tee trinken konnten, während sie über die neuesten Gerüchte des Dorfes tuschelten.

Die Spielgruppe fand in einer klassischen englischen Mehrzweckhalle statt – dem Herzstück des Dorflebens. Diese Halle war ein Alleskönner: Montagmorgens war sie unser Reich, abends die Bühne für die Tanzgruppe „Twinkle Toes", mittwochs die Übungsfläche der örtlichen Bowls-Gruppe, und am Wochenende verwandelte sie sich oft in einen Austragungsort für Pub-Quiz-Abende oder Dorfflohmärkte. Unsere Aufgabe war es, die Halle für die Spielgruppe herzurichten – und zwar jeden einzelnen Tag.

Um Punkt acht Uhr morgens schloss eine der älteren Spielgruppenleiterinnen – meistens „Auntie Margaret", die trotz ihrer 70 Jahre fitter war als die meisten von uns – das Lager auf. Das Lager war eine Mischung aus Chaos und Tetris: Klapptische, Plastikstühle, bunte Matten und eine Kiste mit durchgekauten Puppen. Jedes Mal, wenn die Tür aufging, schwappte uns ein Geruch aus abgestandenem Tee, Staub und Plastik entgegen. Ich schwöre, die Lego-Steine rochen nach den 80ern.

„Los, Mädels, ran an die Arbeit!" rief Margaret. Und das war keine Bitte – es war ein Befehl.

Der Aufbau der Spielgruppe war im Grunde ein schweißtreibendes Workout. Die Klapptische waren erstaunlich schwer, besonders wenn sie mit nur einer Hand getragen wurden, weil die andere gerade versuchte, eine Horde Mini-Plastikstühle im Gleichgewicht zu halten. Mein persönliches Highlight war das Ausrollen des gigantischen Teppichs, der das „Spielareal" markierte. Dieses Monstrum war so schwer und sperrig, dass ich mir sicher war, es habe eine eigene Schwerkraft.

„Britta, du bist jung, du machst das schon!" sagte Margaret und ließ mich mit einem zusammengefalteten Bällebad kämpfen, das mich immer wieder ins Gesicht schlug, wenn ich versuchte, es auseinanderzuziehen.

Nach etwa 45 Minuten war die Halle verwandelt: Es gab Basteltische, eine Ecke für Bauklötze, ein winziges Bücherregal und natürlich das Herzstück jeder britischen Spielgruppe – die Snack-Station. Diese bestand aus einem wackeligen Tisch mit kleinen Plastikbechern, die wir mit verdünntem Apfelsaft füllten, sowie einer Tupperdose mit Digestive-Keksen, die immer leicht zerbröselt waren.

Doch der wahre Spaß begann um Punkt zwölf Uhr mittags. Während die letzten Eltern ihre Kinder einsammelten, begann das große Abbauen. Die Mehrzweckhalle war am Nachmittag für eine Tai-Chi-Gruppe gebucht, was bedeutete, dass wir nur eine halbe Stunde Zeit hatten, um die gesamte Einrichtung wieder ins Lager zu räumen.

Die Kunst bestand darin, die Tische und Stühle so zu stapeln, dass beim Schließen der Tür nicht alles wie ein Kartenhaus zusammenbrach. Dies war ein Drahtseilakt, bei dem Margaret regelmäßig eine kleine Rede hielt: „Wenn das Lager zusammenfällt, will ich nicht, dass mein Name draufsteht!" Der Druck war real.

Ich erinnere mich an einen besonders chaotischen Tag, an dem wir die Halle in Rekordzeit abbauen mussten, weil wir die Tai-Chi-Gruppe nicht warten lassen wollten. Während ich eine riesige Box mit Lego zurück ins Lager schleppte, stolperte ich über einen zurückgelassenen Puppenwagen und verteilte die Lego-Steine über die gesamte Halle. Margaret blieb stehen, schüttelte den Kopf und meinte trocken: „Britta, das ist ein Lego-Tsunami. Gut gemacht."

Anders als in deutschen Kindergärten, wo strukturierte Bildungsziele verfolgt werden, stand in der Spielgruppe das freie Spiel im Vordergrund. Die Kinder konnten nach Belieben malen, basteln, oder einfach mit einem Eimer Sand spielen, den jemand großzügig mitten in der Halle ausgekippt hatte.

Eine besonders denkwürdige Szene war mein erster Morgenkreis. Ich begann enthusiastisch mit „Hände,

Füße, Eierkuchen", einer beliebten deutschen Kinderlied-Animation, und wurde von 15 skeptisch dreinblickenden Kindern angestarrt. „Miss Britta, what are you doing?" fragte mich ein fünfjähriger Junge namens Oliver, der aussah, als wäre er aus einem Werbespot für Kinderkleidung entsprungen. Offensichtlich war dies nicht der britische Weg.

Eine weitere Lektion, die ich lernte, war die tiefe Bedeutung von Tee in der britischen Spielgruppen-Kultur. Die Eltern brachten ihre Kinder morgens herein, hielten kurz Smalltalk, und verschwanden dann, meistens in Richtung eines Cafés, um dort ebenfalls Tee zu trinken.

Einer der Höhepunkte meines Vormittags war die „Teepause" um halb elf. Während die Kinder ihre Mini-Obstboxen öffneten, wurde in der Teeküche ein Wasserkocher in Gang gesetzt, und ich bekam meine erste Lektion in britischer Teekultur: „Du musst den Teebeutel mindestens drei Minuten ziehen lassen. Wenn du es kürzer machst, bist du nur ein Tourist."

Obwohl die Arbeit in der Spielgruppe charmant war, reichte der Lohn nicht zum Leben. Dennoch war es eine prägende Erfahrung. Ich lernte viel über die Unterschiede zwischen deutschen und britischen Kinderbetreuungsstilen – und auch über die Elternkultur in England. Und so ging ich weiterhin meinen anderen Jobs nach, erweiterte mein Repertoire an Fähigkeiten und tauchte immer tiefer in die britische Arbeitswelt ein. Aber die Spielgruppe bleibt eine meiner liebsten Erinnerungen aus dieser Zeit.

· · ·

**Busfahren**

Nach meinen Abenteuern in der Spielgruppe hätte man meinen können, dass ich mich vor weiteren beruflichen Herausforderungen drücken würde. Aber nein, ich hatte offensichtlich eine Schwäche für ungewöhnliche Karrierewege. Es war Tony, mein englischer Gastvater, der diese brillante Idee hatte.

Eines Abends, nach dem Tee – und das war in England ja fast schon heilig – setzte Tony seine Teetasse ab und sagte mit dieser Mischung aus Ernsthaftigkeit und britischem Humor:

„Britta, ich glaube, es wäre eine gute Idee, wenn ich dir beibringe, wie man einen Bus fährt."

Ich hielt inne. Hatte ich mich verhört? „Einen Bus? Wirklich?" fragte ich, während ich überlegte, ob das einer seiner typisch englischen Scherze war. Aber Tony blieb ernst. „Busfahrer werden immer gebraucht. Und du bist eine ausgezeichnete Fahrerin."

Natürlich war ich geschmeichelt. Tony hielt mich für eine „ausgezeichnete" Fahrerin! Das war ein großes Kompliment, vor allem in einem Land, das den Linksverkehr erfunden hatte. Ich hatte zwar nie darüber nachgedacht, einen Bus zu fahren, aber ich beschloss, die Herausforderung anzunehmen.

Am nächsten Tag ging es los. Natürlich durfte ich nicht mit einem modernen, leicht zu handhabenden Bus beginnen. Nein, Tony hatte einen alten Leyland-Bus aufgetrieben, der sich eher wie ein rollender Dinosaurier anfühlte.

Die erste Lektion fand in der Dämmerung statt, weil „die Straßen ruhiger sind". Tony steuerte den Bus souverän aus dem Hof auf die Hauptstraße, bevor wir die Plätze tauschten. Da saß ich nun, hinter einem riesigen Lenkrad, das schwerer war als ein gefüllter Sandkasten in der Spielgruppe, und vor mir das schier endlose Cockpit mit Schalthebeln, Knöpfen und einer Bremse, die aussah, als könnte sie einen Panzer stoppen.

„Okay, Kupplung treten und den ersten Gang einlegen", sagte Tony, als wäre das die einfachste Sache der Welt. Was folgte, war weniger elegant. Der Motor heulte auf, der Bus machte einen gigantischen Satz nach vorne – und starb. Ich hatte ihn abgewürgt.

Nach mehreren Versuchen und ein paar sehr geduldigen „It's okay, try again" von Tony schaffte ich es tatsächlich, den Bus in Bewegung zu setzen. Langsam rollte ich über die Straße, mit maximal zehn Meilen pro Stunde. Jeder entgegenkommende Wagen jagte mir einen Schreck ein, und ich hielt den Bus jedes Mal fast an. Meine Hände zitterten, meine Knie bebten, und ich war überzeugt, dass ich dieses Monster nie unter Kontrolle bringen würde.

Die Fahrstunden wurden langsam besser, auch wenn ich in den ersten Wochen nicht viel schneller wurde. Nach einigen Übungsfahrten im Gewerbegebiet – bei Tageslicht, zum Glück – fühlte ich mich sicherer. Allerdings musste ich feststellen, dass Kreisverkehre eine besondere Herausforderung darstellten. In Deutschland hatte ich kaum welche erlebt, und in England schienen sie an jeder Ecke zu lauern.

Die Busprüfung war ein Kapitel für sich. Ich brauchte sechs Anläufe, um sie zu bestehen. Jedes Mal fiel ich am selben Kreisverkehr in Taunton durch. Entweder fuhr ich zu langsam, zu nah an den Randstein oder – einmal – fast auf ein entgegenkommendes Auto zu. Der Prüfer, ein älterer Herr mit einem beeindruckenden Schnurrbart, sagte nach dem fünften Versuch: „Miss, Sie sind sehr gründlich. Aber das ist kein akademisches Problem, das Sie lösen können. Fahren Sie einfach."

Schließlich, beim sechsten Versuch, schaffte ich es. Es war einer der stolzesten Momente meines Lebens. Als ich meine Lizenz bekam, überreichte mir Tony ein breites Grinsen und eine Tasse Tee. „Ich hab dir doch gesagt, dass du es schaffst."

Busfahren wurde tatsächlich eine Fähigkeit, auf die ich immer wieder zurückgreifen konnte. Ob es die Reisebusse waren, die ich an Wochenenden fuhr, oder die gelegentlichen Einsätze als Schulbusfahrerin – diese Fähigkeit hat mir Türen geöffnet. Und manchmal, wenn ich durch einen Kreisverkehr fahre, muss ich immer noch an Tony denken, der mir beigebracht hat, dass man auch vor den größten Fahrzeugen keine Angst haben sollte.

Sein Rat war simpel und doch weise: „Fahr den Bus wie deinen kleinen Mini-Metro. Aber vergiss nicht, dass du jetzt breiter bist." Ein Satz, der – zugegeben – auch außerhalb der Straße eine Lebensweisheit sein könnte.

### Sports Centre

Damit mir zwischen Spielgruppe, Kellnern und Busfahren nicht langweilig wurde – als ob das überhaupt möglich gewesen wäre – nahm ich auch einen Job im örtlichen Sports Centre an.

Das Sports Centre war ein multifunktionaler Komplex

mit Fitnessstudio, Schwimmbad und einer kleinen Cafe-teria, die nach Chlor und Kaffee roch. Als ich die Stelle antrat, hatte ich sofort ein Ziel: Ich wollte Bademeisterin werden – oder, wie es in England heißt, „Lifeguard". Das klang doch gleich viel heldenhafter, oder?

Da ich schon immer wie ein Fisch im Wasser war und meine Zeit als Kind oft im Schwimmbad verbracht hatte, schien das eine naheliegende Idee. Die Ausbildung dauerte zwei Wochen und beinhaltete nicht nur prakti-sches Schwimmen und Rettungstechniken, sondern auch einen Theorie-Teil mit überraschend schwierigen Fragen wie: „Was tun Sie, wenn jemand einen Krampf im Tief-wasser bekommt?" (Antwort: nicht panisch mit den Armen fuchteln, wie ich es beim ersten Versuch vormachte).

Nachdem ich die Prüfung bestanden hatte, begann mein Leben als Lifeguard. Statt jedoch heroisch und glamourös in Zeitlupe am Beckenrand entlangzulaufen, wie man es in *Baywatch* erwarten könnte, saß ich auf einem Turm. Ein Plastikstuhl, der hoch über dem Becken-rand thronte, und ich – in einer knallroten Uniform, die mich aussehen ließ wie eine übergroße Tomate.

Die Regel war simpel: Eine halbe Stunde saß man auf dem Turm, beobachtete das Wasser und tat… nichts. Außer beobachten. Kein Buch, kein Handy, keine Ablen-kung. Man war die menschliche Version einer Überwa-chungskamera. Aber nach 30 Minuten – die sich anfühlten wie 300 – kam der Wechsel. Und hier begann oft die eigentliche Action: das Abladen des Wachturms.

Beim Wechsel des Lifeguard-Postens musste der Turm abgeladen und verschoben werden, da er regelmäßig neu positioniert wurde. Und das war weder glamourös noch unkompliziert.

An einem besonders hektischen Tag stand ich mit meinem Kollegen Darren – einem Mitte-20-jährigen Briten mit der Ausstrahlung eines verschlafenen Labradors – am Rand des Beckens und versuchte, den Turm aus seiner Position zu wuchten.

„Britta, halt mal die rechte Seite fest," sagte Darren und stemmte den Turm an.

„Festhalten? Ich halte ihn doch schon!" schnaufte ich und kämpfte mit dem Gewicht des unförmigen Plastikmonsters.

„Nicht da, du bist auf der falschen Seite," stöhnte Darren und deutete mit dem Kopf nach rechts, ohne dabei seine Hände vom Turm zu nehmen.

„Die falsche Seite? Es gibt nur zwei Seiten, Darren! Was soll ich tun, ihn in die Mitte teleportieren?"

„Du bist Deutsche, das kriegt ihr doch sicher hin. Maschinenbau und so," scherzte er und grinste schief.

„Oh, klar. Und ich baue auch noch ein Auto drumherum, während du zuguckst," erwiderte ich trocken.

Wir schafften es schließlich, den Turm zu versetzen – wobei Darren beinahe ins Becken fiel, weil er den Halt verlor. „Hättest du mich da reinfallen lassen, hättest du mich retten müssen," sagte er lachend, als er seinen Fuß gerade noch auf trockenem Boden hielt.

„Das wäre immerhin der erste echte Rettungseinsatz heute gewesen," konterte ich.

Nach dem Turmwechsel begann die zweite Hälfte der Schicht: das unvermeidliche Putzen. Während Darren weiterhin seine Witze riss, schob ich einen gigantischen

Mopp über den Beckenrand. „Weißt du," begann Darren, während er mit einem Lappen den Wasserflecken zu Leibe rückte, „wenn die Leute wüssten, wie viel Zeit wir mit Putzen verbringen, statt Leute zu retten, wären sie enttäuscht."

„Oder beeindruckt. Das hier ist schließlich Hochglanzarbeit," sagte ich, während ich eine besonders hartnäckige Wasserpfütze wegschrubbte.

„Das nächste Mal stellen wir ein Schild auf: 'Achtung, Fliesen so sauber, dass sie blenden könnten.'"

„Und darunter: 'Bewundern Sie die Helden des Wischmopps in Aktion'," fügte ich hinzu, und wir beide lachten.

Zwischen Turmwechseln, Putzen und gelegentlichen Gesprächen mit Darren und den anderen Lifeguards wurde mir klar, dass dieser Job weniger mit Rettung und mehr mit Geduld und Teamwork zu tun hatte. Es waren keine heldenhaften Sprünge ins Wasser, sondern die kleinen Momente, die zählten – sei es ein freundliches „Danke" von einer Familie oder ein Lächeln von Darren, wenn wir gemeinsam wieder einmal den Turm abgeladen hatten, ohne dass jemand ins Becken fiel.

### Verrenkungen am Beckenrand

Da mir das ewige Putzen und stundenlange Starren aufs Wasser irgendwann zu eintönig wurden, beschloss ich, mir eine weitere Qualifikation anzueignen: Schwimmlehrerin! Es klang aufregender, aktiver und vor allem weniger wie der Alltag eines menschlichen Wachhundes. Außerdem bot es mir die Möglichkeit, mich

endlich aktiv einzubringen, anstatt einfach nur dazu-
sitzen – oder besser gesagt, „da zu putzen".

Die Ausbildung dauerte ein paar Wochen und
beinhaltete alles, von Schwimmtechnik über pädagogi-
sches Geschick bis hin zu der Fähigkeit, Kinder dazu zu
bringen, einem überhaupt zuzuhören. Ich hätte nie
gedacht, dass das schwieriger sein könnte als das
Busfahren oder das Putzen von endlosen Schwimmbad-
fliesen.

Der Job als Schwimmlehrerin war definitiv eine willkommene Abwechslung. Statt auf einem Turm zu sitzen,
stand ich nun am Beckenrand und versuchte, Gruppen von
Kindern die Grundlagen des Schwimmens beizubringen.
Die Realität? Es war, als würde man eine Horde quirliger
Fische unterrichten, die alle in verschiedene Richtungen
schwammen – oder versuchten zu tauchen, während man
noch erklärte, wie man überhaupt über Wasser bleibt.

Eine meiner Hauptaufgaben bestand darin, am
Beckenrand zu stehen und Anweisungen zu brüllen –
natürlich mit der subtilen Eleganz einer Drill-Instructo-
rin. „Kopf runter! Beine gerade! Arme höher!" Nach einer
Stunde fühlte ich mich oft, als hätte ich bei einem Rockkonzert ins Mikrofon geschrien, und meine Stimme
klang, als hätte ich die Pubertät ein zweites Mal durchgemacht.

Noch amüsanter waren die ulkigen Verrenkungen, die
ich vom Beckenrand aus machte, um den Kindern die
Bewegungen zu demonstrieren. Mein persönliches Highlight war immer der Brustschwimmzug. Da stand ich
also, die Knie gebeugt, die Arme in einem grotesken
Halbkreis vor mir, während ich betont langsam die

„Froschbewegung" vormachte. Natürlich rutschte ich dabei einmal aus und landete mit einem Platscher im Wasser – sehr zur Freude der Kinder.

„Miss Britta, you're doing it wrong!", rief ein kleiner Junge namens Harry und lachte sich schlapp.

Mit den ganz kleinen Schwimmschülern durfte ich manchmal sogar ins Wasser. Diese Stunden waren weniger Unterricht und mehr Geduldstraining. Oft verbrachten wir mehr Zeit damit, die Kinder davon zu überzeugen, dass sie tatsächlich ins Wasser gehen wollten, als mit dem eigentlichen Schwimmen.

„Komm schon, Lucy, spring rein! Ich halte dich!", sagte ich einmal zu einem Mädchen, das sich wie ein kleiner Koalabär an den Rand klammerte.

„I don't trust you, Miss Britta!", antwortete sie mit ernster Miene, bevor sie mir den Rücken zukehrte und einfach davontapste.

Diejenigen, die sich ins Wasser wagten, waren dafür umso enthusiastischer. Es war immer wieder herzerwärmend, wenn ein Kind nach endlosen Versuchen endlich einen richtigen Schwimmzug hinbekam. Ihre Gesichter strahlten, und ich fühlte mich ein bisschen wie eine Superheldin.

Schwimmlehrerin zu sein war anstrengend, laut und manchmal völlig chaotisch, aber es hatte seine besonderen Momente. Vom Beckenrand aus beobachtete ich, wie Kinder ihre Ängste überwanden, erste Erfolge erzielten und manchmal einfach nur Freude daran hatten, mit einem Sprung ins Wasser alles nass zu machen – mich eingeschlossen.

Am Ende eines langen Tages war ich oft nass bis auf die Knochen, meine Stimme klang wie die eines alten

Seemanns, und meine Knie taten weh vom ständigen Beugen und Verrenken. Aber ich war glücklich. Zwar war ich vielleicht keine Ballettkünstlerin am Beckenrand, doch immerhin eine Schwimmlehrerin, die den Kindern zeigte, dass das Wasser nicht nur nass, sondern auch großartig sein konnte.

### Vom Beckenrand zum Trampolin

Weil mein Leben ja scheinbar noch nicht verrückt genug war – Spielgruppe, Busfahren, Lifeguard und Schwimmlehrerin reichten offensichtlich nicht aus – entschied ich mich, noch weitere Fähigkeiten zu erwerben. Ich dachte mir: Warum nicht einfach das komplette Programm im Sports Centre mitnehmen? Also meldete ich mich zu einem Kurs zur Trampolinlehrerin an, und weil ich schon im Schwimmbad war, gleich noch zu einem Kurs für Aqua-Aerobic-Instructor. Ja, es war eine Mischung aus Übermut und dem Wunsch, einfach keine Langeweile aufkommen zu lassen.

Der Kurs zur Trampolinlehrerin war eine ganz neue Erfahrung. Das Trampolin – ein Gerät, das in meiner Kindheit einfach nur ein spaßiges Spielzeug war – entpuppte sich als überraschend komplexes Trainingsgerät. Während der Ausbildung lernte ich, nicht nur sicherzustellen, dass niemand beim Springen quer durch die Halle flog, sondern auch, wie man den Schülern einfache Bewegungen beibringt, bevor sie sich an die spektakulären Salti und Schrauben wagen.

Einer der wichtigsten Punkte in der Ausbildung war die Sicherheit. Wir mussten lernen, wie man als "Spotter" am Rand des Trampolins steht und notfalls eingreifen kann, falls jemand das Gleichgewicht verliert. In der Praxis bedeutete das, dass ich stundenlang am Rand stand, die Arme wie ein Torwart ausgestreckt, während meine Mitschüler auf dem Trampolin herumsprangen und ich versuchte, ihren nächsten Sprung vorauszusehen.

Natürlich wurde ich auch dazu gedrängt, selbst zu springen. Das klingt einfach, oder? Aber wer schon einmal versucht hat, präzise Bewegungen auf einem federnden Untergrund auszuführen, weiß, dass das nichts für schwache Nerven ist. Einmal sollte ich einen „Tuck Jump" – Knie zur Brust, Arme drumherum – vorführen. Stattdessen landete ich flach auf meinem Rücken und fühlte mich wie ein Käfer, der auf den Panzer gefallen ist.

„Britta, bist du okay?" fragte der Kursleiter lachend, als ich mich vom Trampolin rollte. „Ja, ich teste nur die Qualität der Federung," antwortete ich trocken, während meine Mitschüler kicherten.

Als ich schließlich meine eigene Gruppe von Schülern unterrichten durfte, war ich ein wenig nervös. Es war eine Gruppe von Kindern, die alle zwischen sechs und zehn Jahre alt waren – voller Energie, Begeisterung und, wie ich schnell feststellte, ohne jegliches Gespür für die Schwerkraft.

„Okay, alle in einer Reihe aufstellen und bitte nicht springen, bis ich es sage!" rief ich, doch natürlich hörte niemand zu. Zwei Kinder waren bereits dabei, auf das Trampolin zu klettern, während ein drittes fröhlich durch die Halle rannte.

Aber trotz des anfänglichen Chaos war es eine Freude, ihre Fortschritte zu sehen. Am Ende der Stunde strahlten sie, und ich hatte das Gefühl, ihnen ein kleines

Stückchen Flugfähigkeit beigebracht zu haben – oder zumindest den Mut, die Schwerkraft herauszufordern.

### Training im Wasser mit Schwung

Der Kurs zur Aqua-Aerobic-Instructorin war etwas, das ich ursprünglich nicht so ganz ernst genommen hatte. Schließlich war das doch nur Gymnastik im Wasser, oder? Aber ich lag völlig falsch. Aqua-Aerobic war ein echtes Workout, und der Kurs selbst forderte mich mehr heraus, als ich erwartet hatte.

Der Begriff „Instructor" wurde übrigens etwas lockerer gesehen. In den Kursunterlagen stand, dass man eigentlich Aqua-Coach oder Wassergymnastik-Trainerin sagen könnte. Das klang zwar weniger heroisch als „Lifeguard", aber dafür fühlte es sich umso persönlicher an.

Während der Ausbildung lernten wir, wie man Bewegungen anleitet, die sowohl den Spaßfaktor als auch den Fitnessgrad erhöhen sollten. Aber eines war klar: Die Herausforderung bestand darin, diese Bewegungen vom Beckenrand aus zu demonstrieren, während die Teilnehmer im Wasser waren. Ich hatte dabei den größten Respekt vor den Anweisungen, die mir abverlangten, mit erhobenen Armen zu wedeln, Knie zu heben und die Musik im Takt zu halten, ohne dabei selbst ins Wasser zu fallen.

Meine erste Stunde war ein Event für sich. Der Kurs bestand aus einer bunten Mischung von Teilnehmern: Von der Rentnergruppe, die meinte, „Wir machen das nur, um fit zu bleiben und nicht zu schwitzen", bis zu den übermotivierten Mittvierzigern, die bei jeder Bewegung das Wasser wie Wellenbrecher durch das Becken schleuderten.

Ich stand am Beckenrand mit meinem Lautsprecher, aus dem fröhliche 80er-Jahre-Hits dröhnten. „Okay, Arme hoch, Beine hoch, und jetzt marschieren wir im Wasser!" rief ich, während ich selbst vom Beckenrand aus marschierte.

Nach fünf Minuten hatte ich bereits meine Stimme verloren, aber die Teilnehmer schienen ihren Spaß zu haben. Besonders ein älterer Herr namens George hatte eine etwas eigene Interpretation der Übungen. Als ich „Jetzt die Beine anziehen!" rief, tauchte er mit einer eleganten Rückwärtsrolle komplett unter – was ich ihm zwar nicht beigebracht hatte, aber immerhin sah es beeindruckend aus.

Sowohl das Trampolintraining als auch die Aqua-Aerobic brachten eine ganz neue Dynamik in meinen Alltag. Es waren diese kleinen Momente – ein perfekter Sprung auf dem Trampolin oder ein synchroner Aqua-Tanz im Wasser – die den Unterschied machten. Und obwohl ich am Ende eines langen Tages oft erschöpft war, war ich glücklich. Denn ob auf dem Trampolin, im Wasser oder einfach am Beckenrand – es war schön zu sehen, wie viel Freude Bewegung den Menschen brachte. Und vielleicht, nur vielleicht, war ich ein kleiner Teil davon.

In Deutschland würde man mich wohl als eine eierlegende Wollmilchsau bezeichnen – vielseitig, anpassungsfähig und immer bereit, mich in neue Aufgaben zu stürzen. In England sagt man dazu: Jack of all trades (master of none), aber dieser Ausdruck hat mich immer gestört. Er klingt, als würde man vieles ein bisschen, aber nichts so richtig können. Dabei habe ich all meine Jobs mit Begeisterung und Erfolg gemeistert – nur eben nie für ewig. Ich liebe es, neue Herausforderungen anzunehmen, mich in neue Aufgaben einzuarbeiten und dabei immer wieder über mich selbst hinauszuwachsen. Und genau das führte mich schließlich in eines der größten Abenteuer meines Lebens: meine Zeit als Lehrerin im englischen Schulsystem …

# KAPITEL 4
# VON PORTLAND NACH HOGWARTS

Trotz meiner gefühlt unzähligen Jobs – ich kam mir manchmal vor wie eine Art moderne Vagabundin, die von Job zu Job hüpft – fand ich irgendwie die Zeit, mich dem Studium zu widmen. Ein Wunder, ehrlich gesagt! Nach drei Jahren harter Arbeit, unzähligen Tassen Kaffee (und ja, manchmal auch Tee – schließlich war ich ja in England) und schlaflosen Nächten war ich schließlich stolze Besitzerin eines Bachelor-Diploms in Fremdsprachen. Ich erinnere mich noch genau an den Moment, als ich das Zeugnis in den Händen hielt. Es war, als hätte ich gerade den Mount Everest bestiegen – nur mit mehr Grammatik und weniger Sauerstoff.

Doch damit war mein Abenteuer noch lange nicht zu Ende. Das Diplom war zwar schön und gut, aber was jetzt? Ich entschied mich für das Referendariat – eine Zeit, die man mit einem Survival-Training im Dschungel vergleichen könnte, nur mit Kreide, Whiteboards und einem Schwarm pubertierender Teenager, die mehr Fragen stellten als Google selbst.

Meine erste Stelle führte mich dann auf eine kleine Halbinsel im Südwesten Englands namens Portland. Wenn man von einer "Halbinsel" hört, stellt man sich vielleicht idyllische Strände, sanfte Hügel und ein bisschen Meeresrauschen vor. Nun ja, Portland hatte... Charakter. Die Landschaft war rau, der Wind immer ein treuer Begleiter, und die Einwohner hatten diesen charmanten Akzent, bei dem man sich fragte, ob sie sich auf Englisch oder in einer Geheimsprache unterhielten. Aber ich liebte es.

Die Schule dort war klein, familiär und voller Eigenheiten. Die Schüler hatten die Angewohnheit, mich wegen meines deutschen Akzents zu necken, was dazu führte, dass ich irgendwann begann, sie im Gegenzug für ihre manchmal kreativen Versuche, Deutsch zu sprechen, zu loben – oder auch auszulachen, je nach Tagesform. Es war eine Zeit voller Herausforderungen, aber auch voller Herz.

Portland mag nicht die glamouröseste Station auf meinem Lebensweg gewesen sein, aber es war der Ort, an dem ich meinen Lehrerhut zum ersten Mal richtig aufsetzte – und ihn auch dann nicht abnahm, wenn der Wind ihn mir fast vom Kopf blies.

Portland hatte also seinen ganz eigenen Charme, und die Schule, an der ich unterrichtete, war da keine Ausnahme. Doch bevor ich überhaupt richtig in den Unterricht einsteigen konnte, musste ich mich erst an eine der prägnantesten Traditionen des englischen Schulsystems gewöhnen: die Schuluniform.

Ah, die Schuluniform – eine der typischsten Eigenheiten des englischen Schulsystems und eine, die mich als Deutsche zunächst fasziniert hat. Während in meiner Schulzeit höchstens mal ein Dresscode für offizielle Anlässe galt, hatte hier jede Schule ihre eigene Uniform, die mit Stolz (oder auch Zähneknirschen) getragen wurde. Hemden, Blazer, Krawatten – selbst für die Kleinsten – und selbstverständlich die obligatorischen schwarzen Schuhe. Es war eine Art optische Gleichmachung, die zwar Stilfragen eliminierte, dafür aber anderen Herausforderungen Platz machte, wie zum Beispiel: Wie schafft man es, dass die Krawatte nicht aussieht, als wäre sie aus dem letzten Jahrhundert recycelt worden?

Die Uniform hatte allerdings auch Vorteile. Die morgendliche Frage „Was ziehe ich an?" fiel weg, und zumindest äußerlich herrschte Gleichheit – auch wenn sich die Schüler natürlich trotzdem schnell in ihre sozialen Gruppen sortierten. Ich war immer wieder erstaunt, wie viel Kreativität manche Schüler aufbrachten, um den Dresscode auf subtile Weise zu brechen – sei es durch bunte Socken oder einen rebellischen Haarschnitt.

Doch während das Äußere der Schüler genormt war, blieb der Lehrplan erstaunlich flexibel – manchmal fast zu flexibel, aus meiner Sicht. Fremdsprachen? In Deutschland ein Muss, in England eine Art exotisches Extra. Französisch, Deutsch oder Spanisch wurden häufig nur als Wahlfächer angeboten, und das auch erst ab einem bestimmten Alter. Für viele Schüler war die Idee, eine Fremdsprache zu lernen, etwa so attraktiv wie ein kalter Spaziergang im Regen. Warum sich die Mühe machen, wenn die halbe Welt ohnehin Englisch spricht?

Und genau hier begann meine erste große Herausforderung als Lehrerin. Ich erinnere mich noch lebhaft an eine achte Klasse, die mir zugeteilt wurde. 25 Jungs. Keine Mädchen, die die Balance hätten halten können, nur 25 Jugendliche mit der Energie eines Rugby-Teams und der Geduld einer Eintagsfliege. Mein Ziel? Ihnen beizubringen, dass Französisch mehr ist als nur ein Fach, das man irgendwie durchstehen muss.

Die größte Hürde hatte ich gleich in der ersten Stunde zu überwinden, als einer der Jungs – nennen wir ihn Tom – ganz direkt fragte: „Miss, warum sollten wir Französisch lernen? Das sprechen doch sowieso nur…" und dann folgte ein wenig differenzierter Kommentar, der deutlich machte, dass er nicht viel von der Sprache hielt. Eine Mischung aus Unwissenheit, jugendlicher Großspurigkeit und einer Prise Gruppendynamik.

Es war klar, dass ich jetzt alle Register ziehen musste, um die Klasse davon zu überzeugen, dass Französisch mehr zu bieten hatte als Klischees. Also machte ich das, was jeder gute Lehrer tut: Ich nahm ihre Vorurteile und drehte sie auf den Kopf – mit Humor und einem Hauch Sarkasmus.

Ich erklärte ihnen, dass Französisch nicht nur die Sprache von Mode und Eleganz ist, sondern auch die Sprache der Wissenschaft, Diplomatie und natürlich des internationalen Fußballs. „Ihr wollt später mal einen Vertrag bei Paris Saint-Germain unterschreiben?" fragte ich mit einem Augenzwinkern. „Dann solltet ihr besser wissen, was *'but'* und *'carton rouge'* bedeuten." Das brachte zumindest ein paar Lacher und lockerte die Stimmung auf.

Ich erzählte ihnen von den vielen Ländern, in denen

Französisch gesprochen wird – von Kanada bis Afrika –
und wie praktisch es sein kann, wenn man auf Reisen
nicht nur auf Englisch angewiesen ist. Und ich erklärte
ihnen, dass es beim Lernen einer Sprache nicht nur um
Grammatik und Vokabeln geht, sondern auch darum,
den Horizont zu erweitern und eine andere Kultur zu
verstehen.

Es war ein steiniger Weg, aber ich habe nie vergessen,
wie einer der Jungs, ein schüchterner, ruhiger Schüler,
nach ein paar Wochen plötzlich die Hand hob und fragte:
„Miss, wie sagt man ‚Ich liebe Fußball' auf Französisch?"
Und ich wusste: Ein kleiner Sieg war errungen.

Natürlich wurde nicht aus jedem Schüler ein begeis-
terter Linguist, aber am Ende des Jahres konnte ich
zumindest sagen, dass ich die meisten von ihnen davon
überzeugen konnte, dass Französisch nicht „uncool" war
– und dass eine Fremdsprache zu sprechen vielleicht
nicht die Welt verändert, aber definitiv die Art, wie man
die Welt sieht.

Eine ganz andere – und sagen wir mal, denkwürdige
– Erfahrung machte ich mit einer 10. Klasse, die sich für
Deutsch als Wahlfach entschieden hatte. Eine gemischte
Gruppe aus Jungs und Mädchen, die freiwillig meine
Muttersprache lernen wollten. Klingt zunächst traum-
haft, oder? Motivierte Schüler, die eine Sprache erwerben
wollen, die außerhalb Deutschlands oft als zu kompliziert, zu rau oder schlichtweg zu langwierig angesehen
wird. Ich dachte, das wird ein Spaziergang. Tja, falsch
gedacht.

Es war eine meiner ersten Stunden an der Schule, und
ich war noch voller Energie, Optimismus und dem festen
Glauben, dass ich mit ein paar lustigen Sprachspielen

und einem Lächeln alle für Deutsch begeistern könnte. Die Stunde begann auch recht vielversprechend – bis sich ein Schüler, nennen wir ihn Jack, ganz lässig zurücklehnte, die Arme verschränkte und laut verkündete: „I'm not being taught by a Nazi bitch."

Stille. Absolute Stille. Ihr wisst schon, diese Art von Stille, bei der man das leise Summen des Projektors plötzlich ohrenbetäubend laut wahrnimmt. Die anderen Schüler starrten ihn an, dann mich, dann wieder ihn, als hätten sie gerade live erlebt, wie jemand eine scharfe Mine betreten hatte. Ich glaube, mein Gehirn hat in diesem Moment kurz den Betrieb eingestellt, um die Frechheit dieser Aussage zu verarbeiten.

Nach ein paar Sekunden, die sich wie Minuten anfühlten, atmete ich tief durch – und beschloss, mich nicht aus der Ruhe bringen zu lassen. „Oh, wie interessant, du willst also nicht von einer Nazi-Schlampe unterrichtet werden" sagte ich schließlich mit einem künstlich freundlichen Lächeln. „Jack, du scheinst eine außergewöhnliche Vorstellung von deutscher Geschichte zu haben. Ich schlage vor, wir holen den Direktor dazu, damit wir sicherstellen können, dass du in genau dem Fach landest, in dem dir diese Lücken gefüllt werden."

Kurz darauf saßen wir beide im Büro des Direktors, und Jack wurde prompt in Geschichte eingeschrieben – das einzige Fach, das ihm bei seiner offensichtlichen Wissenslücke helfen konnte. Ich war insgeheim ein bisschen erleichtert, weil ich damit auch den vielleicht schwierigsten Schüler der Klasse losgeworden war. Der Direktor, ein älterer Herr mit buschigen Augenbrauen und einem trockenen Humor, schloss das Gespräch mit den Worten: „Tja, Miss, wenigstens hatte er die

Courage, seine Unwissenheit direkt zur Schau zu stellen."

Dieser Vorfall war für mich nicht nur ein lehrreicher Moment, sondern auch eine harte Lektion. Es war das erste Mal in meiner Zeit in England, dass ich wirklich spürte, welchen Ballast wir Deutschen in den Augen mancher Menschen mit uns herumtragen. Natürlich wusste ich, dass die deutsche Geschichte im Ausland ein gewaltiges Thema ist – aber es ist doch etwas anderes, wenn einem das so unverblümt ins Gesicht gesagt wird.

Im Nachhinein musste ich trotzdem schmunzeln. Einerseits, weil ich mich mit einem schnellen Reflex aus der Situation retten konnte, andererseits, weil die restliche Klasse nach diesem Vorfall so bemüht war, mir zu zeigen, dass sie nicht annähernd so unhöflich oder ignorant war wie Jack. Im Gegenteil: Einige der Schüler entschuldigten sich sogar für ihn, als wäre es ihre persönliche Aufgabe, den Ruf der gesamten 10. Klasse zu retten.

Und so entwickelte sich die Gruppe in den folgenden Wochen zu einer meiner liebsten Klassen. Vielleicht, weil wir durch diesen holprigen Start gezwungen waren, offener und ehrlicher miteinander umzugehen. Vielleicht aber auch, weil sie mir durch ihre Motivation zeigten, dass man mit Humor und Offenheit auch über schwierige Themen Brücken bauen kann – selbst in einer Sprache, die ihnen mit ihren drei Geschlechtern, vier Fällen und endlosen Artikeln regelmäßig den Kopf zerbrach.

### Auf nach Hogwarts

Nach drei intensiven und lehrreichen Jahren an meiner ersten Schule wurde ich eines Tages ins Büro der

Schulleitung gerufen. Das war nichts Ungewöhnliches, schließlich gab es ständig etwas zu besprechen – neue Stundenpläne, Ausflüge oder auch mal das Verhalten eines besonders kreativen Schülers. Doch dieses Mal merkte ich schon an den ernsten Gesichtern der Schulleitung, dass es sich um etwas Größeres handelte.

„Miss," begann der Direktor, ein Mann mit einem immer leicht zerknitterten Sakko und einer Vorliebe für tragische Pausen, „wir müssen Ihnen mitteilen, dass wir entschieden haben, Deutsch aus dem Curriculum zu nehmen."

Ich blinzelte. „Wie bitte?"

„Nun, die Nachfrage ist einfach nicht mehr da," mischte sich die stellvertretende Direktorin ein, während sie betont auf ihre Notizen schaute, als wolle sie sich dahinter verstecken. „Wir haben uns entschieden, stattdessen Spanisch anzubieten. Es ist… moderner, globaler."

Ich atmete tief durch. Spanisch! Natürlich. Die Sprache der Sonne, der Paella und der Salsa-Musik. Nur leider nicht meine Stärke. „Aber ich spreche kein Spanisch," sagte ich sachlich.

Der Direktor nickte, als wäre das die logische Konsequenz. „Das haben wir erwartet. Sie werden also verstehen, dass wir Ihnen ans Herz legen, sich nach einer neuen Stelle umzusehen."

Und so kam es, dass ich mich auf die Suche nach einer neuen Herausforderung machte. Zum Glück fand ich bald darauf eine Stelle an einer Internatsschule, was sich als das absolute Kontrastprogramm zu meiner bisherigen Erfahrung entpuppte.

Schon beim Vorstellungsgespräch war mir klar, dass ich eine völlig andere Welt betreten würde.

„Wie viele Schüler sind denn in einer Klasse?" fragte ich, noch geprägt von meinen früheren Klassenstärken von 25 und mehr.

„Zwölf, maximal," antwortete die Schulleiterin lächelnd. „In Ihrer Abiturklasse hätten Sie übrigens nur einen Schüler."

„Einen?" Ich lachte ungläubig. „Das klingt ja fast wie Privatunterricht."

„Und genau das erwarten wir auch: Individualförderung auf höchstem Niveau."

Individualförderung also. Na gut, dachte ich mir, das kann ich. Doch Individualförderung war nicht das Einzige, was an der Internatsschule anders war. Schon beim Betreten des Speisesaals fühlte ich mich, als wäre ich in einem Harry-Potter-Film gelandet. Die Lehrer saßen auf einer erhöhten Empore am sogenannten *High Table*, der uns einen perfekten Blick auf die Schüler ermöglichte, die in langen Tischreihen unter uns saßen. Der Raum war prunkvoll, mit großen Kronleuchtern, dunklem Holz und einer Atmosphäre, die förmlich nach Tradition roch.

„Muss ich mich eigentlich besonders schick machen?", fragte ich eine Kollegin vor meinem ersten gemeinsamen Dinner.

„Oh, absolut," antwortete sie mit einem Augenzwinkern. „Die Schüler achten zwar nicht so darauf, aber die Schulleitung schon. Ach, und für den Elternabend – vergessen Sie nicht Ihre Uni-Robe."

„Meine was?"

„Ihre Robe. Von Ihrer Universität. Die tragen wir traditionell zu offiziellen Anlässen."

Ich war sprachlos. Ich hatte meine Uni-Robe seit

meinem Abschluss nicht einmal mehr angesehen. Doch ein paar Tage später zog ich sie tatsächlich an, stand in einer Reihe mit den anderen Lehrern und fühlte mich wie ein Mitglied des Zauberrats von Hogwarts. Es war feierlich, irgendwie beeindruckend und gleichzeitig ein bisschen absurd.

Auch im Alltag waren die Ansprüche an unser äußeres Erscheinungsbild hoch. Als Lehrer musste man sich hier wirklich schick machen – die Herren trugen Anzug und Krawatte, die Damen elegante Blusen oder Kostüme. Meine frühere Routine, in Blazer und halbwegs bequemen Schuhen zu erscheinen, reichte hier nicht mehr aus. „Dress to impress" war das inoffizielle Motto.

Doch zurück zum Unterricht: Mein Abiturschüler – nennen wir ihn James – war die Verkörperung von Individualförderung. Wir arbeiteten eins zu eins, und er hatte einen geradezu wissenschaftlichen Eifer beim Deutschlernen. Ich musste mir nicht einmal die Mühe machen, ihn zu motivieren. Er kam mit Fragen, die teilweise sogar mich ins Schwitzen brachten.

„Miss," fragte er eines Tages, während wir den Unterschied zwischen *Konjunktiv II* und *Konjunktiv I* besprachen, „warum benutzt man eigentlich ‚würde' statt ‚hätte' in diesem Satz?"

Ich hielt inne und überlegte. „Das ist eine gute Frage, James. Die Antwort ist vermutlich: Weil wir Deutsche es einfach kompliziert mögen."

Er lachte. „Ich glaube, ich bin einer von euch. Ich liebe diese Komplexität!"

Neben dem Unterricht gab es jedoch auch die sportlichen Pflichten, die an einer Internatsschule nicht weniger ernst genommen wurden. Jeder Lehrer, der noch halb-

wegs aufrecht stehen konnte, wurde in den Sport einge-
bunden – so auch ich. Im Herbst landete ich, wenig
überraschend, bei der Mädchen-Hockeymannschaft, da
ich schon Erfahrung in diesem Bereich hatte.

„Sie spielen also Hockey?", fragte mich die Sportlei-
terin beim ersten Treffen.

„Ja, ein wenig. Ich war früher selbst im Verein",
erklärte ich bescheiden.

„Perfekt", sagte sie, ohne zu zögern. „Die Mädchen
können noch einiges lernen."

Und das taten sie tatsächlich. Die Matches am Samstagnachmittag gegen andere Schulen waren das Highlight der Woche. Nicht selten standen wir im strömenden
Regen auf dem Feld, die Mädchen mit glühenden
Wangen, während ich von der Seitenlinie rief: „Position
halten! Und nicht alle auf den Ball stürzen!"

Doch der wahre Kulturschock kam im Frühjahr, als
man mir sagte, dass ich nun die Netball-Mannschaft
übernehmen würde. Netball? Ich hatte keine Ahnung,
was das war.

„Oh, das ist ganz einfach," erklärte mir eine Kollegin
lächelnd. „Wie Basketball, nur ohne Dribbeln."

Das war allerdings eine grobe Untertreibung, wie ich
schnell herausfand. In meiner ersten Trainingsstunde
versuchten die Mädchen, mir die Regeln zu erklären.

„Miss, also, der Ball darf nicht gedribbelt werden",
begann eine der Spielerinnen geduldig. „Wenn Sie den
Ball fangen, müssen Sie stehen bleiben. Kein Rennen."

„Okay", sagte ich zögernd. „Und was dann?"

„Sie müssen passen. Aber nur zu einer Spielerin, die
in Ihrer Zone steht."

„In meiner was?" Ich schaute sie verwirrt an.

„Zone, Miss! Sie dürfen sich nur in bestimmten Bereichen bewegen. Und der Goal Shooter darf nur im Kreis stehen, um aufs Tor zu werfen."

„Klar", sagte ich langsam, obwohl mir nichts klar war.

Nach ein paar Wochen hatte ich mich immerhin so weit in die Regeln eingearbeitet, dass ich die Mädchen einigermaßen anleiten konnte. Eines der Highlights war ein Auswärtsspiel, bei dem wir mit einem knappen Vorsprung gewannen. Die Mädchen jubelten, als hätten sie die Weltmeisterschaft gewonnen, und ich stand stolz daneben, auch wenn ich ehrlich gesagt kaum verstand, wie wir gewonnen hatten.

Eine Internatsschule wie diese war nicht nur ein Ort des Lernens, sondern ein eigener kleiner Kosmos, bevölkert von Schülern aus allen Ecken der Welt. Die Internationalität brachte frischen Wind in den Alltag – und gelegentlich auch diplomatische Herausforderungen. So konnte es passieren, dass ein deutscher Schüler leidenschaftlich mit einem Italiener über Fußball diskutierte, während ein japanischer Schüler mit stoischer Ruhe versuchte, beide zu ignorieren. Der Schmelztiegel der Kulturen war beeindruckend, aber auch anstrengend: Am Ende eines Tages hatte ich manchmal das Gefühl, dass ich nicht nur Deutsch unterrichte, sondern nebenbei auch noch als Friedensvermittlerin arbeite.

Die Schüler hatten zudem einen strengen Zeitplan: Von Montag bis Samstag war Unterricht angesagt, und nur einmal im Semester hatten sie ein freies Wochenende. An diesen seltenen Wochenenden durften sie entweder von ihren Eltern besucht werden oder zu ihrem sogenannten „Guardian" gehen. Ein Guardian war, so erklärte man mir, eine Art Ersatz-Elternteil – meist ein lokaler, wohlerzogener Brite, der die Schüler an freien Wochenenden mit Tee, Spaziergängen und gelegentlich einem Sonntagsbraten versorgte. Ich fragte mich oft, ob es wohl Guardians gab, die heimlich Gin Tonic servierten, um den Kulturschock für die Schüler etwas abzufedern.

Die restlichen Sonntage waren alles andere als ruhig. Morgens um 8 Uhr stand die Kapelle auf dem Gelände auf dem Programm. Kein Schüler kam daran vorbei – egal, welcher Religion er oder sie angehörte. Es war ein Gottesdienst, der nicht unbedingt spirituell, aber stets beeindruckend war. Die Schüler trugen ihre steifen Sonntagsuniformen, sangen mit erstaunlicher Inbrunst Hymnen und bemühten sich, nicht während der Predigt einzuschlafen. Ich saß in einer der hinteren Reihen, versuchte mein bestes Lehrer-Gesicht zu bewahren und widerstand dem Drang, die Notenblätter als Fächer zu benutzen.

Nachmittags war dann Ausflugszeit. Die Schüler liebten diese Sonntage, nicht zuletzt, weil sie eine Flucht aus den heiligen Hallen der Schule bedeuteten. Auf dem *Rota*, unserem ausgeklügelten Plan, wer welchen Ausflug begleiten musste, standen auch wir Lehrer regelmäßig. Man konnte entweder Glück haben und in einen Freizeitpark oder ein Schwimmbad fahren – oder Pech und zum dritten Mal hintereinander mit einem Bus voller Teenager shoppen gehen.

Einer dieser Ausflüge führte uns nach Bath. Die Stadt war ein beliebtes Ziel, bekannt für ihre römischen Bäder, die beeindruckende Architektur – und, wie sich später herausstellte, ihre Kneipen. Wir Lehrer teilten die Schüler in kleine Gruppen auf und gaben ihnen klare Anweisungen: „Um 16 Uhr seid ihr alle pünktlich am Busparkplatz.

Keine Ausnahmen!" Die Schüler nickten, voller Vorfreude auf einen freien Nachmittag.

Der Tag verlief zunächst ruhig. Ich spazierte mit einer Kollegin durch die Stadt, besuchte einen Buchladen und genoss einen Kaffee, während die Schüler sich in der Innenstadt vergnügten. Doch als wir uns um 16 Uhr am Bus sammelten, fehlten zwei Abiturienten – nennen wir sie Tom und Harry. Beide 17 Jahre alt, sahen sie dank ihrer Größe und des beginnenden Bartwuchses jedoch aus wie 25.

Wir warteten 15 Minuten, dann 20. Schließlich rief ich Tom auf seinem Handy an. Es dauerte, bis er ranging. „Äh, Miss? Oh, äh… ja, wir kommen gleich!"

Ich hörte im Hintergrund ein Geräusch, das verdächtig nach einem Pub klang, und spürte, wie sich mein Puls beschleunigte. „Wo seid ihr?", fragte ich in meinem strengsten Ton.

„Äh, im… im Abbey… äh… wir kommen sofort!" Es folgte ein lautes Kichern, das ganz sicher nicht von einer Tasse Tee herrührte.

Eine halbe Stunde später stolperten die beiden schließlich zum Bus. Ihre Gesichter waren rot, ihre Krawatten hingen schief, und sie rochen, als hätten sie in einem Bierfass gebadet. „Sorry, Miss…", nuschelte Tom und versuchte, unschuldig zu wirken. Harry grinste nur schief und hielt sich an der Buswand fest, als hätte sie plötzlich angefangen zu schwanken.

Die anderen Schüler begrüßten sie mit Gelächter, während ich mit zusammengebissenen Zähnen verkündete: „Ihr beide werdet morgen dem Direktor alles erklären. Und glaubt mir, er wird nicht lachen."

Wie zu erwarten, war der Direktor am nächsten

Morgen wenig amüsiert. „Ein Pub? Mit 17?", fragte er mit einer Mischung aus Empörung und mühsam unterdrücktem Lächeln. „Sie hätten verhaftet werden können!"

Als Strafe mussten Tom und Harry den Rest des Semesters in ihrer Freizeit Müll auf dem Schulgelände aufsammeln. Jeden Samstag sah man die beiden mit Greifzangen und Müllsäcken über den Rasen schlurfen, während ihre Freunde Hockey spielten oder sich am Wochenende entspannten. Es war eine Lektion, die sie nicht so schnell vergessen würden – auch wenn ich insgeheim vermutete, dass sie im nächsten Semester wieder einen Pub finden würden.

Trotz solcher Eskapaden liebte ich diese Sonntagsausflüge. Sie brachten Abwechslung in den Alltag und lieferten stets Stoff für Geschichten, die wir Lehrer später beim High Table diskutierten – natürlich mit einem Glas Wein, um den Tag ausklingen zu lassen.

Nach drei Jahren an der Internatsschule merkte ich jedoch, dass sich der Wind wieder drehte. Deutsch verlor erneut an Popularität, und ich begann, über meine nächste berufliche Station nachzudenken. Schließlich entschied ich mich, eine Ausbildung zur Reiseleiterin zu machen – aber diese Geschichte, voller Abenteuer und unerwarteter Wendungen, gehört in ein anderes Buch.

Bevor ich jedoch zu sehr in die Zukunft abschweife, möchte ich an dieser Stelle ein Thema ansprechen, das mich während meiner Zeit in England – und ehrlich gesagt auch überall sonst – immer besonders fasziniert hat: das Essen. Oder sagen wir, das *Abenteuer*, das Essen in England darstellt. Denn seien wir ehrlich: Die britische Küche hat nicht unbedingt den besten Ruf. Doch meine Erfahrungen in den Schulkantinen, bei Teepausen und bei den allseits beliebten „Sunday Roasts" haben mir eines gezeigt: Essen in England ist weit mehr als Fish and Chips und Beans on Toast. Es ist Kultur, Tradition und manchmal auch ein wenig… skurril.

Das Essen war für mich nicht nur ein Weg, meinen Hunger zu stillen, sondern auch ein Fenster in die britische Seele – und ein Thema, über das ich stundenlang schreiben könnte. Und genau das werde ich jetzt tun. Willkommen in meinem Lieblingsthema: Essen!

# KAPITEL 5

## KULINARISCHE MUTPROBEN

**M**eine erste Begegnung mit einem "Full English" hatte ich 1996 auf einer Reise mit der kirchlichen Jugendgruppe. Wir waren vierzig Teenager, gemischt nach Alter und Geschlecht, und sollten in einem Internat in Somerset untergebracht werden.

Es war früh am Morgen, als wir aus dem Bus stiegen – alle gleichermaßen müde und hungrig. Unser Gruppenleiter führte uns in den Speisesaal. Beim Eintreten blieb mir der Gestank im Hals stecken. Es roch nach altem Fett und verbranntem Toast. Man sagte uns, wir sollten uns ein Tablett nehmen und uns an der Theke anstellen. Geordnetes Schlangestehen ist nichts, was Deutsche besonders gut können, schon gar nicht vierzig hungrige Deutsche.

Ich versuchte, einen Blick auf das zu werfen, was unter den Wärmelampen an der Theke ausgestellt war, konnte aber kaum etwas erkennen. Eine orangefarbene

Masse stach hervor, und ich hatte keine Ahnung, was das sein könnte. Als ich an der Reihe war, wagte ich, mein Schulenglisch zu nutzen und die Dame hinter der Theke anzusprechen.

„Was ist das?", fragte ich.

„Gebackene Bohnen, meine Liebe. Möchtest du welche?", entgegnete sie höflich.

„Was sind Baked Beans?", fragte ich weiter.

„Die sind sehr gut für die Nerven", versicherte sie mir.

„Gut, nur ein kleines bisschen, bitte."

Die Dame schöpfte mir einen Klecks der orangen Masse auf den Teller. An der nächsten Station stand „Black Pudding" – das sah mir verdächtig aus, also ließ ich es lieber liegen. Schließlich entdeckte ich etwas, das wie Speck aussah. Es gab auch „Hash Browns". Mein Vater hatte mir immer beigebracht, nur das zu essen, was ich erkennen kann, also nahm ich Rührei und Toast und setzte mich.

Heute, nach vielen Jahren in England, weiß ich, dass ein „Full English" zum kulinarischen Weltkulturerbe gehört. Es ist Englands Antwort auf die feine französische Küche. Inzwischen genieße ich ein „Full English" durchaus, aber um Blutwurst mache ich weiterhin einen großen Bogen.

### Ein Klumpen Schottland – Haggis

Ich werde auch nie den Tag vergessen, an dem ich „Haggis" probierte. Zwar ist das streng genommen kein englisches Gericht, aber Schottland gehört ja auch zu diesen herrlichen Inseln. Im Hause Tucker aßen wir jeden Abend gemeinsam. Wir saßen am Tisch und unterhielten uns über unseren Tag. Meine Gastmutter Rosemary war eine ausgezeichnete Köchin, und ich genoss ihre Gerichte – bis zu diesem Abend. Sie kam aus der Küche mit einem Teller voll dampfender Klumpen, die etwa faustgroß waren.

„Was ist das?" Skeptisch inspizierte ich diese Brocken.

„Das ist Haggis", antwortete Rosemary.

„Was ist Haggis genau?", fragte ich vorsichtig, denn mein Misstrauen wuchs.

„Nun, Haggis ist eine schottische Spezialität. Es ist eine Mischung aus Schafsleber, Herz und Lunge, die mit Haferflocken, Zwiebeln und Gewürzen vermengt und in einen Schafsmagen gefüllt wird", erklärte sie mit einem stolzen Lächeln.

Ich schluckte trocken. „In … einen Schafsmagen?"

„Oh, ja! Es wird gekocht, bis es ganz zart ist. Es mag seltsam klingen, aber es ist wirklich köstlich – probier es einfach", fügte sie hinzu, während sie den Teller vor mir abstellte.

Bis zu diesem Zeitpunkt hatte ich Rosemary und ihren Kochkünsten immer vertraut. Ich nahm das Besteck in die Hand und begann, den Klumpen vor mir zu bearbeiten. Das Innere sah wie Hackfleisch aus, also dachte ich, so schlimm kann es nicht sein. Doch sobald ich den ersten Bissen in den Mund steckte, schlug mir ein starker Geruch entgegen. Es fühlte sich an wie Erde im Mund und schmeckte ähnlich. Alles in mir schrie danach, es zurück auf den Teller zu spucken, aber ich wollte Rosemary nicht beleidigen. Ich vermied ihren Blick und zwang mich, das Stück herunterzuschlucken.

„Und? Wie schmeckt es dir?"

„Ja, ja, gut", log ich. „Könnte ich etwas Senf haben?" Ich hoffte, dass das den Geschmack überdecken würde.

„Senf? Wirklich? Wir essen normalerweise keinen Senf zu Haggis", entgegnete Rosemary erstaunt.

„In Deutschland geben wir zu allem Senf", log ich erneut.

Rosemary brachte eine Dose Coleman's Senf aus der Küche. Ich gab großzügig davon auf meinen Teller und schnitt das nächste Stück ab. In Deutschland ist Senf sehr mild, aber Coleman's Senf war scharf. Sofort traten mir Tränen in die Augen. Ich stürzte aus dem Zimmer, spuckte das Essen in die Spüle und hielt meinen Mund unter den Wasserhahn. Rosemary kam in die Küche.

„Alles in Ordnung, Liebes?" Sie zeigte sich besorgt.

„Senf ... scharf ...", brachte ich heraus.

„Ah, ich verstehe", sagte sie und ließ mich allein.


### Sonntagsbraten

Deutsche sind für ihren Schweinefleischkonsum bekannt, viele unserer Gerichte basieren darauf. Ich komme aus Hessen, wo „Mettbrötchen", rohes Schweinehackfleisch mit Zwiebeln auf einem Brötchen, als traditionelles Gericht gilt. Die Engländer hingegen lieben ihr Rindfleisch.

Rosemary bereitete einen wunderbaren Sonntagsbraten zu. In meiner ersten Woche in England gab es Roastbeef mit allem Drum und Dran. Dazu gehörte auch Yorkshire Pudding. Das Wort „Pudding" weckt in Deutschland die Vorstellung von Dessert. Ich wollte mich schon nach dem Geschmack des Yorkshire Puddings erkundigen, entschied mich aber nach dem Haggis-Vorfall dagegen.

Als Rosemary das Abendessen servierte, traute ich meinen Augen kaum. Der Teller war voll beladen mit Fleisch und Gemüse – so viel hatte ich noch nie auf einem Teller gesehen.

Ich betrachtete skeptisch den Yorkshire Pudding, der aussah wie eine fliegende Untertasse. Zögerlich nahm ich einen Bissen und stellte fest, dass er eigentlich nach nichts schmeckte.

„Und, wie findest du ihn?", fragte Rosemary erwartungsvoll.

„Er schmeckt ... neutral", antwortete ich vorsichtig.

„Gefällt er dir nicht?" Ich blickte in ein enttäuschtes Gesicht.

„Doch, doch", versicherte ich ihr, „aber bei so viel anderem Essen wirkt er etwas überflüssig."

„Oh nein, ein Yorkshire Pudding ist das Herzstück des Sonntagsbratens", erklärte sie. „Man braucht Jahre, um ihn perfekt hinzubekommen. Er sollte wie eine Hüpfburg auf der Zunge sein."

Nach all den Jahren habe ich noch nie selbst Yorkshire Puddings gemacht. Wenn es mal Sonntagsbraten gibt, vertraue ich auf Tante Bessie's tiefgekühlte Yorkshire-Puddings, die man nur aufwärmen muss.

### Fish and Chips

Ich glaube, jedes deutsche Kind hat im Englischunterricht etwas über Fish and Chips gelernt und tut es immer noch. Man zeigte uns Bilder von etwas Beigefarbenem, das in eine alte Zeitung eingewickelt war, mit Chips an der Seite. Der Lehrer sagte uns, dass man Salz und Essig darauf tun muss, damit es besonders lecker ist. Was er uns nicht erzählte, war, dass man in England Malzessig auf die Pommes frites gibt und nicht das Zeug, das wir in Deutschland verwenden und das einem die Tränen in die Augen treibt, wenn man nur an der Flasche schnuppert.

Das erste Mal, dass ich Fish and Chips probierte, war bei einem Tagesausflug nach West Bay, unten an der Küste von Dorset. Es war ein lauer Sommerabend im Juli, und wir hatten den ganzen Tag über im Garten hart gearbeitet. Tony und Rosemary hatten einen riesigen Garten, und das Mähen des Rasens war ein großes Unterfangen. Es war ein Sonntag. Ich muss Ihnen an dieser Stelle sagen, dass Rasenmähen an einem Sonntag in Deutschland eine Todsünde ist. Wenn Ihre Nachbarn Sie dabei erwischen, würden sie Sie beim Bürgermeister anzeigen und Sie würden mit einem Brief ermahnt werden, sich an die Gesetze zu halten, denn Rasenmähen ist Lärmbelästigung.

Wincanton ist etwa eine Stunde von West Bay entfernt. Tony nahm immer gerne die landschaftlich reizvolle Strecke, um mir zu zeigen, wie schön England ist, und so dauerte die Fahrt dorthin fast zwei Stunden. Nachdem wir das Auto geparkt hatten, gingen wir zum Laden hinüber, bestellten drei Portionen und machten es uns bei den Strandhütten gemütlich.

Meine Portion war in gräuliches Papier eingewickelt und fühlte sich in meinem Schoß richtig warm an. Der Geruch war köstlich. Ich suchte nach Messer und Gabel. Vielleicht hatte der Verkäufer sie in das Papier eingewickelt und sie waren auf den Boden gefallen?

„Geht es dir gut?", fragte Tony.

„Ja, es geht mir gut, danke", antwortete ich. Mein Englisch war zu diesem Zeitpunkt sehr gestelzt, da ich in der Schule gelernt hatte, immer höflich zu sein.

„Hast du etwas verloren?"

„Wo sind Messer und Gabel?"

„Oh, ich verstehe. Nein, du musst es so essen", und er nahm einen Chip mit den Fingern auf und steckte ihn in den Mund. Er holte ein wenig Luft, denn der Chip war noch ziemlich heiß.

Ich tat, was er mir zeigte. Ich muss sagen, dass ich den Teig um den Fisch nicht mochte. Für meinen Geschmack war er zu fettig und reichhaltig, und bis zum heutigen Tag schäle ich den Teig ab und esse nur den Fisch im Inneren.

**Tee**

Ich habe sehr schnell gelernt, dass Tee in England das Heilmittel für alles ist. Ich war ein sehr kränkliches Kind und oft im Krankenhaus mit verschiedenen Beschwerden. In Deutschland bekommt man je nach Krankheit entweder Fenchel- oder Pfefferminztee serviert. Wenn es einem nicht zu schlecht geht und der Magen in Ordnung ist, bekommt man Hagebuttentee. In jedem großen deutschen Supermarkt gibt es einen ganzen Gang, der den verschiedenen Teesorten gewidmet ist. Englische Supermärkte haben dies in den letzten Jahren ebenfalls erkannt.

In England gab es jedoch schon immer eine große Auswahl an schwarzem Tee, wie wir ihn in Deutschland nennen. Es gibt Darjeeling, Earl Grey, Assam, Lady Grey.

Selbst wenn es um eine Standardtasse Tee geht, gibt es eine Vielzahl von Marken, aus denen man wählen kann.

Ich habe sehr schnell gelernt, dass es nichts gibt, was man nicht mit einer guten alten Tasse Tee heilen kann. Es spielt keine Rolle, was für ein Tag es ist, welche Tragödie passiert ist, wie spät es ist, welche Gedanken und Gefühle einen plagen – es gibt keine Situation auf der Welt, die so schlimm ist, dass sie nicht mit einer Tasse Tee behoben werden könnte. Der Zuckerspiegel könnte etwas ansteigen, je nachdem, wie groß Ihr Leidensdruck ist.

Innerhalb des ersten Monats nach meiner Ankunft in England musste ich operiert werden. Nichts Großes, nur eine Laparoskopie, da meine Eierstöcke wieder Probleme machten.

Ich kam früh am Morgen an und wurde in ein Bett auf der Tagesstation gebracht. Die Krankenschwester brachte mir einen Kittel zum Anziehen und Strümpfe. Beides war nicht sehr schmeichelhaft. Der Anästhesist kam nach etwa einer Stunde, um nach mir zu sehen. Zehn Minuten später wurde ich in den OP gerollt. Der freundliche Anästhesist bat mich, von zehn herunterzuzählen, aber ich kann mich nur daran erinnern, dass er sehr große Füße hatte.

Ich wachte auf, als ich hörte, wie jemand meinen Namen sagte. Die Krankenschwester fragte mich, ob ich mich erinnern könne, wo ich war, und fragte mich sogar, ob ich mich an meinen Namen erinnern könne. Komischerweise kannte ich ihn, obwohl ich ihn erst zwei Minuten zuvor gehört hatte. Ich wurde zurück auf die Station gebracht, wo ich schließlich wieder etwas zu mir kam.

Etwa eine Stunde nach der Operation kam die Krankenschwester zurück.

„Möchtest du eine Tasse Tee, Britta?", fragte sie.

„Tee? Nein, danke. Ich bin nicht durstig."

„Sie müssen etwas trinken."

„Ich will aber keinen Tee", sagte ich.

„Ich werde Ihnen trotzdem einen machen. Mögen Sie Zucker?"

Fünf Minuten später stand eine Tasse Tee neben meinem Bett.

Im Laufe der Jahre habe ich festgestellt, dass es beim Teetrinken nicht so sehr auf die tatsächliche Flüssigkeitsaufnahme ankommt, sondern auf das Ritual. Eine Tasse Tee ist wie eine Auszeit vom Leben. Eine willkommene Verschnaufpause. Es ist ein geheimes Zeichen. Jemandem eine Tasse Tee anzubieten, zeugt von Fürsorge.

**Cream Tea**

An einem verregneten Samstag machte ich mit Rosemary einen Ausflug nach Salisbury. Als wir ermüdet und durchnässt in einer kleinen Seitenstraße standen, machte Rosemary folgenden Vorschlag.

„Ich glaube, es ist an der Zeit, dass du einen richtigen Cream Tea probierst," sagte sie geheimnisvoll, während wir durch die Tür des kleinen Cafés traten.

„Cream Tea?", fragte ich neugierig. „Also… Tee mit Sahne?"

Rosemary warf mir einen amüsierten Blick zu und kicherte. „Ach nein, Liebes, nicht ganz. Setz dich, dann zeige ich dir alles."

Während wir uns setzten, schien es mir fast, als

würde Rosemary eine Art magisches Ritual vorbereiten. Sie winkte dem Kellner, bestellte „einen Cream Tea für zwei" und sah mich mit einem Lächeln an, das mich gleichzeitig beruhigte und leicht nervös machte.

Ein paar Minuten später wurde uns eine große silberne Teekanne gebracht, dampfend und duftend nach Earl Grey. Dazu wurde ein Tablett mit perfekt runden, goldbraunen Brötchen, kleinen Gläsern mit Marmelade und einem mysteriösen Häufchen dicker, weißer Creme gebracht.

„Das ist Clotted Cream", erklärte Rosemary stolz und deutete auf die Creme.

Ich beugte mich vor und musterte sie neugierig. „Also… kommt die Cream in den Tee, oder?"

Rosemary sah mich mit großen Augen an und brach in Gelächter aus. „Ach nein, mein Schatz! Du bestreichst die Scones mit der Creme. Das ist das Besondere an einem Cream Tea."

„Oh…", murmelte ich und fühlte, wie ich rot wurde. „Das ist also… ein Dessert?"

„Genau", antwortete Rosemary lächelnd, „ein sehr britisches Dessert." Sie griff einen Scone, schnitt ihn in zwei Hälften und begann, dicke Schichten Clotted Cream und Erdbeermarmelade darauf zu verteilen. Dann schob sie mir den Scone hinüber.

„Hier, probier mal."

Ich nahm den Scone vorsichtig, als wäre er eine antike Porzellantasse. Meine erste Reaktion war Verwirrung: es sah so schwer und reichhaltig aus, und dennoch irgendwie elegant. Zögerlich biss ich hinein – und wurde sofort überwältigt. Die Clotted Cream war nicht wie Sahne in Deutschland; sie war dichter, fast buttrig, aber unglaublich samtig und zart. Die Süße der Erdbeermarmelade harmonierte perfekt damit, und der warme, krümelige Scone war der perfekte Rahmen für diesen luxuriösen Aufstrich.

„Das ist... das ist unglaublich!", rief ich, als sich meine Augen vor Überraschung und Freude weiteten.

Rosemary lachte. „Das dachte ich mir. Cream Tea ist eine Art Kunst hier. Es ist nicht einfach nur Tee trinken – es ist ein Ritual."

Nachdem wir beide in unsere Scones gebissen hatten, griff ich zur Teekanne und begann, Tee in unsere Tassen zu gießen.

„Und trinkt man diesen Tee dann auch ohne Milch?", fragte ich unsicher, als ich die Tasse an die Lippen hob.

„Nun, das ist Geschmackssache", erklärte Rosemary und schüttelte den Kopf. „Aber ich würde sagen, probier ihn erstmal pur, und dann kannst du Milch oder Zitrone hinzufügen, wenn dir das lieber ist."

Ich nahm einen Schluck, und der Duft des Earl Grey durchströmte meine Sinne. Es war warm und ein bisschen bitter, aber es passte perfekt zu der Süße des Scones.

„Rosemary, ich muss gestehen", sagte ich schließlich und setzte die Tasse ab, „ich dachte wirklich, dass Cream Tea bedeutet, dass man Sahne in den Tee gibt."

Rosemary brach in schallendes Gelächter aus. „Ach, du bist nicht die Erste, die das denkt, Liebes. Aber glaube mir, du hast die bessere Variante erwischt."

Während ich mir den zweiten Scone nahm und begann, ihn ebenfalls großzügig mit Clotted Cream und Marmelade zu bestreichen, erzählte sie mir von ihrer Kindheit und ihrem ersten Cream Tea, den sie in einem Urlaub in Cornwall kennengelernt hat. Sie sprach von warmen Sommernachmittagen, Picknicks auf den Klippen und langen Spaziergängen entlang der Küste.

„Weißt du, dieses Cream-Tea-Erlebnis fühlt sich an, als wäre ich in einer anderen Zeit. Fast wie… wie ein kleiner Urlaub im Urlaub."

Rosemary nickte. „Genau so soll es sein. Cream Tea ist mehr als nur eine Mahlzeit; es ist ein kleines Stück britische Seele."

Ich lächelte und schaute aus dem Fenster des kleinen Cafés. Der Regen hatte aufgehört, und ein leichter Nebel hing über der Stadt. In diesem Moment fühlte ich mich auf seltsame Weise angekommen. Ich war zwar immer noch ein Gast in diesem Land, aber in diesem Augenblick fühlte ich mich ein bisschen mehr wie eine von ihnen.

„Weißt du, Rosemary, ich glaube, ich werde den Cream Tea nie mehr vergessen. Sogar, wenn ich irgendwann wieder nach Deutschland zurückkehre, werde ich mich an diesen Geschmack erinnern."

Sie zwinkerte mir zu. „Genau das ist das Ziel. Ein Cream Tea soll eine Erinnerung schaffen, die bleibt. Und jetzt, trink deinen Tee, bevor er kalt wird."

Ich hob die Tasse und prostete ihr zu. „Auf den Cream Tea, und auf das Missverständnis, das alles erst so interessant gemacht hat."

Rosemary lachte wieder und nahm einen weiteren Bissen von ihrem Scone. „Auf Missverständnisse, und auf neue Erinnerungen", wiederholte sie feierlich.

### Die Sache mit der Vorspeise

Während meines Aufenthalts bei Rosemary wollte ich mich eines Abends besonders erkenntlich zeigen. Schließlich kochte sie fast jeden Tag für mich – und das immer mit so viel Liebe und Hingabe. „Heute übernehme ich das Kochen!", verkündete ich voller Tatendrang, als wir am Frühstückstisch saßen.

„Ach, das ist aber nett von dir!" Rosemary lächelte. Tony hob eine Augenbraue. „Bist du sicher, dass du das möchtest?", fragte er skeptisch. „Natürlich! Ich werde etwas Einfaches und Köstliches zubereiten."

Ich machte mich also auf den Weg in den lokalen Supermarkt, bewaffnet mit der Vision eines leckeren Essens. Beim Durchstöbern der Regale entdeckte ich einen Bereich mit reduzierter Ware. Mein Blick fiel auf eine elegante Dose mit der Aufschrift Petit Paté.

„Ah, das klingt doch perfekt!", dachte ich. „Pastete auf Toast – edel, aber simpel!" Die Dose war klein, fast schon schick, und dazu günstig. Ich griff zu, kaufte noch Brot und ein paar andere Kleinigkeiten und ging zufrieden nach Hause.

Am Abend bereitete ich alles mit Hingabe vor. Ich toastete das Brot goldbraun, öffnete die Dose und verteilte die cremige Masse darauf. Der Geruch war… nun ja, ungewöhnlich, aber ich dachte mir nichts dabei. Vielleicht war das einfach die französische Note, die meinen deutschen Gaumen irritierte.

„Essen ist fertig!", verkündete ich stolz und stellte die Teller auf den Tisch. Rosemary und Tony setzten sich, neugierig, was ich wohl gezaubert hatte.

Rosemary nahm den ersten Bissen. Ihr Gesichtsausdruck wechselte von neutral zu vorsichtig und schließlich zu… gequält. Tony biss ebenfalls ab, zog aber sofort eine Grimasse. „Äh… interessant", kommentierte er diplomatisch und schob seinen Toast unauffällig zur Seite.

Ich selbst nahm nun auch einen Bissen – und mein Enthusiasmus verpuffte. Es schmeckte… abscheulich. Bitter, salzig, irgendwie… seltsam. „Oh Gott, das ist ja schrecklich!", platzte ich heraus und spuckte es fast aus.

Tony stand schließlich auf und ging in die Küche. „Ich schau mal, was da schiefgelaufen ist." Nach ein paar Sekunden hörte ich ein lautes Lachen. Er kam zurück – in der Hand die Dose, die ich benutzt hatte.

„Weißt du eigentlich, was du da serviert hast?" Tony hielt mir die Dose vor die Nase und deutete auf eine kleine Zeile unter der großgeschriebenen Aufschrift Petit Paté. Darunter stand: für Katzen.

„Was? Nein! Das ist nicht euer Ernst!" Ich riss ihm die Dose aus der Hand und las es selbst. Tatsächlich. Es war Katzenfutter.

Tony konnte sich kaum noch halten vor Lachen, während Rosemary höflich versuchte, ihre Erheiterung zu verbergen. „Also, ich muss sagen, als Vorspeise war das… kreativ", neckte sie mich.

Ich lief rot an. „Na toll. Das nächste Mal lese ich das Kleingedruckte."

Tony grinste breit. „Ich bin mir sicher, die Katzen im Haus hätten es sehr geschätzt."

Nicht alles, was schick klingt, gehört auf den Teller – manchmal ist es besser für die Katz.

### Käse schließt den Magen

Wenn man an englischen Käse denkt, kommt einem unweigerlich Cheddar in den Sinn. Dieser weltbekannte Hartkäse stammt aus der Grafschaft Somerset, genau wie das Städtchen Wincanton. Seinen Namen verdankt der

Käse dem kleinen Dorf Cheddar, das in der Nähe von Wells liegt. Hier, in den kühlen Höhlen der Cheddar Gorge, wurde der Käse erstmals gereift. Die natürlichen Bedingungen in den Höhlen – eine gleichmäßige Temperatur und hohe Luftfeuchtigkeit – boten ideale Voraussetzungen, um den Käse zu lagern und seinen einzigartigen Geschmack zu entwickeln.

Cheddar ist nicht gleich Cheddar, denn die Reifung macht den Unterschied. Die verschiedenen Reifestufen beeinflussen sowohl den Geschmack als auch die Konsistenz:

- Milder Cheddar: Dieser Käse reift nur 2 bis 3 Monate. Sein Geschmack ist weich, cremig und leicht süßlich, wodurch er sich perfekt für Kinder oder zum Überbacken eignet.

- Mittlerer Cheddar: Nach etwa 6 Monaten Reifung wird der Käse kräftiger und würziger. Seine Konsistenz bleibt jedoch noch geschmeidig.

- Reifer Cheddar: Mit einer Reifungszeit von 9 bis 12 Monaten entwickelt der Käse eine kräftige Würze und einen nussigen Geschmack. Die Textur wird leicht bröckelig.

- Sehr alter Cheddar (Vintage Cheddar): Dieser Käse reift mindestens 18 Monate, oft aber auch länger – bis zu drei Jahre. Sein Geschmack ist intensiv, komplex und würzig, manchmal fast rauchig. Die Konsistenz ist trocken und krümelig, was dazu führen kann, dass der Käse regelrecht „im Hals stecken bleibt", wenn man ihn pur genießt.

Cheddar ist heute einer der am weitesten verbreiteten Käse weltweit, doch der echte, traditionelle West Country Farmhouse Cheddar darf nur in Somerset und den angrenzenden Grafschaften Devon, Dorset und Cornwall hergestellt werden. Diese regionale Spezialität wird nach strengen Vorgaben produziert, um den ursprünglichen Charakter zu bewahren. Wer also authentischen Cheddar kosten möchte, sollte unbedingt auf dieses Gütesiegel achten.

Cheddar ist nicht nur ein kulinarischer Klassiker, sondern auch ein Stück englischer Geschichte, das bis heute untrennbar mit der Grafschaft Somerset verbunden ist.

Bei einem unserer gemeinsamen Abendessen bei Tony und Rosemary lernte ich eine weitere typisch englische Tradition kennen: Käse zum Abschluss eines Essens. „Käse schließt den Magen", erklärte mir Tony mit einem breiten Grinsen, während er eine Holzplatte mit verschiedenen Sorten auf den Tisch stellte. Es gab eine Auswahl an Crackern, Trauben und natürlich die Hauptattraktion: Vintage Cheddar und Stilton.

Rosemary reichte mir den Cheddar zuerst: ein krümeliger, fast schon trockener Käse mit einem scharfen, intensiven Geruch. „Das ist Vintage Cheddar, gereift über drei Jahre. Das probierst du jetzt, aber sei gewarnt – er hat Charakter!"

Ich schnitt ein kleines Stück ab, legte es vorsichtig auf einen Cracker und nahm einen Bissen. Der Geschmack war überwältigend: salzig, scharf, intensiv und trocken, so trocken, dass ich mich fast verschluckte.

„Und?", fragte Tony neugierig und hob sein Glas Portwein.

„Hm… interessant", antwortete ich höflich, während ich hastig nach meinem Wasserglas griff.

Rosemary lachte: „Interessant ist ein gutes Wort. Aber

Cheddar ist ja noch harmlos. Warte, bis du Stilton probierst!"

Tony schob mir den nächsten Käse entgegen: Stilton, ein bläulich marmorierter Käse mit einer weichen, fast cremigen Konsistenz. „Das ist unser König der Blauschimmelkäse. Er wird hauptsächlich in den Grafschaften Derbyshire, Leicestershire und Nottinghamshire hergestellt. Sein Geschmack ist kräftig und pikant, manchmal fast süßlich, je nachdem, wie lange er gereift ist."

Ich zögerte. Der Geruch des Stiltons war heftig – ein stechender, scharfer Duft, der mir schon vorher verriet, dass dieser Käse nichts für schwache Nerven war. Trotzdem schnitt ich ein winziges Stück ab und versuchte, es zu probieren. Der Geschmack war überwältigend – und ganz und gar nicht mein Fall. Der salzige, scharfe Blauschimmel schmeckte für mich fast „metallisch", und ich musste mich zusammenreißen, um nicht das Gesicht zu verziehen.

„Na, was sagst du jetzt?", fragte Tony neugierig.

„Ich glaube, ich bin noch nicht bereit für Stilton", gestand ich ehrlich und legte den Rest meines Stücks unauffällig auf den Rand meines Tellers.

Rosemary lächelte verständnisvoll. „Es ist wirklich ein Käse für Liebhaber. Viele Engländer wachsen mit Stilton auf und lieben ihn, aber ich verstehe, dass er für Neulinge etwas... überwältigend sein kann."

„Etwas?", wiederholte ich mit einem schwachen Lächeln, woraufhin wir alle lachen mussten.

Am Ende blieb ich bei dem Cheddar – so intensiv er auch war, er war für mich immer noch die angenehmere Wahl. Stilton hingegen hatte ich für den Moment abgehakt. Aber eines wusste ich sicher: Englische Käsetraditionen waren nichts für zaghafte Genießer!

Nachdem ich also erfolgreich sämtliche kulinarischen Mutproben Englands bestanden hatte – vom englischen Frühstück über den fragwürdigen Yorkshire Pudding bis hin zu einer schockierenden Begegnung mit einer Pastete, die sich als Katzenfutter entpuppte –, dachte ich, ich hätte die britische Kultur endgültig durchschaut. Doch wie falsch ich lag! Denn was ich nicht ahnte, war, dass der wahre Test meiner Nerven und meines Verständnisses für britische Eigenheiten nicht auf dem Teller, sondern auf dem Bildschirm auf mich wartete.

# KAPITEL 6
# CHANNEL HOPPING AUF BRITISCH

„Weißt du", sprach mich Rosemary eines Abends beim Abendessen an, „wenn du wirklich etwas über dieses Land lernen willst, dann schau dir das Fernsehen an."

Tony nickte zustimmend. „BBC 1 und BBC 2 sind solide. ITV geht gerade noch. Aber bleib um Himmels willen weg von Channel 5 – da läuft nur Unsinn."

Ich lachte und antwortete: „Dann weiß ich ja, wo ich anfangen muss!"

Ich habe irgendwo gelesen, dass man ein Land verstehen kann, wenn man es im Fernsehen sieht. Es ist wie ein Fenster in die Seele einer Nation. Humor, Werte, Vorlieben und Ängste – alles spiegelt sich darin wider. Und so begann ich, mich ins britische Fernsehen zu vertiefen.

Am Anfang war es nicht leicht. Mein Schulmädchen-Englisch war weit entfernt von flüssig. In den ersten Wochen meines Aufenthalts in Großbritannien hatte ich keinen Vollzeitjob, also verbrachte ich viel Zeit damit, die Sprache besser zu lernen – und das Fernsehen half mir dabei.

In den ersten Wochen beschloss ich, einfach mit dem Strom zu schwimmen und mir alles Mögliche anzusehen. Ich wurde süchtig nach *The Vicar of Dibley*. Es gefiel mir so gut, dass ich eine Zeit lang sogar in Erwägung zog, eine Umschulung zum Vikar zu machen. Am Anfang habe ich nicht alle Witze verstanden. Schließlich sind die Deutschen bekannt dafür, keinen Sinn für Humor zu haben. Nach mehreren Wiederholungen und einem Wörterbuch an meiner Seite begann ich, ein Verständnis für den britischen Humor zu entwickeln. Damals gab es noch keine Internetverbindung, sodass es viel einfacher war, die Wörter oder Ausdrücke, die ich nicht verstand, zu notieren und später nachzuschlagen.

Tony und Rosemary waren Ende fünfzig und meiner Meinung nach sehr traditionelle Engländer, sodass ich sehr schnell lernte, dass BBC 1 und BBC 2 die Kanäle waren, die man sehen musste. ITV war gut für Wiederholungen von Sendungen wie *Miss Marple* und *Poirot*. Sie besaßen zwar eine SKY-Box, aber wenn ihr jüngster Sohn zu Hause war und in seinem Schlafzimmer oben fernsah, konnten wir unten nicht fernsehen, was ich damals nicht als tragisch empfand, da ich immer noch versuchte, mit dem Humor von Dawn French zurechtzukommen, ganz zu schweigen von den modernen Sachen, die auf anderen Kanälen gezeigt wurden.

Eine andere Serie, die ich wirklich genießen konnte, war Mister Bean. Tony und Rosemary konnten nicht glauben, wie sehr ich über Rowan Atkinson lachen musste.

„Du musst nicht mal Englisch können, um Mister Bean zu verstehen", neckte mich Tony eines Tages.

„Genau deshalb mag ich es so sehr!", antwortete ich. „Er zeigt mir, dass Humor eine universelle Sprache ist."

„Vielleicht solltest du dir auch Paddington Bear anschauen", schlug Rosemary vor. „Das ist ein Stück Kindheit für jeden hier."

Ich kaufte mir später die DVDs von Paddington und verliebte mich in den kleinen Bären. Seine Geschichten waren einfach genug, dass ich jedes Wort verstehen konnte, aber trotzdem lehrreich. Und natürlich war Paddingtons Höflichkeit ein wunderbarer Einstieg in die britische Kultur.

Während meines Aufenthalts bei Rosemary und Tony entwickelte ich eine abendliche Routine, die zu einer Art Ritual wurde. Nach dem Abendessen versammelten wir uns im Wohnzimmer, um gemeinsam die Nachrichten zu schauen. Das leise Summen des Fernsehers und die Stimmen der Nachrichtensprecher bildeten den Hintergrund für unsere Unterhaltungen. Aber was mir dabei auffiel, war, dass meine Gasteltern niemals auf die Idee kamen, danach eine dieser berühmten englischen Soaps einzuschalten – weder *EastEnders*, noch *Coronation Street* oder *Emmerdale*.

Ich erinnere mich, wie ich eines Abends nachfragte: „Warum schaut ihr eigentlich nie diese Serien, die doch scheinbar alle anderen schauen?" Tony lachte und sagte: „Ach, dafür haben wir keine Zeit, und ehrlich gesagt, ist das nicht unser Ding." Rosemary nickte zustimmend. „Aber sie sind ein großer Teil der englischen Kultur, das muss man zugeben", fügte sie hinzu. Und das war es:

Diese Serien, die für so viele Menschen in England zum Alltag gehörten, blieben für mich ein Rätsel.

Manchmal frage ich mich, was ich vielleicht verpasst habe, denn diese Serien erzählen so viel über das Leben, die Sorgen und die Hoffnungen der Menschen in diesem Land. *EastEnders*, zum Beispiel, spielt im fiktiven Londoner Viertel Walford und zeigt das Leben der Arbeiterklasse – voller Intrigen, Tragödien und Beziehungen, die oft so chaotisch sind wie das echte Leben. Es ist, als ob man einen Blick hinter die Fassaden einer Gemeinschaft werfen würde, die mit den Herausforderungen des modernen Lebens ringt.

*Coronation Street*, die älteste Soap der Welt, führt uns nach Weatherfield, einem fiktiven Viertel in Manchester. Hier geht es um den Charme des Alltäglichen: Nachbarschaftsklatsch, familiäre Dramen und kleine, manchmal auch große Katastrophen. Für viele Briten ist diese Serie ein Stück Heimat, ein Ort, der sich trotz aller Veränderungen immer vertraut anfühlt.

Und dann ist da noch *Emmerdale*, das ländlichste der drei. Im idyllischen Dorf Emmerdale werden die scheinbar ruhigen Hügel oft von Stürmen erschüttert – seien es familiäre Fehden, romantische Verwicklungen oder gar spektakuläre Katastrophen wie Zugunglücke und Brände. Es ist eine Serie, die das Dorfleben romantisiert, aber auch die dunklen Seiten beleuchtet.

Während ich so darüber nachdenke, bereue ich ein wenig, dass ich nie die Gelegenheit genutzt habe, auch nur eine einzige Folge anzuschauen. Vielleicht hätte ich dadurch mehr über England und seine Menschen gelernt – über ihre Träume, ihre Sorgen und ihre Sehnsüchte. Aber dann denke ich wieder an die Abende mit Rosemary und Tony, an unsere Gespräche bei einer Tasse Tee, und ich weiß, dass ich genau dort mehr über das wahre England gelernt habe, als es jede Soap je hätte vermitteln können.

Mir ist aufgefallen, dass im englischen Fernsehen Leute mit regionalem Akzent nie untertitelt werden. Ich hatte zum Beispiel große Probleme, die alte Serie *Tutti Frutti* zu verstehen, in der eine sehr junge Emma Thompson mit einem starken schottischen Akzent mitspielte. Die gleichen Probleme hatte ich mit *Auf Wiedersehen, Pet*. Ich hatte mich gerade erst an den Somerset-Akzent gewöhnt; den Newcastle-Akzent fand ich in der Tat sehr lästig. Wenn im deutschen Fernsehen jemand etwas anderes als „Hochdeutsch" spricht, gibt es Untertitel. Mir ist aufgefallen, dass dies im britischen Fernsehen nicht der Fall ist. Die Engländer sind stolz auf ihre Akzentvielfalt, und nur die Queen und die Nachrichtenmoderatoren sprechen mit der sogenannten „Received Pronunciation".

*Yes Minister* war eine Serie, die ich in meinem ersten Jahr hier weder genießen noch verstehen konnte. Die Subtilität der Witze und die politischen Untertöne waren für mich nicht nachvollziehbar.

Eine andere Sendung, die ich nur schwer verstehen konnte, war *Dad's Army*. Meine Gasteltern mussten mir das gesamte Konzept der Serie erklären, bevor ich ihren Humor verstehen konnte.

Meine Großmutter kam mich im ersten Jahr besuchen, und obwohl sie kein Wort Englisch spricht, schaltete sie durch die Kanäle und war von *Dad's Army* fasziniert. Ich verwende das Wort „fasziniert" hier leichtfertig.

Wir saßen gemeinsam vor dem Fernseher.

Die Episode begann, und es dauerte nicht lange, bis sie verwirrt war. Nach ein paar Minuten wandte sie sich zu mir:

„Warum benehmen die sich alle so dumm?", fragte sie mit einem Stirnrunzeln.

„Es ist eine Komödie, Oma", erklärte ich. „Die Serie macht sich über die Home Guard lustig, die während des Kriegs die Heimat verteidigen sollte."

„Lustig?" Sie blickte mich ungläubig an. „Wie kann das lustig sein? Der Krieg war kein Spaß. Weißt du überhaupt, was wir damals durchgemacht haben?"

Ich atmete tief durch. „Ja, Oma, ich weiß, dass der Krieg für unsere Familie schrecklich war. Aber das ist britischer Humor. Die Engländer machen oft Witze über sich selbst, auch über schwierige Zeiten."

„Aber warum über den Krieg? Und warum so lächerlich?" Sie schüttelte den Kopf. „Dein Urgroßvater ist im Krieg gestorben. Meine Mutter hat so viel verloren. Ich finde das überhaupt nicht lustig."

„Ich verstehe, dass es für dich schwer ist", tastete ich mich vorsichtig heran. „Aber in England ist Humor eine Möglichkeit, mit der Vergangenheit umzugehen. Sie lachen nicht über den Krieg selbst, sondern über die Absurdität, wie manche Dinge damals organisiert waren."

Sie schwieg eine Weile und sah auf den Bildschirm, wo Captain Mainwaring gerade einen seiner typischen Befehle brüllte. Schließlich sagte sie: „Es wirkt fast, als wollten sie zeigen, dass ihre Soldaten unfähig waren. Warum sollten sie das tun?"

„Weil sie keine Angst davor haben, sich selbst zu hinterfragen. Das ist das Besondere am britischen Humor.

Sie zeigen, dass niemand perfekt ist – nicht einmal die eigene Armee."

Meine Großmutter schnaubte leise. „Deine Engländer sind schon seltsam. So etwas würde man in Deutschland nie machen."

„Vielleicht nicht", sagte ich. „Aber ich glaube, das ist der Unterschied. Hier nehmen sie sich selbst nicht zu ernst. Und manchmal ist das auch eine Stärke."

Sie schaute mich an, ihre Augen ernst. „Ich verstehe, warum sie das tun, aber ich werde es nie lustig finden. Vielleicht liegt das daran, dass ich den Krieg noch erlebt habe. Für mich ist das kein Thema zum Lachen."

Ich nickte. „Ich verstehe dich, Oma. Aber für mich war es interessant, diese Serie zu sehen. Sie hat mir viel über den britischen Humor beigebracht – und darüber, wie unterschiedlich Menschen mit der Vergangenheit umgehen können."

Sie schwieg eine Weile, dann sagte sie: „Na gut, aber wenn der nächste Hitler-Schnurrbart-Witz kommt, schalte bitte um."

Ich lachte. „Versprochen, Oma."

Für meine Oma schien Dad's Army absurd. Sie konnte nicht verstehen, warum man nach so vielen Jahren immer noch über dieses Thema spricht oder es sich sogar ansieht.

In diesem Moment war ich froh, dass sie die Folge in Fawlty Towers nicht gesehen hat, in der Basil sich sehr bemüht, den Krieg nicht zu erwähnen. Für mich ist das sehr lustig, und ich nehme keinen Anstoß daran.

Neulich habe ich eine Gruppe deutscher Touristen nach Stonehenge begleitet. Im Bus saß eine deutsche Dame in den Sechzigern. Sie erzählte mir, dass sie nach

Amerika gezogen sei und dort seit fast dreißig Jahren lebe. Ich fragte sie, ob die Deutschen dort so viel Prügel beziehen wie im Vereinigten Königreich. Sie sagte mir, sie habe noch nie einen Witz oder eine Bemerkung darüber gehört, dass sie Deutsche sei. Es gab nie eine dumme Bemerkung wie „Erwähne nicht den Krieg" oder jemanden, der vorgab, einen Hitler-Schnurrbart zu haben. Die Dame meinte, dass die europäische Geschichte in Amerika nicht so präsent sei wie hier und die Amerikaner sich dessen nicht so bewusst seien. Sie sagte auch, dass jeder, der sich an irgendwelche Details erinnern könnte, inzwischen tot ist. Ich glaube, das stimmt vielleicht nicht, aber ich fand es interessant.

**„Only Fools and Horses" – Mehr als nur ein bisschen britischer Wahnsinn**

Eines Abends, als ich gerade begann, mich im britischen Fernsehen etwas heimischer zu fühlen, stieß ich auf eine Serie namens Only Fools and Horses. Ein Arbeitskollege hatte sie mir empfohlen. „Wenn du britischen Humor verstehen willst, schau dir Del Boy an", hatte er gesagt. „Es gibt nichts Britischeres."

Damals wusste ich noch nicht, dass mich diese Serie nicht nur zum Lachen bringen würde, sondern auch eine meiner ersten Lektionen in Sachen britischer Lebensart werden sollte. Worum geht es in der Serie?

Für die deutschen LeserInnen, die diese Serie nicht kennen: Only Fools and Horses erzählt die Geschichte von Derek „Del Boy" Trotter, seinem jüngeren Bruder Rodney und ihrem Großvater (später Onkel Albert), die im Londoner Stadtteil Peckham leben. Die Trotters sind liebenswerte Gauner, die davon träumen, reich zu werden, während sie ihr Dasein in ihrer winzigen Sozialwohnung im Nelson Mandela House fristen.

Del Boy ist ein ewiger Optimist, ein selbsternannter Geschäftsmann, der alles verkauft, was nicht niet- und nagelfest ist – von gefälschten Rolex-Uhren (die „Rolox" heißen) bis hin zu sehr zweifelhaften Kosmetikprodukten. Rodney, sein jüngerer Bruder, ist der rationalere Teil des Duos, aber meistens lässt er sich von Del Boy in die absurdesten Unternehmungen hineinziehen. Die Serie lebt von ihrem Wortwitz, ihren urkomischen Situationen und ihrer charmanten Darstellung des britischen Arbeiterklassenlebens in den 80er und 90er Jahren.

Als ich das erste Mal eine Folge sah, war ich ehrlich gesagt etwas verwirrt. „Warum tragen sie so hässliche Kleidung?", fragte ich mich. Del Boys beiger Mantel und seine goldene Halskette schienen aus einer anderen Welt zu stammen. Und was war mit dem kleinen gelben Dreirad-Auto los, das eher wie ein Spielzeug wirkte?

Aber dann kam diese Szene – eine Szene, die wohl jeder Brite kennt. Del Boy lehnt sich lässig an eine Bar, dreht sich um, um etwas zu sagen, und fällt dabei komplett durch die offene Bar-Klappe. Ich habe so laut gelacht, dass Rosemary aus der Küche kam, um zu sehen, was los war.

„Ach, du hast den Bar-Sturz gesehen!", rief sie und lachte mit. „Das ist ein Klassiker!"

„Das machen die extra?", fragte ich verwirrt, während ich mir die Tränen abwischte.

„Natürlich! Aber das ist Del Boy – er glaubt immer, er sei der König der Welt, und dann passiert ihm etwas völlig Idiotisches."

Die größte Herausforderung war allerdings die Sprache. Del Boy hatte die Angewohnheit, französische Ausdrücke falsch zu verwenden. „Bonjour!", sagte er, wenn er jemandem „Auf Wiedersehen" wünschte, und „Mange tout!", wenn er Rodney zum Erfolg beglückwünschte.

„Ist das wirklich Französisch?", fragte ich Tony eines Abends.

Er grinste. „Nicht wirklich. Del Boy denkt das. Er versucht, clever zu wirken, aber eigentlich hat er keine Ahnung."

„Ah, er ist ein Angeber", verstand ich.

„Genau", nickte Tony. „Aber er hat ein großes Herz."

Rodney hingegen sprach mit einem typisch britischen Arbeiterklassenakzent, der mich oft herausforderte. Besonders seine häufige Beleidigung „Plonker!" (so viel wie „Trottel") wurde schnell Teil meines Wortschatzes. Rosemary musste lachen, als ich es das erste Mal benutzt habe.

„Na, jetzt wirst du wirklich britisch!"

Rückblickend hat mich Only Fools and Horses nicht nur zum Lachen gebracht, sondern auch gelehrt, wie wichtig Familie und Loyalität sind – egal wie chaotisch oder verrückt das Leben auch sein mag. Del Boy und Rodney hatten oft Streit, aber am Ende des Tages hielten sie immer zusammen.

Und natürlich lernte ich durch die Serie ein wenig über britische Kultur. Es ging nicht nur um Humor, sondern auch um das Leben der Arbeiterklasse, die Herausforderungen des Alltags und den ewigen Traum vom „großen Durchbruch".

Für mich als junges Mädchen war es eine Welt, die so

weit entfernt schien von meinem geordneten deutschen Leben, dass sie mich faszinierte. Die chaotische, improvisierte Art der Trotters – ihr ewiger Optimismus trotz aller Rückschläge – hatte etwas, das ich bewunderte.

Aber der Moment, der mich bis heute zum Lachen bringt, war der, als Del Boy Rodney überredet, sich als Mitglied einer adligen Familie auszugeben. Rodney tauchte auf einer Party auf, gekleidet in einen lächerlichen Anzug, während Del Boy ihm erklärte, wie er sich „wie ein Gentleman" verhalten soll. Natürlich endete alles im Desaster, aber der Versuch allein war göttlich.

„Glaubst du, sowas könnte wirklich passieren?", fragte ich einmal Rosemary.

„In Peckham? Wahrscheinlich schon", antwortete sie lachend.

Only Fools and Horses war eine Serie, die mich nicht nur zum Lachen brachte, sondern auch half, britischen Humor besser zu verstehen. Es zeigte mir, dass man auch über Misserfolge lachen kann und dass es manchmal die absurdesten Träume sind, die uns am Leben halten.

Und wenn ich heute das Wort „Plonker" höre, fühle ich mich für einen kurzen Moment wie dieses junge deutsche Mädchen, das mit großen Augen in die Welt von Del Boy und Rodney eintauchte und dabei eine Menge über Großbritannien lernte.

## Auf Wiedersehen, Pet – Als der Geordie-Akzent mich zum Verzweifeln brachte

Als ich zum ersten Mal auf die Serie Auf Wiedersehen, Pet stieß, dachte ich, es ginge um Deutsche – schließlich stand „Auf Wiedersehen" im Titel. „Ah, das kann ich bestimmt verstehen", dachte ich naiv. Aber weit gefehlt. Statt Hochdeutsch erwartete mich eine völlig neue Herausforderung: der Geordie-Akzent.

Was ist der Geordie-Akzent?

Der Geordie-Akzent gehört zu den ältesten Dialekten in England und wird vor allem in Newcastle upon Tyne und der umliegenden Region im Nordosten Englands gesprochen. Er hat keltische, angelsächsische und nordische Einflüsse und klingt für viele, die nicht aus der Gegend stammen, wie eine ganz eigene Sprache.

Einige typische Merkmale des Geordie-Akzents sind:

• Das „you" wird oft zu „yeh" oder „ya".

• Ein „man" wird gerne an Sätze angehängt, z. B. „Howay, man!" (sinngemäß: „Komm schon!").

• Wörter wie „house" werden als „hoos" ausgesprochen.

• Manche Vokale klingen flacher oder offener als im Standardenglisch, z. B. „town" wird zu „toon" (weshalb Newcastle auch oft „The Toon" genannt wird).

Für jemanden, der gerade erst beginnt, Englisch zu lernen, ist Geordie wie ein Dialektpuzzle – und damals hatte ich wirklich Schwierigkeiten, die Puzzleteile zusammenzusetzen.

Auf Wiedersehen, Pet erzählt die Geschichte einer Gruppe britischer Bauarbeiter, die in den 1980er Jahren ihr Glück im Ausland suchen, um der hohen Arbeitslosigkeit in Großbritannien zu entkommen. In der ersten Staffel reisen sie nach Düsseldorf, um auf einer deutschen Baustelle zu arbeiten, was zu vielen lustigen und chaotischen Momenten führt.

Die Hauptfiguren sind eine bunt zusammengewürfelte Truppe, darunter Neville, ein eher schüchterner

Geordie, und Oz, ein lautstarker, oft unverschämter Geordie. Der Kontrast zwischen den beiden macht einen Großteil des Humors aus.

Ich weiß noch, wie ich die erste Folge sah. Es war eine Szene, in der Neville und Oz sich auf der Baustelle unterhielten.

„Wat ya deein, man?", fragte Oz.

„Was hat er gesagt?", fragte ich laut in den Raum, obwohl niemand außer mir da war. Ich spulte zurück. „Wat ya deein?" Hatte er gefragt, ob jemand „Teenager" sei?

Ich schrieb mir den Satz auf und zeigte ihn später Rosemary. „Das soll Englisch sein?", fragte ich ungläubig.

Rosemary lachte laut. „Das ist Geordie, Liebes. Das heißt: ‚What are you doing, man?'"

„Aber warum klingt das so anders?"

„Jeder Teil von England hat seinen eigenen Akzent", erklärte sie. „Und Geordie ist einer der stärksten. Viel Glück damit!"

Das Problem mit Geordie war nicht nur, dass es völlig anders klang, sondern auch, dass die Worte so schnell und oft verschluckt ausgesprochen wurden, dass ich kaum eine Chance hatte, sie zu verstehen.

Einmal versuchte ich, mir eine Unterhaltung zwischen Neville und Oz ohne Unterbrechung anzusehen. Nach fünf Minuten war ich so verwirrt, dass ich mir nur dachte: Vielleicht sollte ich einfach eine deutsche Serie schauen.

Aber dann kam Tony zur Rettung. „Hör auf, alles zu übersetzen", sagte er. „Konzentrier dich auf den Tonfall und die Körpersprache. Manchmal verstehst du mehr, als du denkst."

Das war ein guter Tipp. Tatsächlich begann ich, einige der wiederkehrenden Phrasen zu erkennen – wie „Howay!" (eine Art Geordie-Allzweckwort, das je nach Tonfall „Komm schon", „Wirklich?" oder „Mach weiter!" bedeuten kann).

Neben der sprachlichen Herausforderung zeigte mir Auf Wiedersehen, Pet auch eine andere Seite von Großbritannien. Die Serie vermittelte das harte Leben der Arbeiterklasse und die Schwierigkeiten, in der Fremde Fuß zu fassen.

Ich konnte mich mit dem Gefühl des „Fremdseins" identifizieren, das viele der Figuren erlebten, auch wenn ich nicht auf einer Baustelle in Düsseldorf arbeitete. Die Missverständnisse und kulturellen Kollisionen zwischen den Briten und den Deutschen in der Serie waren oft urkomisch, auch wenn sie manchmal etwas klischeehaft wirkten.

Eine Szene blieb mir besonders in Erinnerung: Als die britischen Arbeiter im deutschen Lokal Bier bestellten und es in winzigen Gläsern serviert wurde, protestierte Oz laut: „Where's the rest of it, man?"

„Ist das typisch?", fragte ich Tony später.

„Für Deutsche? Ja!" Er musste lachen. „Und für Geordies, das ist auch typisch."

Auch wenn ich oft nicht alles verstand, lehrte mich die Serie viel über britische Arbeitsmoral, den Stolz der Arbeiterklasse und die Bedeutung von Freundschaft. Die Männer in Auf Wiedersehen, Pet stritten oft, aber wenn es darauf ankam, hielten sie zusammen – egal, ob sie mit einem sprachlichen Missverständnis oder einem wütenden deutschen Bauleiter konfrontiert waren.

Und was den Geordie-Akzent angeht? Nun, ich kann

nicht behaupten, dass ich ihn nach der Serie fließend verstand, aber ich lernte, ihn zu respektieren. Heute erkenne ich einen Geordie-Akzent sofort – auch wenn ich nach wie vor nicht alles verstehe.

Auf Wiedersehen, Pet war eine Herausforderung für meine Sprachkenntnisse, aber es war auch eine Bereicherung. Die Serie zeigte mir, dass Humor und Freundschaft universelle Sprachen sind – auch wenn der Akzent manchmal wie ein Rätsel klingt.

Und obwohl ich immer noch nicht sagen kann, dass ich Geordie fließend verstehe, weiß ich eines sicher: Wenn mir heute jemand „Howay, man!" zuruft, lächle ich und antworte mit einem höflichen „Aye, aye!" – auch wenn ich keine Ahnung habe, was danach kommt.

**Filme**

Die Leute fragen mich oft, ob ich mein Zuhause vermisse, und die Antwort ist: manchmal. Es gibt Wochen, in denen ich Deutschland so sehr vermisse, dass es weh tut, und andere Wochen, in denen ich es nicht vermisse. Natürlich lernen wir in der Schule etwas über Geschichte und über die Geschichte Deutschlands. In meinem letzten Jahr in der Sekundarschule haben wir alle eine Busfahrt nach Buchenwald, einem ehemaligen Konzentrationslager, gemacht. Dieser Tag hat mein Leben tiefgreifend beeinflusst. Buchenwald liegt in Weimar, in der ehemaligen DDR. Als wir dorthin fuhren, war die Mauer gerade erst gefallen. Vor diesem Tag war ich noch nie im Osten, wie wir ihn in Westdeutschland nannten, gewesen. Der Besuch in Buchenwald hat mir wirklich die Augen geöffnet für die Grausamkeit, das Leid und das sinnlose Töten während des Zweiten Weltkriegs. Noch nie habe ich mich so geschämt, Deutsche zu sein.

Meine Urgroßmutter lebte damals noch, und ich fragte sie über den Krieg aus. Ich fragte sie, ob sie eine Nationalsozialistin war. Ihre Antwort war nein. Sie erzählte mir, dass mein Urgroßvater verfolgt und getötet wurde, weil er sich der NSDAP widersetzte.

Der Grund, warum ich dies erwähne, ist, dass mir durch meinen Umzug nach England noch bewusster geworden ist, welches Gepäck wir als Deutsche mit uns herumschleppen, und noch nie ist mir dies so deutlich vor Augen geführt worden wie durch das Leben in einem anderen Land.

In meinem ersten Jahr in diesem Land kam der Film Captain Corelli's Mandolin heraus, und ich habe mich dabei gegruselt. Ich hatte Angst zu sprechen, weil ich dachte, jemand würde meinen Akzent als deutsch erkennen. Neulich sprachen wir über Fußball und darüber, wie Jürgen Klopp Liverpool an die Spitze der Premier League geführt hat, aber es gab sofort eine Erwiderung, die sich darauf bezog, dass England den Krieg gewonnen hatte.

Vor ein paar Jahren habe ich den Film Aftermath gesehen. Das war der erste Film, den ich gesehen habe, der die Verwüstungen und das Grauen zeigt, die der Krieg in Deutschland selbst verursacht hat. Hamburg wurde im Krieg zehnmal stärker getroffen als London. Die Deutschen durften nicht reisen, es sei denn, britische Soldaten gaben sie frei. Die Briten übernahmen die Häuser, und die Deutschen wurden in Arbeitslager geschickt, um ihre Städte nach den Bombenangriffen wiederaufzubauen.

. . .

**Fernsehen kann doch gut sein**

Bei einem kürzlichen Besuch in Deutschland stieß ich auf einen Artikel über die Nützlichkeit des Fernsehens zur Verbesserung der Englischkenntnisse. Der Artikel empfahl zehn Sendungen aus dem britischen Fernsehen, um einen guten Akzent zu erlernen und etwas über die Kultur und Geschichte des Landes zu erfahren. Die Betonung lag dabei auf gut gesprochenem Englisch und nicht auf amerikanischem.

Ganz oben auf dieser Liste stand eine Serie namens Chewing Gum. Ich habe nie eine Folge davon gesehen, aber sie ist offenbar sehr gut geeignet, um moderne Slangwörter wie „innit" zu lernen. Unter jedem Programm stand eine Beschreibung, worum es geht und für welche Lernbereiche es besonders nützlich ist.

An zweiter Stelle stand Sherlock. Ich nehme an, Benedict Cumberbatch würde sich darüber freuen, dass man den Deutschen rät, ihm zuzuhören, wenn sie lernen wollen, wie man „richtiges Englisch" mit „korrekter Grammatik" spricht, wie es in der Beschreibung darunter hieß.

Auf dem vierten Platz landete Jamie Oliver. Ich glaube, Mary Berry wäre sehr beleidigt, wenn sie herausfände, dass eine deutsche Zeitung den Leuten rät, auf ihn zu hören, wenn es um Sprache im Zusammenhang mit dem Kochen geht. Als ich nach unten scrollte, sah ich, dass The Great British Bake Off tatsächlich an achter Stelle stand.

Auf dieser Liste stand auch The Office, und ich musste laut lachen, als ich die Beschreibung darunter las. Es ist sehr nützlich, Wörter zu lernen, die mit dem Büro zu tun haben, wie z. B. „Tipp-Ex" oder „Hefter", und gibt dem Zuschauer einen Einblick in ein typisch britisches Büro. Ich denke, wenn man The Office schaut, um seine Englischkenntnisse zu verbessern, braucht man auch einen guten Sinn für Humor.

Auf dem letzten Platz lag zu meiner großen Überraschung Little Britain. Ich war nicht überrascht, weil es auf dem letzten Platz gelandet war, sondern dass es überhaupt auf dieser Liste stand. Es wurde damit beworben, einen guten Überblick darüber zu geben, wie das Leben in Großbritannien wirklich ist. Wirklich? Andererseits zeigt es aber auch, dass die Briten über sich selbst lachen können.

Ich stimme zu, dass ich durch das Fernsehen gelernt habe, Englisch auf eine Weise zu sprechen, wie ich es in einem Kurs, in der Schule oder aus einem Buch nie getan hätte. Ich habe viel über Humor und Witze gelernt, die man unmöglich in eine andere Sprache übersetzen kann. Ich habe viel über die Kultur und die Geschichte gelernt, die ich nicht kannte, bevor ich in dieses Land kam.

Nachdem ich mich durch Stunden, besser gesagt Wochen, britischer Fernsehkultur geschaut hatte – von den chaotischen Abenteuern in Dad's Army, wo „Don't panic!" zum Lebensmotto wurde, bis hin zu The Vicar of Dibley, wo ich lernte, dass man eine exzentrische Dorfgemeinschaft nur mit einer guten Portion Humor überlebt –, dachte ich, ich hätte das Wesen der Briten verstanden. Auf Wiedersehen, Pet zeigte mir, dass selbst Bauarbeiter ihre ganz eigene Form von Poesie haben, und ich begann zu glauben, dass britische Serien nur eine einzige geheime Botschaft transportieren: „Wir lachen über uns selbst, bevor es jemand anderes tut."

Doch dann fiel mir etwas auf: Diese Art von Humor

funktionierte nur, weil hinter all dem Chaos eine erstaunliche Höflichkeit und Zurückhaltung steckte. Sogar Captain Mainwaring von Dad's Army schaffte es, Kritik so zu formulieren, dass sie fast wie ein Kompliment klang – auch wenn es das Gegenteil war.

Und so begann ich, mich zu fragen: Was macht die Briten eigentlich so höflich – und wie schaffen sie es, selbst Konflikte in eine Konversation über das Wetter zu verwandeln?

Kommen wir also zum nächsten Kapitel: Die Kunst der britischen Höflichkeit – oder wie man lernt, „Sorry" zu sagen, auch wenn man gar nichts getan hat.

# KAPITEL 7
# MIT HÖFLICHKEIT UM DEN HEISSEN BREI

Die englische Höflichkeit ist wie ein warmes Bad – angenehm, beruhigend, aber manchmal auch so heiß, dass man sich fragt, ob man nicht lieber doch eine kalte Dusche nehmen sollte. Für uns Deutsche, die ja eher dafür bekannt sind, Dinge direkt und ohne Schleifen zu sagen, kann die britische Art, Konflikte zu vermeiden, ein bisschen wie ein Softrock-Konzert sein: charmant, aber irgendwann vermisst man den Bass. Als ich nach England zog, begegnete ich dieser Höflichkeit zum ersten Mal in ihrer vollen Blüte – und fühlte mich, als hätte ich einen geheimen Club betreten, in dem die Mitglieder sich für jede Bewegung entschuldigen. Ich war fasziniert, ein bisschen irritiert und fragte mich, ob ich versehentlich in ein Land voller Berufsschuldiger geraten war.

Mein erster Kontakt mit der legendären britischen Höflichkeit? Ein Moment, der so absurd war, dass er sich direkt in mein kulturelles Gedächtnis eingebrannt hat.

Ich stand in einem kleinen Laden, auf der Suche nach einer Flasche Wasser. Mit Kohlensäure, um es genauer zu sagen, denn das war zu meiner Anfangszeit in England sehr schwer zu finden. Während ich den Gang entlangging, kam mir eine Frau entgegen. Natürlich geschah, was immer geschieht, wenn zwei Menschen auf engem Raum unterwegs sind: Wir griffen im selben Moment nach der gleichen Flasche Wasser und stießen leicht zusammen. Reflexartig rief ich:

„Entschuldigung!"

Kaum hatte ich das Wort ausgesprochen, hörte ich auch schon:

„Oh, sorry!"

Verwirrt blickte ich die Frau an. War das gerade mein Fehler oder ihrer? Egal, ich versuchte die Situation zu klären:

„Nein, nein, das war meine Schuld!"

Doch sie schüttelte lächelnd den Kopf.

„Oh, nein. Das tut mir leid. Ich stehe Ihnen hier im Weg. Sorry again!"

Ich stand da wie ein Reh im Scheinwerferlicht. Sie entschuldigte sich dafür, dass sie – was? Existierte? Atmete? Mir wurde klar, dass ich soeben in die Parallelwelt der britischen Höflichkeit eingetreten war, und ich war absolut nicht vorbereitet.

An der Kasse ging es nahtlos weiter. Ein älterer Herr kam mir im schmalen Gang entgegen. Ich trat höflich zurück, um ihn durchzulassen. Seine Reaktion?

„Oh, terribly sorry!"

Wofür entschuldigte er sich? Dafür, dass er seine physische Existenz auf der gleichen Fläche wie ich auslebte?

Als ich abends bei meiner Gastmutter Rosemary ankam, berichtete ich ihr von diesen surrealen Begegnungen. Sie brach in schallendes Gelächter aus.

„Oh, das ist ganz typisch! Wir entschuldigen uns ständig. Für alles. Immer."

„Aber warum? Das ist doch völlig verrückt!"

„Ach", sagte sie schmunzelnd, „es ist wie ein Reflex. Wir entschuldigen uns für Dinge, für die wir absolut nichts können. Das Wetter, den Verkehr, die Tatsache, dass es Montag ist… Manchmal entschuldigen wir uns sogar vor dem Spiegel."

Ich lachte, aber tief in mir drin dachte ich: Das werde ich niemals übernehmen.

Oh, wie naiv ich doch war.

Das Einkaufen in England ist eine Höflichkeitsübung der Spitzenklasse. Einmal bat ich in einem Café um heißes Wasser, um meinen Tee aufzufrischen. Der Kellner brachte mir eine Kanne und entschuldigte sich wortreich: „I'm so sorry, es ist wahrscheinlich nicht so heiß wie es sein sollte. Lassen Sie mich wissen, wenn Sie frisches Wasser möchten." In Deutschland hätte ich wahrscheinlich ein genervtes „Hier, Wasser" bekommen, begleitet von einem Augenrollen.

Noch kurioser war ein Erlebnis im Buchladen. Die Kassiererin scannte versehentlich ein Buch zweimal. Bevor ich überhaupt etwas sagen konnte, stammelte sie: „Oh, Ich muss mich in aller Form entschuldigen! Lassen Sie mich dies direkt richtig stellen. Es tut mir leid, dass ich Ihnen solche Unannehmlichkeiten bereite." Ich hätte fast gefragt, ob sie mir als Wiedergutmachung noch einen Gutschein ausstellen möchte, aber das wäre wohl zu unhöflich gewesen – selbst für deutsche Verhältnisse.

Eine meiner Lieblingssituationen ereignete sich, als ich jemandem die Tür aufhielt. Er sagte: „Oh, thank you so much! Es tut mir leid, dass Sie warten mussten." Meine Reaktion? „Oh no, I'm sorry, vielen Dank!" Und da standen wir, zwei Menschen, die sich höflich gegenseitig bedankten und entschuldigten, während sich hinter uns eine Schlange bildete.

### „Sorry" für alles und jeden

Man sagt, die Engländer entschuldigen sich etwa 100 Mal am Tag. Und das ist keine Übertreibung.

Das Interessante daran ist, dass ich selbst nichts falsch gemacht hatte, und eigentlich war er ja derjenige, der mich anrempelte. Aber in England hat sich das „Sorry" zu einer Art Reflex entwickelt – wie ein britisches Namaste. Es bedeutet nicht unbedingt, dass man die Schuld auf sich nimmt; es ist vielmehr eine höfliche Art, jede potenziell unangenehme Situation sofort zu entschärfen.

Ein weiteres Beispiel erlebte ich im Bus. Der Fahrer bremste etwas scharf, und ich stolperte leicht. Prompt entschuldigte er sich durch das Mikrofon: „Entschuldigung, dass ich so scharf bremsen musste." Der Witz dabei? Niemand im Bus hatte sich beschwert. Im Gegenteil: Es war ein stilles Nicken in Richtung des Fahrers, als würde man sagen: „Danke, dass du dich entschuldigst. Wir nehmen das hin."

In Deutschland hätte das sicher anders ausgesehen. Der Busfahrer hätte vermutlich mit einem knappen „Ist halt glatt" auf die Situation hingewiesen, und die Fahrgäste hätten die Augen verdreht.

Als Lehrerin an einer englischen Schule hatte ich oft das Gefühl, dass die Höflichkeit der Schüler und Kollegen fast eine ungeschriebene Regel war. Die Kinder sprachen mich immer mit „Miss" an – ein Titel, der in England für alle weiblichen Lehrkräfte gilt, egal ob verheiratet oder nicht. Was mich aber besonders überraschte, war die Art, wie selbst kleine Regelverstöße behandelt wurden.

Ein Schüler hatte einmal ein Buch aus dem Regal genommen, ohne zu fragen. Als ich ihn darauf ansprach, sagte er sofort: „Oh, I'm terribly sorry, Miss! Ich wollte Sie nicht stören." Ich war erstaunt. In Deutschland wäre ein Schüler vermutlich eher mit einem „Aber warum?" oder „Ich wollte nur gucken!" zurückgekommen.

Auch unter den Lehrkräften war die Höflichkeit fast schon olympisch. Ein Kollege hatte einmal versehentlich meinen Tee statt seinen getrunken und entschuldigte sich mit einer Inbrunst, als hätte er gerade mein Auto geschrottet: „I'm so sorry, I don't know what I was thinking. I'll make you another one right away. Milk, two sugars, right?" Und tatsächlich stand fünf Minuten später ein frisch gebrühter Tee mit zwei Stück Zucker auf meinem Tisch – mit einem kleinen Zettel: „Sorry again, enjoy your tea!"

Manchmal fragte ich mich, ob diese übertriebene Höflichkeit wirklich ehrlich war oder ob es einfach nur eine Maske war, die die Briten trugen, um Konflikte zu vermeiden. Aber ehrlich gesagt: Es funktionierte. Die Atmosphäre in der Schule war dadurch harmonischer.

Während meiner Zeit in England versuchte ich oft, die britische Höflichkeit mit einem Augenzwinkern zu analysieren. Ist sie echt? Oder ist sie einfach nur ein Weg, um

Konflikte zu vermeiden? Wahrscheinlich ein bisschen von beidem.

Die deutsche Direktheit hat definitiv ihre Vorteile: Man weiß, woran man ist. Wenn ein Deutscher sagt, dass etwas „ganz okay" ist, bedeutet das oft, dass es großartig war. Wenn ein Engländer dasselbe sagt, sollten Sie vielleicht nachfragen, ob er heimlich weint.

Trotzdem muss ich sagen, dass ich die britische Höflichkeit liebgewonnen habe. Sie mag manchmal übertrieben sein, aber sie sorgt für eine angenehmere Atmosphäre – und das ist doch auch etwas wert. Heute ertappe ich mich manchmal dabei, wie ich mich in Deutschland für Dinge entschuldige, die nicht meine Schuld sind. Einmal sagte ich „Entschuldigung", weil mir jemand in der Bahn auf den Fuß trat. Der Blick des anderen? Unbezahlbar.

**Wetter als Höflichkeitsübung - „Sorry about the rain!"**

Man sagt ja, das Wetter sei der perfekte Smalltalk-Stoff für die Briten. Das stimmt – aber nur, wenn man versteht, dass Wettergespräche in England nicht nur dazu dienen, Schweigen zu überbrücken. Sie sind eine soziale Verpflichtung. Und erstaunlicherweise kommt auch hier das berühmte britische „Sorry" ins Spiel.

Stellen Sie sich vor, Sie stehen an einer Bushaltestelle, es regnet in Strömen, und Sie haben natürlich keinen Schirm dabei. Ein anderer Wartender – selbst klatschnass, versteht sich – schaut Sie an, lächelt entschuldigend und sagt: „Awful weather today, isn't it? Sorry about that!"

Entschuldigung… wofür genau? Hatten Sie persönlich Einfluss auf den Regen? Sind Sie der Geheime Regentänzer von Somerset? Diese Frage drängte sich mir immer wieder auf, aber ich antwortete brav mit einem „Oh, don't worry about it!" – als hätte er ernsthaft etwas dafür gekonnt.

Das Ganze ging so weit, dass ich begann, das britische Wetter und die dazugehörigen Entschuldigungen als eine Art nationalen Running Gag zu betrachten. Bei Sonne entschuldigt man sich dafür, dass es zu heiß ist. Bei Schnee entschuldigt man sich dafür, dass die Züge ausfallen. Und bei Regen… nun ja, da entschuldigt man sich einfach für alles: für die Feuchtigkeit, die Kälte, den Umstand, dass man jetzt einen Schirm kaufen muss, und vielleicht sogar für das Ausbleiben des Regenbogens.

Ein besonders absurdes Erlebnis hatte ich bei einem Ausflug nach London. Es war ein typischer englischer Tag: Wolken, leichter Nieselregen, etwa zehn Grad zu kalt. Ein netter Taxifahrer, der mich zum Bahnhof brachte, sah mich durch den Rückspiegel an, als er mich absetzte, und sagte: „Sorry about the weather today, love. It's been miserable all week."

„Äh… danke?", dachte ich. Was hätte ich sagen sollen? Dass er mir Sonnenschein hätte bestellen sollen? Ich nickte höflich und sagte: „Oh, it's fine, really!" – eine Phrase, die ich mir mittlerweile angewöhnt hatte, um meine deutsche Pragmatik nicht zu sehr heraushängen zu lassen. Aber innerlich lachte ich.

Wenn in Deutschland das Wetter schlecht ist, sagt man höchstens: „Scheiß Wetter heute." Punkt. Ende der Diskussion. Da wird nicht lange analysiert, geschweige denn Mitleid gezeigt. Es regnet? Okay, Pech gehabt, zieh eine Jacke an. Aber in England? Dort ist schlechtes Wetter immer eine Art gesellschaftliches Versagen.

Ein nationales Trauma?

Ich begann mich zu fragen, warum die Briten sich so oft für das Wetter entschuldigen. Vielleicht liegt es daran, dass das Wetter in England eine Art kollektives Trauma ist. Es ist so unberechenbar und launisch, dass die Briten eine persönliche Verantwortung dafür übernommen haben, um irgendwie die Kontrolle zu behalten. Wenn man sich entschuldigt, fühlt man sich vielleicht weniger ausgeliefert.

Einmal hörte ich eine Kollegin sagen: „Oh, the weather is dreadful today, isn't it? So sorry. I know you were looking forward to your trip." Ich dachte mir nur: „Was genau hatte sie jetzt damit zu tun? Ist sie die Wettermacherin? Hat sie persönlich entschieden, dass heute Sturm angesagt ist?" Aber sie sagte es mit einer solchen Aufrichtigkeit, dass ich tatsächlich das Gefühl hatte, sie müsse irgendwie mitschuldig sein.

Das brachte mich auf eine Theorie: Für die Briten ist das Wetter eine Art nationale Ausrede, um über etwas zu reden, ohne wirklich etwas zu sagen. Und da sich jede Unterhaltung angenehmer gestaltet, wenn man ein „Sorry" einbaut, wird eben auch das Wetter zur Entschuldigung herangezogen.

Die Briten haben es geschafft, etwas so Banales wie das Wetter in ein soziales Ritual zu verwandeln. Dabei geht es weniger um das Wetter selbst, sondern darum, eine Verbindung herzustellen, Verständnis zu zeigen und – natürlich – Konflikte zu vermeiden. Denn wie könnte man sauer auf jemanden sein, der sich für den Regen entschuldigt?

In England ist das Wetter nicht nur ein Gesprächsthema, sondern ein sozialer Klebstoff. Es dient nicht nur dazu, Schweigen zu überbrücken – es ist ein Ritual. Und selbstverständlich kommt auch hier das berühmte britische „Sorry" ins Spiel.

Ich habe irgendwann begonnen, diese Entschuldigungen zu schätzen. Sie sind ein Zeichen von Empathie, eine Art zu sagen: „Wir sitzen alle im selben Boot – und dieses Boot hat leider ein Leck." Heute, wenn ich in Deutschland bei Regen an der Bushaltestelle stehe, ertappe ich mich manchmal dabei, wie ich einen Fremden anschaue und sagen möchte: „Entschuldigen Sie, aber das Wetter ist heute wirklich schrecklich, oder?" Und dann merke ich, dass derjenige mich nur irritiert anstarren würde.

Aber wissen Sie was? Vielleicht sollten wir alle ein bisschen mehr wie die Briten sein. Ein „Sorry" hier und da hat schließlich noch niemandem geschadet – nicht mal dem Wetter.

Auch der Straßenverkehr in England war für mich eine neue Erfahrung. Einmal stand ich an einer Fußgängerampel, die auf Rot schaltete, als ich gerade noch über die Straße gehen wollte. Der Fahrer eines Autos bremste ab, lehnte sich aus dem Fenster und rief:

„Sorry about that!"

Ich blieb stehen, unsicher, ob ich lachen oder einfach weitergehen sollte. Entschuldigte er sich dafür, dass die Ampel rot war? Oder dafür, dass ich keinen Meter weiter war? In Deutschland hätte man mir höchstens die Lichthupe gegeben – und das nicht aus Höflichkeit. Aber hierzu werde ich in einem anderen Kapitel noch mehr erzählen.

· · ·

### I am afraid …Ich befürchte Fürchterliches

Ein weiteres skurriles Beispiel für britische Höflichkeit erlebte ich in einem Schuhgeschäft. Ich war auf der Suche nach Damenschuhen in Größe 43 – was in England ohnehin schon eine Herausforderung ist. Zunächst mussten wir herausfinden, was die entsprechende englische Größe war. Nach kurzem Hin und Her einigten wir uns darauf, dass es wohl UK-Größe 9 sein müsste. Die Verkäuferin, freundlich und stets bemüht, durchsuchte das Sortiment, während ich optimistisch auf eine kleine Auswahl wartete.

Doch dann kam sie zurück, mit einem entschuldigenden Lächeln, das fast ein bisschen schmerzlich wirkte.

„I am so sorry, but I am afraid we only go up to a size 8."

Ich war kurz irritiert. „I am afraid" – das hörte ich in England oft, aber was bedeutete es genau? Übersetzt heißt es wörtlich „Ich fürchte", aber im britischen Kontext hat es eine ganz eigene Bedeutung. Es ist eine höfliche Art, schlechte Nachrichten zu überbringen, ohne direkt oder hart zu klingen. Statt zu sagen: „Wir haben diese Größe nicht" (was in Deutschland wohl üblich wäre), fügt man „I am afraid" hinzu, um den Schlag abzumildern. Es ist fast so, als wollte sie sagen: „Ich bedaure zutiefst, dass ich Sie enttäuschen muss, und fühle mich schuldig, dass unser Sortiment Ihren Bedürfnissen nicht gerecht wird."

Ich lächelte höflich zurück und sagte:

„Oh, das ist kein Problem, danke für Ihre Mühe!"

Aber innerlich dachte ich: „Warum entschuldigen Sie sich? Es ist ja nicht Ihre Schuld, dass ich große Füße habe und britische Schuhgeschäfte scheinbar für Elfen gemacht sind!"

Diese Szene blieb mir lange im Gedächtnis, weil sie so typisch für die britische Art war, schlechte Nachrichten zu verpacken – immer höflich, immer mit einem Hauch von Mitgefühl, selbst wenn es eigentlich gar keinen Grund dazu gibt.

Ein anderes denkwürdiges Erlebnis hatte ich, als ich eines Abends in England hungrig nach einem Pub suchte, um etwas zu essen. Ich entdeckte ein charmantes, kleines Lokal, das von außen einladend aussah. Als ich eintrat, sah ich ein paar Männer an der Theke sitzen, aber im Rest des Lokales herrschte gähnende Leere. Ich trat an die Theke und fragte den Wirt, der schon begonnen hatte die Theke sauber zu machen.

„Good evening", begann ich. „Are you still serving food?"

Sein Lächeln wurde etwas bedauerlich. „Oh, I am so sorry. I am afraid our kitchen closed at 8 pm."

Da war es wieder: „I am afraid". Diese Phrase, die sich wie eine flauschige Decke um schlechte Nachrichten legt. Übersetzt bedeutete sie natürlich, dass ich Pech hatte und der Pub keine Küche mehr für mich öffnete. Aber durch das „I am afraid" fühlte es sich fast an, als sei es ein persönliches Versagen seinerseits, dass ich nichts zu essen bekam.

Ich lächelte höflich zurück, so wie man es in England lernt, und sagte:

„Oh, that's alright! Thank you anyway!"

Er schien sich trotzdem verpflichtet zu fühlen, die Situation zu retten.

„If you don't mind walking a few minutes, there's a

lovely chippy just down the road. Tell them I sent you, and they might still be open!"

Die Empfehlung war nett gemeint, aber ich konnte nicht anders, als über das ganze Erlebnis zu schmunzeln. In Deutschland hätte ich wahrscheinlich ein nüchternes „Küche ist zu" gehört – Ende der Diskussion. Aber hier hatte man mir eine Entschuldigung, Mitgefühl und eine Alternative serviert, alles mit dem unschuldigen kleinen Zusatz: „I am afraid."

In diesem Dialog zeigt sich deutlich, was „I am afraid" im britischen Kontext wirklich bedeutet: Es ist nicht nur eine Phrase, sondern ein Werkzeug, um Enttäuschungen zu verpacken und das Gegenüber nicht vor den Kopf zu stoßen. Man entschuldigt sich nicht nur für die eigentliche Situation (in diesem Fall, dass die Küche geschlossen war), sondern fast schon für die Existenz des Problems an sich – selbst wenn man nichts dafür kann.

Für mich als Deutsche war das anfangs verwirrend. Wovor „fürchten" sich die Briten denn die ganze Zeit? Doch ich erkannte schnell: Es ist nicht wirklich Furcht, sondern eine Art, respektvoll und rücksichtsvoll zu sein. Auch wenn man schlechte Nachrichten hat, wird alles so formuliert, dass niemand sich angegriffen fühlt. Und so verlässt man den Pub zwar hungrig, aber nicht frustriert – dank eines freundlichen „I am afraid".

Mit der Zeit wurde mir klar, dass die britische Höflichkeit weit mehr ist als nur eine kulturelle Eigenart. Sie ist eine Art, das Leben angenehmer zu machen – für sich selbst und für andere.

Es mag übertrieben wirken, wenn sich jemand dafür entschuldigt, dass er zufällig im selben Raum ist wie man selbst. Aber es schafft eine Atmosphäre, in der Konflikte gar nicht erst entstehen können.

Natürlich gibt es auch Nachteile. Manchmal bleibt man im ewigen „Sorry"-Karussell hängen, ohne zu wissen, wie man aussteigen soll. Aber trotzdem: Diese Entschuldigungen und der ständige Versuch, andere nicht zu stören, haben etwas Charmantes, das ich im Laufe meiner Zeit in England liebgewonnen habe.

### Schlange stehen – die Königsdisziplin der Briten

Zur englischen Höflichkeit gehört natürlich auch das berühmte Schlangestehen. Die Briten haben es zur nationalen Kunstform erhoben. Egal, ob es um den Bus, den Eintritt ins Museum oder die Schlange vor der Toilette geht – es herrscht Ordnung, Respekt und vor allem Geduld. Selbst wenn die Schlange lang ist und der Regen horizontal fällt, reiht sich jeder brav ein, als wäre es ein Ehrenkodex.

Als Lehrerin für Deutsch in England hatte ich das große Vergnügen, an einem Austauschprogramm teilzunehmen. Unsere englische Schule besuchte eine Partnerschule in Düsseldorf, und gemeinsam machten wir einen Ausflug nach Köln. Der Plan war simpel: Wir würden mit der Bahn fahren und anschließend eine Sightseeing-Tour machen. Doch wie es so oft passiert, sorgte ein kleines kulturelles Detail für großes Chaos – die Rolltreppe am Kölner Hauptbahnhof.

Nachdem wir aus dem Zug ausgestiegen waren, gingen wir zielstrebig zur Rolltreppe, die uns in Richtung Stadt bringen sollte. Doch statt einfach loszumarschieren wie normale deutsche Reisende, taten unsere braven englischen Schüler das, was ihnen ihr kulturelles Erbe gebot: Sie stellten sich in einer ordentlichen Schlange vor der Rolltreppe an. Kein Drängeln, kein Schubsen – sie warteten geduldig darauf, dass sich eine Lücke auftat, durch die sie die Rolltreppe betreten konnten.

Das Problem? In Deutschland gibt es für so etwas wie „Schlange stehen an der Rolltreppe" weder Geduld noch Verständnis. Die Menschen strömten von allen Seiten, quetschten sich vor, schoben sich an unseren Schülern vorbei, als wäre das hier ein Wettkampf um die letzten Brötchen.

Einer meiner Schüler, ein höflicher Junge namens Tom, drehte sich zu mir um und fragte:

„Miss, sollen wir vielleicht einfach warten, bis die Rolltreppe frei ist?"

Ich konnte nur lachen.

„Tom, wenn ihr darauf wartet, dass die Rolltreppe frei wird, dann werdet ihr Köln erst verlassen, wenn ihr fürs Studium zurückkommt. Geht einfach mit dem Strom!"

Ein anderes Mädchen, Lucy, schaute mich entsetzt an.

„Aber Miss, das ist doch unhöflich! Man kann doch nicht einfach vordrängeln!"

Ich erklärte den Schülern, dass „vordrängeln" in Deutschland manchmal weniger als unhöflich gilt und eher als… naja, Überlebensstrategie. Aber der kulturelle Schock saß tief. Einige Schüler standen weiterhin brav an der Seite und warteten auf eine Lücke – eine Lücke, die natürlich nie kam. Andere versuchten es mit einem vorsichtigen Schritt nach vorne, nur um direkt von einem eiligen deutschen Pendler zurückgedrängt zu werden.

Ein besonders skurriler Moment war, als ein älterer

Herr an der Rolltreppe stehenblieb, uns kurz anschaute und dann kopfschüttelnd sagte:

„Wat is dat denn? Schlange stehen an der Rolltreppe? Dat hab ich ja noch nie gesehen!"

Ich musste mir das Lachen verkneifen, während ich versuchte, den Schülern zu erklären, dass man in Deutschland die Rolltreppe einfach betreten muss, sobald sich eine winzige Lücke ergibt – ohne darüber nachzudenken.

Am Ende schafften es alle Schüler irgendwie nach oben, auch wenn einige von ihnen aussahen, als hätten sie gerade eine besonders schwierige Prüfung bestanden. Einer von ihnen sagte später:

„Miss, das war echt das Verrückteste, was ich je erlebt habe. In England hätten wir die Rolltreppe in der Hälfte der Zeit genutzt – aber nur, weil sich jeder an die Regeln hält!"

Ich musste zugeben, dass sie nicht ganz Unrecht hatten. Doch ich erklärte ihnen auch, dass es manchmal wichtig sei, sich den lokalen Gepflogenheiten anzupassen – auch wenn diese Gepflogenheiten bedeuteten, dass man sich gefühlt wie ein Rugbyspieler durch die Massen kämpfen musste.

Am Ende des Tages war die Rolltreppen-Episode eine der Geschichten, die die Schüler am meisten erzählten – und vermutlich nie vergessen würden.

### Das Kassenduell – England vs. Deutschland

Einkaufen in England war für mich immer eine Lektion in Geduld und Höflichkeit, besonders wenn es um die Kassenschlange ging. In Deutschland ist die

Kassensituation ein anderes Kaliber – quasi ein sozial akzeptierter Wettkampf, bei dem es darum geht, die schnellste und effektivste Strategie zu finden, um die Kasse als Erster zu verlassen. Ein Erlebnis mit meiner Gastmutter Rosemary brachte mir den deutlichen Unterschied zwischen diesen beiden Welten eindrucksvoll näher.

Wir kauften gemeinsam in einem Supermarkt in England ein. Es war Samstagnachmittag, der Laden war voll, und die Schlange an der Kasse wurde immer länger. Ich stand schon etwas nervös hinter meinem Einkaufswagen, während Rosemary gelassen mit mir plauderte. Plötzlich passierte es: Eine freundliche Mitarbeiterin öffnete eine zweite Kasse und rief:

„If anyone would like to come over, this till is now open!"

Instinktiv machte ich mich bereit. Ich hatte schon meine Strategie parat – Einkaufswagen leicht schräg, schneller Schritt nach vorne, am besten mit einem kleinen Slalommanöver, um möglichst viele andere Kunden zu überholen. Doch bevor ich loslegen konnte, legte Rosemary eine Hand auf meinen Arm und sagte leise, aber bestimmt:

„Oh, nein, nein. Die Leute vor uns gehen natürlich zuerst."

Ich hielt inne, verwirrt.

„Aber… warum? Wir könnten doch jetzt schneller dran sein!"

Rosemary lächelte, als hätte ich gerade etwas besonders Naives gesagt.

„Das macht man hier nicht, Liebes. Es gehört sich

einfach so. Die Reihenfolge bleibt gleich, egal ob die Kasse wechselt."

Ich schaute in die Runde. Tatsächlich war es, als hätte jemand unsichtbare Leitplanken aufgestellt. Die Leute, die vor uns in der ursprünglichen Schlange standen, schoben ruhig ihre Wagen zur neuen Kasse. Kein Gedränge, keine Hektik, keine plötzlichen Spurwechsel. Es war so geordnet, dass ich fast Gänsehaut bekam.

„Aber Rosemary", sagte ich und versuchte zu erklären, „in Deutschland… naja, da ist das anders. Wenn eine neue Kasse öffnet, dann gibt es so etwas wie ein Wettrennen. Jeder versucht, der Erste zu sein. Da wird nicht überlegt, wer zuerst da war."

Rosemarys Augen weiteten sich, als hätte ich gerade gestanden, heimlich Katzen zu stehlen.

„Oh, wirklich? Wie unhöflich! Aber was passiert, wenn jemand drängelt? Gibt es da keine Proteste?"

Ich lachte.

„Proteste? Nein! Es wird höchstens ein bisschen geschimpft, aber die meisten sind zu beschäftigt damit, möglichst schnell ihre Sachen aufs Band zu legen, bevor die anderen kommen. Es ist ein bisschen wie… ein Sport."

Rosemary schüttelte langsam den Kopf, immer noch lächelnd.

„Das klingt… stressig. Ich glaube, das könnte ich nicht. Hier lassen wir einfach die Leute, die zuerst da waren, zuerst dran. So ist es fair – und höflich."

Ich nickte, aber innerlich dachte ich: Fair? Höflich? Es ist doch nur eine Kasse!

Als wir endlich an der Reihe waren, stand hinter uns

ein junger Mann mit nur einer Packung Milch. Natürlich drehte sich Rosemary um und sagte:

„Oh, please, you go ahead. Sie haben ja nur das eine. Wir brauchen etwas länger mit all unseren Sachen."

Der junge Mann bedankte sich überschwänglich, und ich konnte nur stumm zusehen, wie er uns überholte. In Deutschland hätte ich mir das nie träumen lassen. Wer in Deutschland jemanden vorlässt, riskiert, selbst hinter den nächsten fünf Leuten zu landen.

Später im Auto konnte ich nicht anders, als über die Szene zu lachen.

„Rosemary", sagte ich, „ich glaube, ich muss noch einiges lernen. In Deutschland hätte mich in der Schlange niemand vorgelassen – und ich ehrlich gesagt auch niemanden."

Sie lächelte.

„Ach, Liebes, du wirst dich daran gewöhnen. Es ist wirklich entspannter, glaub mir."

Entspannter war es vielleicht, aber ein Teil von mir vermisste den Nervenkitzel des deutschen Kassenduells.

Natürlich sollte ich bald feststellen, dass die britische Höflichkeit nicht allein steht. Sie hat eine charmante Begleiterin: den britischen Humor. Während das ständige „Sorry" das alltägliche Miteinander abfedert, sorgt die allgegenwärtige Ironie dafür, dass man nie so recht weiß, ob etwas ernst gemeint ist – und genau das macht es so unterhaltsam.

# KAPITEL 8

# NO SENSE OF HUMOR?
# DANN SIND SIE HIER
# FALSCH!

Die englische Höflichkeit ist legendär – eine Mischung aus feiner Zurückhaltung, charmanter Diplomatie und der Fähigkeit, selbst in den schwierigsten Situationen ein Lächeln zu bewahren. Sie durchzieht nahezu alle Bereiche des Lebens, von Smalltalk bis hin zu tiefgehenden Gesprächen. Aber besonders faszinierend wird es, wenn diese Höflichkeit mit einer guten Prise Sarkasmus kombiniert wird.

Ein perfektes Beispiel dafür erlebte ich mit meiner guten Freundin Anne bei Tony und Rosemary im Garten. Denn während die Briten Höflichkeit als Kunstform beherrschen, zeigt sich ihr Humor erst so richtig, wenn Ironie und subtile Spitzen ins Spiel kommen…

Anne und ich hatten uns entschieden, den Nachmittag mit Tony und Rosemary im Garten zu verbringen, um ein wenig frische Luft zu schnappen. Natürlich begann es nach zehn Minuten zu nieseln, aber Tony meinte nur: „Das gehört zur britischen Gartenerfahrung dazu!" Also blieben wir draußen, eingepackt in Decken und mit dampfenden Teetassen in der Hand.

Plötzlich fiel Rosemary ein, dass sie uns unbedingt ihre neue Gartenlampe zeigen wollte, die sie kürzlich bei einem Sale ergattert hatte. „Ist sie nicht wunderschön?", fragte sie und deutete auf eine massive, kitschige Lampe in Form eines kleinen viktorianischen Häuschens. Sie stand in der Mitte des Rasens.

Anne und ich tauschten einen kurzen Blick. Die Lampe war… beeindruckend, aber nicht unbedingt auf die gute Weise. Sie sah aus, als hätte sie ihren Platz eher in einem überladenen Weihnachtsmarktstand als in einem Garten.

Anne reagierte als Erste. Mit ihrem besten britischen Tonfall sagte sie: „Oh Rosemary, das ist wirklich… einzigartig."

Ich nickte ernst und ergänzte: „Ja, sie ist… definitiv ein Gesprächsstarter."

Tony, der genau wusste, was wir meinten, grinste. „Das ist ein charmantes ‚Was zur Hölle ist das?', richtig?"

Rosemary schmunzelte und schüttelte den Kopf. „Oh, macht euch keine Sorgen, ihr müsst mir nicht schmeicheln. Tony mag sie auch nicht – aber sie war im Angebot!"

„Ein echtes Schnäppchen", bemerkte Anne trocken und nippte an ihrem Tee. „Das erklärt natürlich alles."

Wir lachten alle, während der Regen stärker wurde und wir uns ins Haus zurückzogen. Die Lampe leuchtete weiter draußen im Garten, stolzer denn je – ein leuchtendes Symbol britischen Humors und unserer Höflichkeit.

Als ich frisch nach England kam, hatte ich mich auf

vieles vorbereitet. Regen, seltsames Essen und Linksverkehr – alles kein Problem. Aber auf den Humor war ich nicht vorbereitet. Ich erinnere mich an eine meiner ersten Unterhaltungen mit Rosemary bei einer dampfenden Tasse Tee. „Shall I mother you?", fragte sie und griff nach meinem leeren Teebecher.

In meinem Kopf explodierten die Fragen: Wieso will sie mich bemuttern? Soll ich mich jetzt zurücklehnen und so tun, als ob ich noch ein Kleinkind bin? Oder ist das eine dieser versteckten Beleidigungen, von denen ich gehört hatte? Als ich nach einem Moment unsicher „Äh … yes?" stammelte, lächelte sie triumphierend und goss einfach meinen Tee nach.

Später erfuhr ich, dass „Shall I mother you?" eine typisch englische Art war, höflich und charmant Tee nachzuschenken. Für einen Deutschen wie mich – gewöhnt an direkte Kommunikation – war das der Beginn eines langen Kampfes mit dem englischen Humor, der weniger in den Worten als in dem steckte, was nicht gesagt wurde.

**Ironie: Das Minenfeld der Konversation.**

Die Abendessen mit Rosemary, ihrem Mann Tony und Peter, einem guten Freund der beiden, waren ein Crashkurs in englischer Konversation. Es gab Roastbeef, Yorkshire Pudding und, zu meinem großen Schrecken, Minzsoße. „Die Engländer lieben ihre Saucen", hatte ich gehört. Aber Minze? Zu Fleisch?

„Probier ruhig, es ist ein echter Klassiker", sagte Rosemary mit einem Lächeln.

Ich nahm einen kleinen Löffel und verzog das

Gesicht. Tony bemerkte das sofort. „Ah, ein echter Fan, wie ich sehe", stellte er trocken fest, während Peter kicherte.

„Es ist … ungewöhnlich", murmelte ich, was die drei in lautes Gelächter ausbrechen ließ.

„Ungewöhnlich!", rief Tony. „Das ist der höflichste Verriss, den ich je gehört habe. Du machst dich ja schon ganz gut hier!"

Später erklärte mir Peter, dass man in England nichts direkt kritisiert – vor allem nicht, wenn es ums Essen geht. Stattdessen findet man kreative Umschreibungen, und je ironischer, desto besser. „Wenn dir etwas gar nicht schmeckt, sag einfach: ‚Well, that's certainly interesting.'"

Ironie ist das Rückgrat des englischen Humors. Aber wenn du aus Deutschland kommst, wo Aussagen oft wie Vertragsklauseln klingen – klar, direkt, ohne Schnörkel –, dann ist Ironie kein Reflex. Es ist ein Rätsel.

Einmal erzählte mir ein Kollege im Büro, dass er am Wochenende „a marvelous time" bei einem Gartenfest hatte, „just sitting in the rain and watching the roses drown." Ich nickte eifrig. „Oh, das klingt entspannend!" Seine Augenbrauen schossen in die Höhe, und der Raum wurde still. Es dauerte quälend lange fünf Sekunden, bis ich realisierte, dass er ironisch meinte, dass es furchtbar gewesen war.

Von da an machte ich mir eine Liste im Kopf: Wenn ein Engländer sagt, dass etwas „interesting" ist, bedeutet es, dass es langweilig oder seltsam war. „Not bad" heißt eigentlich „ziemlich gut". Und wenn jemand dir sagt: „We must do this again sometime", wirst du die Person wahrscheinlich nie wiedersehen.

· · ·

**Selbstironie: Wenn du dein eigener Lieblingswitz bist**

Während wir Deutschen stolz auf unsere Effizienz sind, scheinen die Engländer stolz auf ihre Fähigkeit, sich selbst nicht ernst zu nehmen. Ein Beispiel dafür erlebte ich in einem Pub, als ein Mann mit schütterem Haar und vollem Pint zu uns an den Tisch wankte. „Sorry, ich wäre ja früher hier gewesen, aber ich musste noch meine Haarpracht in Ordnung bringen", teilte er uns mit einem breiten Grinsen mit und fuhr sich über seine Glatze.

Zuerst war ich verwirrt. Warum machte er sich über sich selbst lustig? Wir Deutschen tendieren dazu, unsere Schwächen entweder zu ignorieren oder zu korrigieren, aber niemals zum Gesprächsthema zu machen. Doch in England schien Selbstironie eine Kunstform zu sein. Bald bemerkte ich, dass auch ich anfing, mich selbst auf die Schippe zu nehmen – vor allem mein unbeholfenes Englisch, das oft für unfreiwillige Komik sorgte.

Es war ein Dienstagmorgen, typisch englisch: grauer Himmel, Dauerregen, und die Pfützen auf dem Bürgersteig sahen mehr aus wie kleine Seen. Ich hatte beschlossen, zu Fuß zur Arbeit zu gehen, da der Bus wieder mal Verspätung hatte, und Rosemary wollte mich begleiten, da sie noch Besorgungen in der Stadt machen wollte. Als Deutsche in England waren wir an solche „kleinen Überraschungen" langsam gewöhnt – oder redeten uns das zumindest ein.

Rosemary war allerdings nicht ganz so entspannt wie sonst. Ihre Schuhe waren durchweicht, ihr Mantel hing wie ein nasser Sack an ihr, und zu allem Überfluss hatte ein vorbeifahrender Bus eine Welle Wasser direkt auf sie geschleudert.

„Rosemary, alles okay?", fragte ich, bemüht, meine eigene durchnässte Laune zu überspielen.

Sie schaute mich an, die Brille beschlagen, das Gesicht eine Mischung aus Resignation und Galgenhumor.

„Naja", sagte sie und schüttelte ein wenig Wasser von sich ab, „wenigstens ist es nicht Montag."

Ich konnte nicht anders, als laut loszulachen – und Rosemary grinste schließlich auch.

Es war ein gemütlicher Abend, und ich saß mit Tony und Rosemary im Wohnzimmer ihres Hauses. Der Regen trommelte – wie immer – gegen die Fenster, und auf dem Couchtisch standen dampfende Tassen Tee und ein Teller mit Ginger Biscuits. Tony hatte ein altes Buch mit englischen Witzen hervorgekramt, das er anscheinend schon seit seiner Jugend besaß.

„Das hier ist ein Klassiker", sagte Tony grinsend und las vor:

„Why are ghosts such bad liars? Because you can see right through them!"

Ich stutzte kurz, mein Blick wanderte zwischen Tony und Rosemary hin und her, die beide erwartungsvoll schauten. Ich setzte langsam an: „Also… ‚to see right through someone' bedeutet doch, jemanden durchschauen, oder?"

Tony nickte begeistert. „Exakt! Aber es ist auch wörtlich gemeint – man kann ja tatsächlich durch Geister hindurchsehen. Clever, oder?"

Ich musste lachen – weniger wegen des Witzes, sondern wegen Tonys Begeisterung, mir das zu erklären.

„Und das finden die Engländer wirklich lustig?", fragte ich, noch immer schmunzelnd.

Rosemary lächelte über ihren Tee hinweg. „Oh ja, Schatz. Je flacher, desto besser! Ein gutes Wortspiel ist hier eine Kunstform."

Ich schüttelte lachend den Kopf. „Kein Wunder, dass die Briten so stolz auf ihren Humor sind."

Tony legte das Buch beiseite, lehnte sich zurück und meinte trocken: „Das, und den Regen. Beides liefern wir zuverlässig."

Wir alle brachen in Lachen aus, während der Regen draußen unaufhörlich weiterprasselte.

Meine Lieblingsmomente waren die Abende im Pub. Es gab nichts Englischeres als ein Pint Bier und Gespräche voller Selbstironie. Einmal saß ich mit einem Kollegen aus dem Hotel an der Bar, als er von seinem ersten Job erzählte.

„Ich war Fensterputzer", erzählte er und trank einen großen Schluck Bier. „Aber nicht lange. Ich bin nicht so gut im Balancieren."

„Oh, hast du gekündigt?", fragte ich.

Er schüttelte den Kopf. „Nein, ich bin aus dem dritten Stock gefallen. Ich dachte, ich probiere dann mal etwas Bodenständigeres."

Ich war entsetzt. „Oh Gott, warst du verletzt?"

Er grinste breit. „Nein, ich war jung und elastisch. Heute wäre ich wahrscheinlich platt wie ein Pfannkuchen."

Die anderen an der Bar brachen in Gelächter aus, während ich langsam verstand, dass das keine tragische Geschichte, sondern ein Paradebeispiel für englischen Humor war.

· · ·

## Wortspiele: Das Spiel mit der Sprache

Die Engländer haben eine fast schon unheimliche Vorliebe für Wortspiele. Ob im Pub, in der Zeitung oder bei einer ganz normalen Unterhaltung – irgendwo lauert immer ein „Pun".

Einmal saß ich mit Rosemary und ihrer Freundin Margaret zusammen, als diese fragte: „Why are frogs so happy?" Ich schaute fragend, und sie verkündete triumphierend: „Because they eat whatever bugs them!" Rosemary prustete vor Lachen, während ich noch überlegte, was genau die Pointe war.

Wortspiele zu verstehen bedeutete für mich, nicht nur die Sprache, sondern auch die Kultur zu begreifen. Es war wie ein Puzzle, bei dem die Lösung nicht immer logisch war, aber immer eine gewisse sprachliche Eleganz hatte.

Ein weiteres Highlight waren die Frühstückszeiten in dem Hotel, in dem ich anfangs arbeitete. Meine Kollegen hatten eine regelrechte Leidenschaft für Wortspiele, die oft so subtil waren, dass ich sie erst Stunden später verstand.

Als ich einmal erwähnte, dass ich eine Erkältung hatte. „Ah, hast du etwa den Tee mit der falschen Temperatur getrunken?", fragte Oliver mit gespieltem Ernst. „Das kann gefährlich sein. Man sagt, Tee ist der Ursprung allen Übels."

„Wie meinst du das?", fragte ich arglos.

„Nun ja", fuhr er fort, „es heißt ja ‚Tea-ranny', nicht wahr?"

Alle am Tisch stöhnten über das schlechte Wortspiel, während ich noch damit beschäftigt war, die Verbindung zwischen Tee und Tyrannei zu finden. Am Ende musste ich lachen, einfach weil die Freude der anderen an diesen Sprachspielen so ansteckend war.

### Das Mysterium des „Deadpan"

Eine besondere Herausforderung war der sogenannte „Deadpan"-Humor. Die Engländer lieben es, die absurdesten Dinge mit völlig ernstem Gesicht zu sagen, während man als Zuhörer verzweifelt versucht herauszufinden, ob sie es ernst meinen oder nicht.

Ich war zum Beispiel bei meinen Freunden James und Claire zu Besuch, die mich zum Abendessen eingeladen hatten. Während des Essens erwähnte ich beiläufig, dass ich an einem anderen Tag ein merkwürdiges Straßenschild gesehen hatte, auf dem stand: „Caution: Ducks Crossing".

James nickte ernst, als hätte ich gerade etwas sehr Wichtiges gesagt. „Ja, die Enten hier haben Vorfahrt. Du solltest wirklich aufpassen, vor allem im März."

„Im März?" Ich war verwirrt.

„Ja, das ist die Paarungszeit. Da werden sie besonders territorial und können Autos attackieren."

Ich hielt inne und starrte ihn an. Claire, die gerade ihr Glas Wein abstellte, warf ihm einen kurzen Seitenblick zu, sagte aber nichts.

„Attackieren? Enten? Autos?" Ich konnte nicht anders, ich musste lachen. „Jetzt macht ihr euch aber lustig über mich."

„Keineswegs", sagte James, immer noch vollkommen ernst. „Es gibt hier ein Dorf, wo die Enten sogar ein eigenes Verkehrsschild mit ihrem Bild darauf entworfen haben. Es ist Teil ihrer lokalen Selbstverwaltung."

„Selbstverwaltung?", wiederholte ich, und Claire begann plötzlich zu husten, wahrscheinlich, um ihr Lachen zu unterdrücken.

„Ja, ja", fuhr James fort. „Manche von ihnen kandidieren sogar für den Gemeinderat. Letztes Jahr hatte eine Ente namens Henry knapp gegen einen Terrier verloren."

Jetzt musste auch Claire laut lachen, und ich wusste endlich, dass es ein Witz war. „James, du bist unmöglich!", rief sie aus, während sie versuchte, sich wieder zu fangen.

„Was denn?" Er verteidigte sich mit einem unschuldigen Schulterzucken. „Ich finde, sie hat ein Recht darauf, über die politische Lage hier Bescheid zu wissen."

Seit diesem Abend habe ich gelernt, dass man bei Engländern immer damit rechnen muss, dass die absurdesten Geschichten mit absoluter Ernsthaftigkeit erzählt werden – und der beste Hinweis darauf, dass man gerade auf den Arm genommen wird, oft das Lachen der Umstehenden ist.

Ein anderes Mal war ich mit meinen Freunden Emily und Richard in einem kleinen Pub in der Nähe von Bath. Wir sprachen über die Unterschiede zwischen deutschen und englischen Traditionen, als Emily plötzlich erwähnte, dass sie nächste Woche zum „Snail Derby" gehen würden.

„Zum was?", fragte ich und legte meine Gabel beiseite.

„Zum Schneckenrennen", sagte Emily völlig ernst. „Das findet jedes Jahr statt. Menschen bringen ihre schnellsten Schnecken mit, und dann gibt es einen Wettbewerb."

Ich starrte sie an, sicher, dass sie einen Witz machte. Aber Richard nickte ernst und ergänzte: „Es ist eine große Sache hier. Manche Leute trainieren ihre Schnecken monatelang. Letztes Jahr hat jemand aus Devon gewonnen, und seine Schnecke hatte einen eigenen kleinen Pokal bekommen."

Ich konnte nicht anders, als laut loszulachen. „Ihr wollt mir doch nicht erzählen, dass Menschen Schnecken trainieren! Wie macht man das überhaupt? Gibt man ihnen Proteine oder stellt sie auf ein Laufband?"

„Nein, nein", stellte Emily richtig, als wäre das eine dumme Frage. „Man motiviert sie mit Salatblättern. Manche Leute verwenden auch Gurken, aber das ist umstritten. Es gibt Gerüchte, dass das als Doping zählt."

„Doping?", wiederholte ich ungläubig. „Für Schnecken?"

Richard nickte ernst. „Ja, das ist ein großes Thema in der Szene. Letztes Jahr wurde ein Skandal aufgedeckt, weil jemand seine Schnecke mit Koffein bestrichen hat, damit sie schneller ist. Die wurde natürlich sofort disqualifiziert."

Ich war völlig hin- und hergerissen, ob sie mich auf den Arm nahmen oder nicht. Aber als Emily ihr Handy herausholte und mir ein Foto von einer Schnecke mit einer winzigen Startnummer zeigte, wusste ich nicht mehr, was ich glauben sollte.

„Ihr seid unmöglich", murmelte ich und schüttelte

den Kopf. Doch Emily grinste nur. „Na ja, wenn du nächste Woche Zeit hast, kannst du ja mitkommen. Aber bring deine eigene Schnecke mit – wir sind schon ausgebucht."

Seitdem denke ich immer zwei Mal nach, bevor ich bei einem absurden britischen Ereignis sofort an einen Scherz glaube. Es könnte schließlich genauso gut Realität sein.

**Der Humor im Alltag: Das Überleben der Peinlichkeiten**

Eine der charmantesten Seiten des englischen Humors ist, wie er dazu genutzt wird, peinliche Situationen zu überstehen. Einmal stolperte ich mitten in einer belebten Straße und fiel der Länge nach hin. In Deutschland hätte ich vermutlich den Rest des Tages in stiller Scham verbracht. Aber hier half mir ein älterer Herr hoch und sagte: „Congratulations, that was a solid 9 out of 10. Just work on the landing next time."

Ich musste lachen. Und plötzlich war die Situation nicht mehr peinlich, sondern fast angenehm. Humor ist in England eine Waffe, um den Alltag zu entschärfen, und ich begann, dieses Werkzeug selbst immer mehr einzusetzen.

Mein erster Job in England war, wie ich bereits erwähnte, in einem schicken Landhotel, wo ich schnell die Eigenheiten des britischen Smalltalks lernte. Eines Morgens kam mein Kollege Oliver ins Büro, komplett durchnässt.

„Gutes Timing, das Wetter ist ja … fantastisch", sagte

er mit einem Blick aus dem Fenster, wo es in Strömen regnete.

Ich schaute ihn überrascht an. „Aber du bist doch klatschnass?"

„Natürlich, es wäre ja langweilig, wenn es trocken wäre", entgegnete er mit ernster Miene, während er sich einen Kaffee einschenkte.

Ich war verwirrt. Meinte er das ernst? Sollte ich lachen? Da ich keine Antwort wusste, lächelte ich unsicher. „Ja, sehr spannend", sagte ich und fühlte mich idiotisch.

Später erklärte mir eine Kollegin: „Wenn ein Engländer über das Wetter spricht, dann meint er eigentlich selten das Wetter. Es ist eher eine Übung in Ironie. Am besten machst du einfach mit."

Am nächsten Tag probierte ich es aus. Als es erneut regnete, sagte ich zu Oliver: „Ah, another glorious day in paradise!" Seine Augenbrauen zuckten vor Überraschung, und dann lachte er. „Du lernst schnell!"

Einmal war ich bei einer Gartenparty eingeladen, wo ich versehentlich einen Teller mit kleinen Sandwiches vom Buffet stieß. Natürlich fiel er genau auf den teuren Rasen. Ich wollte im Boden versinken, aber ein älterer Herr neben mir nahm die Situation mit typisch britischer Gelassenheit auf.

„Ach, der Rasen brauchte ohnehin etwas Dünger." Er hob den Teller auf.

Ich stotterte eine Entschuldigung, doch er winkte ab. „Keine Sorge, Liebes. Die Sandwiches waren sowieso zu klein. Jetzt haben wir einen Grund, größere zu machen."

Diese Leichtigkeit, peinliche Momente in humorvolle Geschichten zu verwandeln, faszinierte mich. Und so begann ich, selbst solche Gelegenheiten zu nutzen, um meine Fehler mit einem Lächeln zu entwaffnen.

Ich bin davon überzeugt, dass der englische Humor eine Lebenshaltung ist. Es geht nicht darum, immer die perfekte Pointe zu liefern, sondern darum, das Leben – und sich selbst – nicht zu ernst zu nehmen.

Egal, ob bei einem ironischen Kommentar über das Wetter, einem trockenen Deadpan-Witz oder einem absichtlich schlechten Wortspiel – der englische Humor hat mir geholfen, das Unausgesprochene zu verstehen. Und manchmal auch, das Leben ein wenig entspannter zu sehen.

Und während ich noch immer Mühe habe, die feinen Nuancen zwischen Ironie und Deadpan zu erkennen, habe ich eines verstanden: Der englische Humor ist wie ein gutes Rätsel – es geht nicht darum, schnell eine Antwort zu finden, sondern darum, den Weg zur Lösung zu genießen.

Und das ist vielleicht die größte Lektion, die ich in England gelernt habe: Manchmal ist das Leben einfach zu absurd, um es ernst zu nehmen. Also trinke ich meinen Tee, grinse über die nächste sarkastische Bemerkung und denke: „Not bad, England. Not bad."

**Black humor**

Wenn man an England denkt, kommen einem viele Dinge in den Sinn: Regen, Tee, höfliche Menschen – und schwarzer Humor. Er gehört genauso zu den kulturellen Markenzeichen wie die roten Telefonzellen und die Doppeldeckerbusse. Doch schwarzer Humor ist nichts für Anfänger. Es hat eine Weile gedauert, bis ich ihn verstanden habe – und noch länger, bis ich selbst darüber lachen konnte.

Eines der lustigsten (und peinlichsten) Beispiele, wie ich mit schwarzem Humor zu kämpfen hatte, passierte während meiner Arbeit im Hotel. Und nicht nur mir fiel es schwer – meine französische Kollegin Chloé war genauso überfordert.

In dem Hotel, in dem ich arbeitete, war das Team bunt gemischt: verschiedene Nationalitäten, Kulturen und natürlich auch verschiedene Humorarten. Eine meiner engsten Kolleginnen war Chloé, eine Französin, die für ihren Sarkasmus und ihre direkte Art bekannt war. Wir verstanden uns gut, auch wenn wir beide manchmal Mühe hatten, den britischen Humor – insbesondere den schwarzen – richtig einzuordnen.

Eines Tages hatten wir eine besonders hektische Schicht hinter uns. Es war Hochsaison, das Restaurant war überbucht, und dazu gab es ein größeres Problem in der Küche. Ein Rohr war geplatzt, und während die Gäste genervt auf ihr Essen warteten, wateten wir fast knöcheltief im Wasser herum. Gegen Ende der Schicht saßen wir erschöpft im Pausenraum, und unser britischer Kollege James kam dazu. Mit seinem typisch trockenen Humor sagte er:

„Well, if this day gets any worse, I might just jump into the dishwasher and end it all."

(Übersetzung: „Wenn dieser Tag noch schlimmer wird, springe ich einfach in die Spülmaschine und mache Schluss.")

Chloé und ich schauten uns entsetzt an. Ich dachte sofort: *Wie kann er so etwas sagen? Das ist doch keine Art, über Stress zu sprechen!* Ich war überzeugt, dass er Hilfe brauchte, und Chloé sah offenbar genauso alarmiert aus wie ich. In einem Versuch, die Situation zu entschärfen, sagte ich unbeholfen:

„Oh… ähm… nein, das wird nicht nötig sein. Morgen wird bestimmt besser!"

Doch James war noch nicht fertig. Mit einem sarkastischen Lächeln fügte er hinzu:

„Or maybe I'll just let the oven finish me off instead. At least it's warm in there."

(Übersetzung: „Oder ich lasse den Ofen den Rest erledigen. Da ist es wenigstens warm.")

Chloé stand plötzlich auf und sagte:„No, this is not funny, James! You cannot joke like this about yourself!"

Ich nickte eifrig und ergänzte:

„Exactly! This is very serious. You should talk to someone if you feel like this."

James schaute uns an, erst verwirrt, dann brach er in schallendes Gelächter aus. „Oh my God, you two really don't get British humor, do you? It's just a joke! We Brits love a bit of dark humor, especially on bad days."

Chloé und ich sahen uns unsicher an. Es fühlte sich alles andere als ein „Witz" an. Nach ein paar Sekunden murmelte Chloé:

„In France, we don't joke about these things. We drink wine and complain. That's how we deal with bad days."

Ich fügte hinzu:

„In Germany, we talk about the problem… or write a formal letter of complaint. But das hier?" Ich zeigte auf James. „Das versteht keiner!"

James grinste nur noch breiter. „Well, now you know. Welcome to England! If you can't laugh about it, you'll cry about it. And trust me, laughter's cheaper."

Auch wenn wir uns in dem Moment nicht sicher waren, ob wir lachen oder die Personalabteilung informieren sollten, schauten Chloé und ich uns später am Abend noch einmal an und fingen an, über die ganze Szene zu kichern.

Erst Wochen später, nachdem ich mich an den britischen Humor gewöhnt hatte, verstand ich, dass James eigentlich nur einen Weg gesucht hatte, mit dem Stress umzugehen – auf die typisch britische Art. Aber an diesem Tag waren Chloé und ich noch zwei Europäerinnen, die nicht wussten, ob sie James helfen oder ihn einfach ignorieren sollten.

### Der Tag, an dem ich das Klischee zerstörte

In England gibt es dieses Klischee: Deutsche haben keinen Humor. Als Deutsche in einem englischen Hotel zu arbeiten, bedeutete also automatisch, dass ich als „seriös und humorlos" abgestempelt wurde. Meine Kollegen waren höflich, aber ich spürte, dass sie bei ihren Witzen oft dachten: „Ach, die arme Deutsche wird das ohnehin nicht verstehen."

Eines Morgens, während einer Teepause, schien die Gelegenheit gekommen, dieses Vorurteil zu widerlegen. Die Kollegen hatten gerade über absurde Geschichten gelacht, als Oliver, der König der Wortspiele, mich herausfordernd anschaute. „So, you Germans, you don't do jokes, right?" (Also, ihr Deutschen, ihr macht doch keine Witze, oder?)

Ich spürte die Augen der anderen auf mir. Es war mein Moment. Ich setzte mein ernstestes Gesicht auf und sagte trocken:

„Natürlich haben wir Humor. Wir lachen einmal im Jahr, ob wir wollen oder nicht."

Für eine Sekunde herrschte völlige Stille. Ich dachte schon, ich hätte versagt. Dann brach Oliver in schallendes Gelächter aus, gefolgt von den anderen. „She's got us!", rief er. „That's brilliant!" (Sie hat uns! Das ist brillant!)

Noch bevor ich mich über meinen Erfolg freuen konnte, setzte ich nach: „Aber es gibt eine Regel: Der Witz muss genehmigt und beim Amt für Humor registriert werden."

Das Lachen wurde lauter. Sie schlugen auf die Tische, und einer rief: „I can't believe it – a German making a joke about Germans!"

Von diesem Tag an wurde ich nicht mehr nur als „die Deutsche" gesehen, sondern als jemand mit einem überraschenden Sinn für Humor. Und ich muss zugeben: Es fühlte sich ziemlich gut an, das Klischee zu widerlegen – und meine Kollegen daran zu erinnern, dass auch wir Deutschen lachen können. Nur eben effizient.

So hatte ich also meinen kleinen Sieg errungen: Die „humorlose Deutsche" war Geschichte, und ich wurde fortan sogar in die tägliche Witzrunde bei der Teepause einbezogen. Der britische Humor hatte mich fest im Griff, und ich begann, die absurden, ironischen und manchmal albernen Facetten des Lebens in England wirklich zu lieben.

Doch das Leben hat eine eigenartige Art, solche Höhenflüge zu bremsen. Denn nur wenige Wochen später musste ich zum ersten Mal ernsthaft mit dem englischen Gesundheitssystem in Kontakt treten – und ich sage nur so viel: Die Ironie, die ich im Alltag so liebgewonnen hatte, fand ich dort plötzlich gar nicht mehr so lustig.

Es begann mit einem Hockeyunfall und endete in einer Odyssee aus Warteschlangen, kuriosen Diagnosen und einem völlig neuen Verständnis dafür, was „Effizienz" wirklich bedeutet. Auf einmal stand ich nicht mehr im Mittelpunkt der Witze – sondern die britische Bürokratie. Aber dazu später mehr.

# KAPITEL 9

# WILLKOMMEN IM WARTEZIMMER

Eines der ersten Dinge, die ich tun musste, als ich in Wincanton ankam, war, mich bei einem örtlichen Hausarzt anzumelden. Da Tony und Rosemary beide arbeiteten, ging ich allein in die Praxis. Am Schalter hing ein Schild mit der Aufschrift: „Wenn Sie eine Chaperone wünschen, informieren Sie bitte die Empfangsdame." Man gab mir ein Klemmbrett mit einem Formular und bat mich, es auszufüllen. Ich beantwortete alle Fragen so gut ich konnte und ging nach zehn Minuten zum Schalter, um mein Formular abzugeben. Die Empfangsdame teilte mir mit, dass es eine kleine Verzögerung gebe. Ich setzte mich wieder hin, und mein Blick blieb erneut an dem Schild am Schalter hängen. Ich war ziemlich hungrig, da ich an diesem Morgen das Frühstück ausgelassen hatte, um um neun Uhr in der Praxis zu sein. Ich stand wieder auf und machte mich auf den Weg zur freundlichen Empfangsdame.

„Es tut mir furchtbar leid", sagte ich mit der gebührenden Höflichkeit, die ich im Englischunterricht gelernt hatte.

„Ich habe mich gefragt, ob ich bitte eine Chaperone haben könnte", fuhr ich fort.

„Entschuldigung? Ich verstehe nicht ganz", erwiderte die Empfangsdame und schaute mich mit fragenden Augen an.

„Ich hätte gerne eine Chaperone, und wenn es nicht zu viele Umstände macht, könnte ich dazu einen Kaffee bekommen?", wiederholte ich meine Bitte.

„Die Chaperones haben nicht die Angewohnheit, mit den Patienten Kaffee zu trinken", antwortete die Empfangsdame.

So leicht ließ ich mich jedoch nicht unterkriegen.

„Welche Geschmacksrichtungen gibt es bei den Chaperones? Könnte ich mir bitte eine ansehen?", wollte ich genauer wissen und versuchte, wirklich freundlich zu klingen.

Die Empfangsdame stand auf und ging in das hintere Büro. Nach ein paar Sekunden kam sie mit einer anderen Dame zurück.

„Dies ist eine unserer Chaperones. Ich bin mir nicht sicher, welchen Geschmack sie hat."

Die Empfangsdame versuchte, nicht zu lachen. In diesem Moment wurde mir klar, dass eine Chaperone kein englisches Gebäck ist, sondern eine Art Anstandsdame, die weibliche Patienten begleitet, wenn diese das möchte, wenn der Arzt männlich ist.

„Es tut mir so leid. Ich bin neu hier und dachte, eine Anstandsdame sei etwas zu essen. So wie eine Makrone, nur größer." Da lachte das ganze Wartezimmer, und auch ich konnte nicht anders. Ich entschuldigte mich noch

einmal und setzte mich in die hinterste Ecke des Warte-
raums, wo ich vor Scham meinen Kopf hängen ließ, der
inzwischen die Farbe einer Tomate angenommen hatte.

Als mein Name endlich aufgerufen wurde, betrat ich
das Arztzimmer und musste zu meiner Überraschung
feststellen, dass dort bereits ein anderer Patient saß. Ich
fand es besonders merkwürdig, dass dieser Mann hinter
dem Schreibtisch saß. Er trug ein blassrosa Hemd mit lila
Krawatte und eine schwarze Hose. Ein Gedanke schoss
mir durch den Kopf: Das schien mir eine recht formelle
Kleidung für einen Arztbesuch zu sein. Ich schaute mich
um, um zu sehen, ob ich den Arzt im Zimmer sehen
konnte.

Dazu muss ich sagen, dass Ärzte in Deutschland
früher einen weißen Laborkittel mit einem Stethoskop
um den Hals trugen, um sie eindeutig als Fachleute zu
kennzeichnen. Heutzutage ist das nicht mehr der Fall,
aber ich kannte es noch so aus meiner Kindheit. Mein
örtlicher Hausarzt war so, wie man sich einen Arzt
vorstellt. Er war alt, grauhaarig, trug einen weißen Laborkittel, ein Stethoskop und obendrein eine Brille auf der
Nasenspitze.

Da war ich nun in diesem Raum mit diesem seltsamen Mann hinter dem Schreibtisch. Es war mir ziemlich peinlich, denn ich dachte, ich hätte die Konsultation
eines anderen gestört.

„Oh, das tut mir sehr leid. Ich wusste nicht, dass noch
jemand hier ist. Ich gehe zurück ins Wartezimmer", sagte
ich und ging zur Tür.

„Fräulein Eckhardt?", fragte der Mann hinter dem
Schreibtisch.

„Ja. Woher kennen Sie meinen Namen?"

„Willkommen. Ich bin Doktor Frobisher. Bitte nehmen Sie Platz."

Er fragte mich nach den regelmäßigen Medikamenten, die ich einnehme, nahm meinen Blutdruck, maß und wog mich und tippte alles in seinen Computer.

„Das war's, Britta. Sie sind nun bei uns registriert." Er stand von seinem Stuhl auf, bemerkte aber anscheinend meinen überraschten Gesichtsausdruck.

„Alles in Ordnung? Haben Sie noch eine Frage?", fragte er.

„Ja", antwortete ich, und er setzte sich wieder hin.

„Ich hatte im Laufe der Jahre mehrere Eierstockzysten und wurde von einem Gynäkologen genau überwacht. Alle sechs Monate musste ich mich einer Ultraschalluntersuchung

unterziehen, um sicherzugehen, dass sie nicht wieder gewachsen sind. Können Sie mir bitte einen Spezialisten empfehlen?"

„Wenn Sie irgendwelche Probleme haben, kommen Sie einfach zu mir, und dann machen wir weiter", sagte er und lächelte leicht.

„Aber ich dachte, Sie sind Hausarzt?" Ich schaute ihn erstaunt an.

„Ich weiß, dass Deutschland ein etwas anderes Gesundheitssystem hat als wir. Aber vertrauen Sie mir, Sie sind in guten Händen. Wenn Sie Probleme haben, kommen Sie einfach zu mir." Er wies mit der rechten Hand auf die Tür.

## Händeschütteln

Wir Deutschen geben uns oft die Hand. Es ist eine

Geste der Höflichkeit, des Respekts und manchmal auch des Abschieds. Wir schütteln die Hände, wenn wir Leute begrüßen, wenn wir gehen, wenn wir uns bedanken oder wenn wir ein Geschäft abschließen. Sogar Ärzten, Polizisten oder Pfarrern geben wir die Hand – eine deutsche Selbstverständlichkeit. Deutschland wäre ein Paradies für jeden, der einen Fetisch für Hände hat.

Es war also völlig normal für mich, einem Arzt die Hand zu schütteln, sobald ich sein Behandlungszimmer betrat – und ihm erneut die Hand zu geben, wenn ich das Zimmer verließ. Was ich damals nicht wusste, war, dass diese Geste in anderen Ländern manchmal ganz anders interpretiert werden kann.

Im Jahr 2007 stürzte ich an einem verregneten Dienstagmorgen die Treppe hinunter. Ich wollte nur schnell meine Tasche holen und bin dabei auf der letzten Stufe ausgerutscht. Es passierte so schnell: Ich fiel nach vorne, stützte mich reflexartig mit der rechten Hand ab und landete mit einem dumpfen Knall auf der Schulter. Der Schmerz war sofort unerträglich. Ich hatte mir nicht nur die Schulter ausgekugelt, sondern auch die Schulterkappe gebrochen.

Nach einer kurzen, schlaflosen Nacht in der Notaufnahme wurde ich an einen Facharzt überwiesen, der mich genauer untersuchen und einen Operationsplan ausarbeiten sollte. So landete ich schließlich im Büro eines renommierten Orthopäden, der mir freundlich die Tür öffnete und mich mit einem Lächeln willkommen hieß. Natürlich streckte ich ihm sofort die Hand entgegen – wie es sich gehört. Er zögerte kurz, nahm meine Hand aber schließlich und schüttelte sie mit einem leichten Lächeln.

„Guten Tag, Frau …?"

„Frau Eckhardt. Danke, dass Sie sich die Zeit für mich nehmen."

„Natürlich. Setzen Sie sich bitte." Er deutete auf den Stuhl vor seinem Schreibtisch, während er die Tür hinter mir schloss.

Der Arzt war ein Mann Mitte fünfzig, mit einem ruhigen, fast meditativen Auftreten. Er begann, in meiner Akte zu blättern, während eine Assistentin an einem Computer daneben saß. Nach ein paar Sekunden sah er von der Akte auf.

„Also, Frau Eckhardt, ich sehe hier, dass Sie einen ziemlich komplizierten Bruch haben. Nicht nur die Schulterkappe ist betroffen, sondern auch mehrere Sehnen sind verletzt. Wissen Sie, wie das passiert ist?"

Ich erzählte ihm von meinem Sturz und wie ich in der Notaufnahme behandelt wurde. Der Arzt nickte verständnisvoll.

„Es tut mir leid, dass Sie so etwas erleben mussten. Solche Verletzungen sind äußerst schmerzhaft. Ich gehe davon aus, dass Sie aktuell kaum Beweglichkeit in der Schulter haben?"

„Das ist richtig. Ich kann den Arm kaum anheben, und selbst kleine Bewegungen sind eine Qual", antwortete ich ehrlich.

Er nickte erneut und nahm sich einen Stift, um auf einem Stück Papier eine Skizze anzufertigen.

„Also, was wir tun müssen, ist Folgendes: Wir werden die Schulter zunächst stabilisieren und die beschädigten Sehnen reparieren. Dabei werde ich versuchen, die Operation so minimalinvasiv wie möglich durchzuführen. Es könnte allerdings sein, dass wir dennoch einen größeren Eingriff vornehmen müssen, falls die Verletzung schwerwiegender ist, als es auf den Scans aussieht."

Während er sprach, erklärte er mir Schritt für Schritt die verschiedenen Optionen, Vor- und Nachteile sowie die Risiken der Operation. Er nahm sich Zeit, beantwortete geduldig meine Fragen und zeichnete mir sogar die Anatomie der Schulter, damit ich genau verstand, was passieren würde.

Nach fast vierzig Minuten war unser Gespräch beendet, und wir vereinbarten einen Termin für die Operation. Ich war beeindruckt von seiner Geduld und seinem Wissen und fühlte mich gut aufgehoben. Als ich schließlich aufstand, streckte ich ihm erneut die Hand entgegen – eine spontane Geste, um mich für seine Zeit und Mühe zu bedanken.

Er sah meine Hand, zögerte kurz, hob dann seine eigene und klatschte mir ein High Five.

„Alles klar, Frau Eckhardt, das schaffen wir!", rief er mit einem breiten Lächeln.

Ich stand da, ein wenig verwirrt, meine Hand noch halb in der Luft.

„Äh… ja, vielen Dank, Herr Doktor", stammelte ich und verließ das Zimmer mit einem höflichen „Auf Wiedersehen."

Später, als ich die Geschichte einer Freundin erzählte, brach sie in schallendes Gelächter aus.

„Der Arzt dachte wohl, du wärst total cool und würdest High Fives verteilen, statt Hände zu schütteln!", sagte sie zwischen zwei Lachanfällen.

Vielleicht hatte sie recht. Vielleicht war ich einfach zu deutsch – zu höflich, zu formell, zu sehr an das Händeschütteln gewöhnt. Aber dieser Moment, in dem ich die

Hand zum Abschied reichte und stattdessen ein High Five bekam, bleibt mir unvergessen.

Eine kleine kulturelle Lektion: Manchmal sind es die Missverständnisse, die eine Situation unvergesslich machen. Und hätte ich gewusst, welche Geduldsproben mir das britische Gesundheitssystem noch abverlangen würde, hätte ich mich wohl gleich mit einer Thermoskanne Tee und einem guten Buch bewaffnet. Aber das ist eine Geschichte für ein anderes Mal – willkommen im Wartezimmer!

### Das Hockeyfeld und der Meniskus

Es war einer dieser typisch englischen Tage, an denen es entweder regnet oder kurz davor ist. Perfekt, um mit meinem lokalen Hockeyteam zu trainieren.

Ich sage „trainieren", aber in Wahrheit war ich froh, überhaupt den Ball zu treffen. Meine sportlichen Ambitionen hielten sich in Grenzen, aber ich genoss die Bewegung und die Gesellschaft.

Doch dann passierte es: Ein schneller Richtungswechsel, ein unglücklicher Ausfallschritt, und ich hörte ein verstörendes Knacken. Es war ein Geräusch, das mich gleichzeitig zusammenzucken und hoffen ließ, dass es nur mein Schienbeinschoner war. Leider war es mein Knie. Der Schmerz war sofort da, und mein erster Gedanke war: „Okay, das ist nicht gut." Mein zweiter Gedanke war: „Ich hätte zu Hause bleiben sollen."

Meine Teamkollegen halfen mir auf die Beine – oder besser gesagt, auf mein noch funktionierendes Bein – und man verfrachtete mich kurzerhand ins Auto. Ziel: die nächste Notaufnahme. Was folgte, war mein erster richtiger Kontakt mit dem NHS. Spoiler: Er sollte nicht mein letzter sein.

Die Notaufnahme war... belebt. Das ist die höfliche Umschreibung für „Es war voll, chaotisch und niemand wusste genau, wann er an die Reihe kommen würde". Ich wurde in einem Wartebereich abgesetzt, mein Knie dick angeschwollen, meine Laune noch dicker. Um mich herum spielten sich Dramen ab: ein Junge mit einer Platzwunde, ein älterer Herr mit einem Arm in einem improvisierten Schalverband, und eine Frau, die aussah, als hätte sie gerade einen ganzen Apfelbaum geerntet und dabei einen Ast unterschätzt.

Nach etwa einer Stunde Wartezeit wurde ich aufgerufen. Der Arzt war freundlich, schaute sich mein Knie kurz an und ordnete ein Röntgenbild an. Das ging überraschend schnell – und brachte die Diagnose: Verdacht auf einen Meniskusriss. Na großartig.

Doch die wirklich interessante Information kam am Ende des Gesprächs: „Das ist kein Notfall. Wir überweisen Sie an die orthopädische Abteilung." Ich atmete erleichtert auf – es schien nichts Lebensbedrohliches zu sein. Dann kam der Nachsatz, den ich bis heute in meinen Albträumen höre: „Das kann allerdings ein bisschen dauern."

Ein paar Tage später erhielt ich den ersehnten Brief mit meinem Facharzttermin. Ich öffnete den Umschlag erwartungsvoll und las: „Ihr Termin ist am 4. April." Ich war kurz irritiert. Es war Oktober. Oktober. Ich überprüfte das Datum nochmal, als hätte ich mich verlesen. Aber nein: Sechs Monate Wartezeit. Ein halbes Jahr. Für ein Knie, das mittlerweile mehr Ähnlichkeit mit einem überreifen Pfirsich hatte als mit einem funktionierenden Gelenk.

Ich rief meine Gastmutter Rosemary an, um meinen Schock zu teilen. „Das ist normal", sagte sie, als hätte ich sie gerade gefragt, ob es in England öfter regnet. „Das NHS hat eben viele Patienten. Dafür ist es kostenlos."

Kostenlos. Ein Wort, das in diesem Moment gleichzeitig beruhigend und ein wenig bedrohlich klang. Natürlich war ich dankbar, dass ich nicht in finanzielle Schwierigkeiten geraten würde – aber sechs Monate? Ein halbes Jahr, in dem ich mich auf einer Krücke durch mein Leben humpeln musste? Willkommen im Wartezimmer, dachte ich.

## Das NHS: Ein Gesundheitssystem mit Geschichte

Das NHS ist mehr als nur ein Gesundheitsdienstleister. Es ist eine britische Institution – wie die Queen (Gott hab sie selig), die Teekultur und die Liebe zu Marmeladen-Sandwiches. Gegründet wurde das NHS 1948, direkt nach dem Zweiten Weltkrieg. In einer Zeit, in der alles knapp war – von Lebensmitteln bis hin zu Hoffnung – kam die britische Regierung auf eine revolutionäre Idee: ein Gesundheitssystem, das für alle da ist. Egal ob arm oder reich, jung oder alt, ob man in einem Schloss lebte oder in einem schimmeligen Mietshaus – jeder sollte Zugang zu kostenloser medizinischer Versorgung haben.

Die Idee war so radikal, dass man sich fast vorstellen kann, wie das britische Establishment die Teetassen fallen ließ. „Kostenlos?", mag ein Lord sich empört haben. „Für alle?", ein anderer. Und doch setzte sich diese Vision durch.

Am 5. Juli 1948 nahm das NHS offiziell seinen Betrieb auf –
und wurde schnell zur nationalen Stolznummer. Man
könnte fast sagen, dass das NHS für die Briten das ist, was
Fußball für Deutsche ist: ein nationales Heiligtum, über das
jeder schimpft, aber ohne das niemand leben möchte.

Die Idee war (und ist) großartig: Jeder in Großbritannien sollte unabhängig von seinem Einkommen Zugang
zu medizinischer Versorgung haben, finanziert aus allgemeinen Steuern. Es klang fast wie ein Märchen – und in
den Anfangsjahren funktionierte es auch tatsächlich wie
eins. Ärzte, Pflegepersonal und Krankenhäuser schlossen
sich zusammen, und das System wurde ein Vorbild für
viele andere Länder.

Aber, wie bei jedem Märchen, gibt es einen Haken.
Die Kosten für ein solches System sind enorm. In den
letzten Jahrzehnten hat das NHS immer wieder mit
Budgetkürzungen, Personalmangel und einer steigenden
Nachfrage zu kämpfen. Ich habe einmal gelesen, dass das
NHS das einzige Gesundheitssystem der Welt ist, bei
dem man fast genauso lange auf eine Behandlung wartet
wie darauf, dass der nächste Bus kommt. Der Unterschied ist nur: Beim NHS bringt dir das Warten keine
frische Luft, sondern graue Haare.

Das NHS ist in verschiedene Bereiche unterteilt, die
alle ihre eigene Rolle spielen. Damit ihr versteht, wie
mein Weg durch das System aussah, hier eine kurze
Übersicht:

•Hausärzte (General Practitioners, GPs): Die
Türsteher des NHS. Ohne ihre Überweisung kommt man
nirgendwo hin – ein bisschen wie ein exklusiver Nacht-
club, in dem sie entscheiden, ob man es „wert" ist, zu
einem Spezialisten zu kommen.

•Krankenhäuser: Hier passiert die Magie – zumindest irgendwann, wenn man es durch die Warteschlange geschafft hat. Operationen, Behandlungen und stationäre Pflege – all das läuft über die NHS-Krankenhäuser.

•Notaufnahmen (Accident & Emergency, kurz A&E): Der Bereich, in dem ich mich nach meinem Hockeyunfall wiederfand. Hier geht es um akute Notfälle – aber mit einer Priorisierung, die sich manchmal so anfühlt, als würde sie von einer Dartscheibe bestimmt werden.

•Spezialisten und Fachkliniken: Der Olymp des NHS. Wer es hierher schafft, hat die Geduld von Ghandi bewiesen.

**Abwarten und Tee trinken**

Das Warten auf meinen Facharzttermin fühlte sich an wie eine sehr britische Erfahrung. Ich lernte schnell, dass Geduld hier nicht nur eine Tugend ist, sondern eine Überlebensstrategie. Während ich mich mit meinem unfreiwilligen, langsamen Lebensstil arrangierte, bemerkte ich, dass niemand um mich herum wirklich überrascht war. Alle schienen das System zu akzeptieren – Wartezeiten inklusive.

„Es ist eben das NHS", erklärte mir Rosemary bei einer Tasse Tee. „Man wartet länger, aber am Ende wirst du gut versorgt." Das war ein tröstlicher Gedanke, aber in den Momenten, in denen ich Treppen wie eine Bergsteigerin erklimmen musste, half mir das nur bedingt.

Nun aber zurück zu meiner Geschichte. Nachdem ich also in der Notaufnahme diagnostiziert wurde – Meniskusriss, kein Notfall – schickte man mich in die Warteschleife. Und hier lernte ich eine der größten Herausforderungen des NHS kennen: die Zeit.

Es war nicht so, dass das Personal unfreundlich gewesen wäre. Ganz im Gegenteil, alle waren höflich, professionell und wahrscheinlich genauso überarbeitet, wie ich frustriert war. „Sie haben einen Termin in der orthopädischen Abteilung", hieß es. „Aber das wird eine Weile dauern." Eine Weile, dachte ich, klingt doch ganz okay. Ich stellte mir ein paar Wochen vor. Vielleicht einen Monat. Aber der Brief brachte dann den Schock.

Sechs Monate! Ein halbes Jahr. In dieser Zeit hätte ich den Meniskus fast selbst wieder zusammengeflickt.

### Arbeiten auf Krücken: Krankengeld auf Britisch

Eines der Dinge, die ich während dieser Wartezeit lernen durfte – oder besser gesagt musste – ist, dass man sich hier Krankheit nicht wirklich „leisten" kann. Während ich in Deutschland gewohnt war, dass im Fall der Fälle das sogenannte Krankengeld einspringt und ein Großteil des Einkommens gesichert bleibt, hat das britische System für Arbeitnehmer eine ganz eigene Lösung: Statutory Sick Pay (SSP). Klingt erst einmal beeindruckend, ist es aber nicht.

Wenn man in England krank wird und länger als vier Tage ausfällt, hat man Anspruch auf SSP. Das sind – haltet euch fest – rund £96 pro Woche (Stand: 2024). Für die ganz Schnellen unter euch: Das sind etwa £14 am Tag. Es reicht vielleicht für ein paar Sandwiches und eine Packung Aspirin, aber sicher nicht für Miete, Rechnungen oder eine halbwegs vernünftige Existenz. Und dieses Geld bekommt man auch nur, wenn man in einem festen Arbeitsverhältnis steht. Freelancer, Selbstständige oder Teilzeitkräfte? Viel Glück.

Als ich also mit meinem frisch diagnostizierten Meniskusriss in der Notaufnahme saß und mir jemand sagte, dass ich mindestens sechs Monate auf meinen Facharzttermin warten müsse, war für mich sofort klar: Krank zu Hause bleiben war keine Option.

Mit meinem Knie, das mittlerweile die Farbe einer schlecht gereiften Aubergine hatte, und einer Leihkrücke, die irgendwie immer ein wenig schief stand, ging ich also weiter zur Arbeit. Nicht, weil ich so wahnsinnig motiviert war, sondern weil ich es musste. Mein deutsches Gehaltsverständnis kollidierte hier schmerzhaft mit der britischen Realität: Wenn ich nicht zur Arbeit erschien, hatte ich zwei Optionen – entweder meine Ersparnisse aufbrauchen (die nicht existierten) oder eben mit £96 pro Woche klarkommen. Und da ich keine Lust hatte, meine Mahlzeiten auf Toast und Marmite umzustellen, blieb mir nur eins: Humpeln.

Ich erinnere mich noch genau an meinen ersten Arbeitstag nach dem Unfall. Es hatte geregnet (wie eigentlich immer), und der Weg zur Bushaltestelle war ein Hindernisparcours aus Pfützen, glitschigen Pflastersteinen und einem Busfahrer, der sich offenbar vorgenommen hatte, die Türen zu schließen, sobald ich in Sichtweite kam. Die Kollegen in der Schule waren zwar nett und mitleidig – aber auch ein bisschen ungläubig. „Warum bist du nicht zu Hause?", fragte einer. Ich wollte ehrlich antworten: „Weil ich keine Lust habe, nächste Woche nur noch Luft und Liebe zu essen." Aber ich entschied mich für ein höfliches: „Ach, es geht schon." Britische Höflichkeit und so.

In diesen Momenten vermisste ich Deutschland. Dort bekommt man nach sechs Wochen Lohnfortzahlung von der Krankenkasse 70 % des Bruttogehalts (bis zu einer Obergrenze). Das ist zwar auch keine Einladung für monatelangen Krankenstand, aber es gibt einem zumindest die Möglichkeit, sich ordentlich auszukurieren, ohne Angst haben zu müssen, dass die nächste Miete unbezahlt bleibt. In England jedoch scheint der Gedanke zu herrschen, dass man sich mit ein bisschen Teewasser und steifer Oberlippe schon wieder berappeln wird – oder eben nicht, aber dann hat man sich zumindest nicht ins System „eingenistet".

Und so humpelte ich Woche für Woche weiter in die Schule, die Krücke mein ständiger Begleiter. Meine Kollegen versuchten, es mit Humor zu nehmen, und machten regelmäßig Witze über meinen „tapferen Einsatz für die SchülerInnen". Einer schlug vor, ich solle mir doch ein Skateboard für das andere Bein besorgen, damit es schneller gehe. Ein anderer meinte, ich könne es ja als „Fitnessprogramm" sehen – schließlich verbrenne ich auf diese Weise sicher mehr Kalorien. Die Briten und ihr Humor.

Aber so lächerlich es auch war, ich wusste, dass ich nicht allein war. Es gibt in England viele Menschen, die trotz Krankheit weiterarbeiten, weil sie sich keine Auszeit leisten können. Das System zwingt sie dazu – und das ist eine der Schattenseiten des NHS, über die man selten spricht. Die kostenlose medizinische Versorgung ist großartig, aber wenn man sechs Monate auf einen Facharzttermin wartet und gleichzeitig mit einer Mini-Unterstützung auskommen muss, fühlt es sich oft nicht wie eine Hilfe an.

Rückblickend habe ich in dieser Zeit nicht nur das NHS besser kennengelernt, sondern auch eine tiefere Wertschätzung für die britische Arbeitsmoral entwickelt. Die Menschen hier arbeiten weiter, egal wie schwer es ist, und sie tun es oft mit einem Lächeln und einer Prise Humor. Ich selbst habe das Beste daraus gemacht – und konnte mir immerhin einreden, dass ich mit meinen Krücken in der Mittagspause wahrscheinlich fitter war als die Kollegen, die den Aufzug nahmen.

Aber ehrlich gesagt hoffe ich, dass ich in meinem Leben nie wieder auf Krücken zur Arbeit gehen muss – und dass das deutsche Krankengeldsystem mir erhalten bleibt, falls es mal wieder nötig sein sollte. £96 pro Woche? Vielen Dank, aber nein danke.

Nach sechs Monaten war es endlich soweit: Mein Facharzttermin stand an. Ich fühlte mich wie ein Lottogewinner. Der Arzt war kompetent, nahm sich Zeit und bestätigte die Diagnose: Ein operativer Eingriff war notwendig. Der OP-Termin wurde überraschend schnell angesetzt, und die Operation selbst verlief reibungslos. Die anschließende Physiotherapie war ausgezeichnet, und ich begann, mein Knie langsam wieder zu belasten.

Und genau hier zeigte sich die Stärke des NHS: Die medizinische Versorgung war hervorragend. Die Ärzte, Pflegekräfte und Physiotherapeuten waren engagiert und professionell. Es war, als wollten sie die lange Wartezeit wieder wettmachen.

Mein Meniskusriss war schmerzhaft – sowohl körperlich als auch emotional, wenn ich an all die Treppen denke, die ich in dieser Zeit bewältigen musste. Doch rückblickend muss ich zugeben, dass diese Erfahrung auch eine gewisse Komik hatte. Das NHS ist ein faszinierendes System: voller Widersprüche, aber auch voller Herz. Es hat mir Geduld beigebracht – und eine ganz neue Wertschätzung für britischen Tee, den ich während meiner Wartezeit in rauen Mengen konsumierte.

„Willkommen im Wartezimmer" ist nicht nur eine Metapher für das Gesundheitssystem, sondern auch für das Leben in England. Manchmal muss man warten, manchmal dauert alles ein bisschen länger – aber am Ende wird man nicht allein gelassen. Ob das Knie wieder funktioniert oder nicht, ist dabei fast schon Nebensache.

Nachdem ich die Eigenheiten des britischen Gesundheitssystems kennengelernt hatte, war ich beeindruckt. Von der Höflichkeit des Personals bis zur stoischen Ruhe im Wartezimmer: Das NHS schien wie eine Verkörperung der britischen Mentalität. Egal wie chaotisch die Umstände, alles wurde mit einem Tee, einem Lächeln und der subtilen Überzeugung gemeistert, dass am Ende schon alles gut wird.

Doch genau diese Gelassenheit wurde auf eine harte Probe gestellt, als ich ein anderes britisches Phänomen hautnah erleben durfte: den Straßenverkehr. Während die Briten im Wartezimmer des NHS bewundernswert geduldig sind, gelten auf den Straßen andere Regeln – und zwar solche, die meinem deutschen Hirn komplett widersprachen.

Als ich auf der falschen Seite des Autos saß, mit der linken Hand zu schalten versuchte und gleichzeitig ein Doppeldeckerbus viel zu dicht an meinem Spiegel vorbeizog, war das der Moment, in dem ich mir dachte: „Hätten die Briten nicht wenigstens beim Autofahren ein bisschen deutsch sein können?"

# KAPITEL 10
# OH NEIN, MEIN LENKRAD
# IST WEG

**A**ls ich das erste Mal englischen Boden unter meinen Füßen spürte, hatte ich keine Ahnung, dass ich bald Teil eines uralten Rituals werden würde. Nein, es ging nicht um Teezeremonien oder viktorianische Etikette – es war der Linksverkehr. Für einen Kontinentaleuropäer ist der Linksverkehr etwa so vertraut wie ein Elefant im Wohnzimmer. Man weiß, dass er da ist, aber man fragt sich ständig: *Warum, um Himmels willen, tut ihr das?*

**Warum links? Eine historische Kuriosität**

Bevor ich euch von meinen persönlichen Katastrophen erzähle, ein kurzer Ausflug in die Geschichte. Der Linksverkehr stammt tatsächlich aus dem Mittelalter. Damals hielten Reiter ihre Schwerter in der rechten Hand – also wollte man auf der linken Seite reiten, um im Fall eines Angriffs besser kämpfen zu können. Klingt logisch, oder? Doch dann kam Napoleon.

Napoleon, seines Zeichens einer der berühmtesten Linkshänder der Geschichte, fand den Linksverkehr schlicht unpraktisch. Mit seinem Schwert in der linken Hand fühlte er sich benachteiligt. Also befahl er, dass in den von ihm eroberten Ländern fortan auf der rechten Seite gefahren wird. Das war typisch Napoleon: Wenn es für ihn funktionierte, musste der Rest der Welt sich anpassen. Die meisten Länder Europas folgten brav – schließlich wollte niemand mit dem kleinen Franzosen Ärger haben.

England jedoch war – wie immer – anderer Meinung. „Wenn Napoleon uns befiehlt, rechts zu fahren, fahren wir erst recht links!" könnte das Motto gewesen sein. Und so blieb

das Vereinigte Königreich stur. Der Rest der Welt? Nun ja, etwa 35% fahren heute noch links, die anderen 65% fahren rechts. Doch fragt man einen Engländer, wird er darauf bestehen, dass der Rest der Welt einfach falsch liegt.

Diese historische Anekdote ist also der Grund, warum ich später auf der falschen Straßenseite um mein Leben kämpfen sollte – alles nur, weil ein Franzose Linkshänder war und die Briten nicht nachgeben wollten. Ironisch, nicht wahr?

**Chaos auf vier Rädern**

Es begann, wie die meisten Dramen, harmlos. Tony, mein englischer Gastvater und ein Mann mit einer bemerkenswerten Geduld, stand grinsend vor seinem kleinen blauen Auto. „Bist du bereit, das wahre England zu erleben?"

Ich nickte enthusiastisch. Es war mein erster offizieler Tag in England, und ich war voller Abenteuerlust.

„Du fährst also wirklich auf der falschen Seite?", fragte ich ihn, halb im Scherz. Tony lachte. „Wir fahren auf der richtigen Seite. Ihr seid diejenigen, die alles falsch machen."

Ich stieg ins Auto ein, bemerkte aber nicht, dass ich mich automatisch auf die Fahrerseite setzte. „Du kannst ja auch gleich fahren, wenn du so entschlossen bist", sagte Tony trocken. Meine Verlegenheit war groß, und ich wechselte schnell die Seite, während Tony nicht aufhörte zu grinsen.

Wir fuhren eine Weile, bis wir auf einem abgelegenen Feldweg angekommen waren. Nun war es soweit. Tony hielt mir die Autoschlüssel hin. „Dein Einsatz ist gefragt." Es war, als hätte er mir ein Laserschwert gegeben und gesagt: „Möge die Macht mit dir sein."

„Bist du sicher? Ich meine …"

„Natürlich! Du hast einen Führerschein, oder?"

Ich nickte. „Ja, aber auf der richtigen Seite!"

Tony zuckte mit den Schultern. „Wie schwer kann es sein? Es ist wie normales Fahren, nur … anders."

Das war eine grobe Untertreibung. Schon das Einsteigen war verwirrend – der Schalthebel war plötzlich links von mir. Ich fühlte mich wie ein Pianist, der plötzlich die Hände tauschen sollte. Tony saß neben mir und beobachtete mich mit einer Mischung aus Neugier und Belustigung.

„Okay", sagte ich. „Los geht's." Ich startete den

Motor, und alles fühlte sich zunächst normal an. Bis ich zur ersten Kreuzung kam.

„Links bleiben! Links bleiben!", rief Tony plötzlich, als ich instinktiv auf die rechte Spur zusteuerte.

„Oh Gott, das ist wie rückwärts laufen!", rief ich zurück und zog das Lenkrad hektisch nach links. Zum Glück war niemand hinter mir, außer einem älteren Herrn, der mit seinem Hund gerade Gassi ging, und uns einen vielsagenden Blick zuwarf, oder war es Angst in seinen Augen?

### Der Kreisel des Grauens

Als ich das Gefühl hatte langsam sicherer zu sein, wagten wir uns dann in die Zivilisation.

Einer der größten Schrecken des Linksverkehrs sind die Kreisverkehre. In Deutschland sind sie überschaubar, fast gemütlich. Einmal rein, einmal raus – fertig. In England jedoch fühlen sie sich an wie ein Härtetest, ob man im Chaos überleben kann. Und das Schicksal wollte es, dass ich gleich an meinem ersten Tag im britischen Straßenverkehr auf eines dieser Monster treffen sollte.

„Jetzt kommt ein Kreisel", sagte Tony beiläufig. Tony war mein Beifahrer, mutigerweise. Ein erfahrener Engländer, für den Linksverkehr genauso selbstverständlich war wie Tee mit Milch.

„Ein was?", fragte ich nervös.

„Ein Kreisel. Bleib links, gib Vorfahrt, und fahr dann raus. Einfach."

„Einfach?" Ich lachte bitter. „Nichts daran ist einfach!"

Der Kreisel kam in Sicht – oder besser gesagt, das

Monster aus Asphalt und Panik. Ein riesiges Gebilde mit fünf Ausfahrten, zerrissen von Autos, die in einem scheinbar völlig chaotischen Muster fuhren. Mein Gehirn begann, die Kontrolle zu verlieren. Woher sollte ich wissen, wohin ich musste? Und was war nochmal mit der Vorfahrt?

Ich fuhr hinein, irgendwie, ohne einen klaren Plan. „Das war knapp!", rief Tony, als ich fast einem Lieferwagen die Vorfahrt nahm. Sein Gesicht begann leicht die Farbe zu wechseln.

„Wohin jetzt?" Verzweifelt versuchte ich, die Schilder zu lesen. Sie hatten genauso viel Sinn wie Hieroglyphen.

„Egal, einfach raus hier!" Tonys Stimme klang nun eine Spur panisch. Sein Versuch, Ruhe zu bewahren, war offensichtlich gescheitert.

Irgendwie schaffte ich es, den Kreisel zu verlassen, allerdings auf der falschen Ausfahrt. „Ich glaube, wir sind jetzt in einem anderen Bezirk", murmelte Tony. Ich atmete tief durch, erleichtert, dass ich noch lebte – die Richtung war mir völlig egal.

Aber dieser Kreisel war nicht mein erster Erzfeind. Mein wahres Trauma hatte einen Namen: Taunton.

Dort hatte ich entschieden, meinen Busführerschein zu machen. Warum? Gute Frage. Vielleicht war es die Aussicht, einmal einen dieser großen, majestätischen Doppeldecker zu steuern. Vielleicht wollte ich beweisen, dass ich selbst im Linksverkehr ein Profi werden konnte.

Die Realität jedoch sah anders aus. Sechs Anläufe. Sechs. Und jedes Mal war es derselbe verfluchte Kreisel, der mir das Genick brach.

Beim ersten Versuch war ich zu langsam. Der Prüfer, ein grimmiger Mann mittleren Alters, sagte trocken: „Im echten Leben wäre ein Bus in Ihrer Geschwindigkeit längst abgeschleppt worden."

Beim zweiten Mal war ich zu schnell und nahm einem weißen Kleinwagen die Vorfahrt. Der Fahrer hupte wütend, während der Prüfer nur sagte: „Und das war's dann wieder."

Beim dritten Mal schaffte ich es tatsächlich in den Kreisel hinein – aber ich fuhr in der zweiten Runde an meiner Ausfahrt vorbei und blieb dann, aus lauter Panik, mitten drin stehen. Der Prüfer stöhnte und murmelte: „Ich schreibe jetzt einfach 'Verkehrsgefährdung' auf."

Beim vierten Versuch war ich innerlich gebrochen. „Wenn ich es heute nicht schaffe, werde ich Lehrerin", sagte ich vor der Prüfung. Der Prüfer zuckte nur mit den Schultern. Als ich wieder jemandem die Vorfahrt nahm, meinte er: „Vielleicht ist das tatsächlich die bessere Idee."

Beim fünften Mal fuhr ich direkt aus Versehen in die falsche Einfahrt des Kreisels – in den Gegenverkehr. Die Hupen der anderen Autos klangen wie ein höhnisches Gelächter. Der Prüfer schrieb ohne Kommentar irgendetwas auf seinen Zettel. Wahrscheinlich: *„Unbelehrbar."*

Beim sechsten Versuch hatte ich mir geschworen: Heute oder nie. Ich atmete tief durch, konzentrierte mich auf jede Einfahrt und Ausfahrt, schaltete meinen inneren Autopiloten ein und sagte mir, dass ich niemanden töten würde. Und irgendwie – durch ein Wunder oder einfach Mitleid des Schicksals – gelang es mir. Der Prüfer nickte knapp. „Bestanden. Knapp, aber bestanden." Ich hätte ihn umarmen können, aber ich fürchtete, er würde sofort zurückrudern.

Diese Erfahrung hatte mich geprägt. Doch als ich mit Tony und dem „Kreisel des Grauens" kämpfte, schien all diese harte Schule der Kreisverkehre wieder vergessen zu sein. Ich fühlte mich wie ein Neuling, dem Chaos hilflos ausgeliefert.

### England hat mich kaputt gemacht

Sechs Monate nach meinem Umzug nach England flog ich für eine Woche zurück nach Deutschland, um Freunde und Familie zu besuchen. Mein Vater hatte mir großzügigerweise sein Auto geliehen – mit der unmissverständlichen Anweisung: *„Kein Unfall, hörst du? Ich will keine Kratzer!"* Ich nickte eifrig und versprach, so vorsichtig wie möglich zu sein. Doch innerlich war ich nervös. Würde ich mich nach all der Zeit im Linksverkehr noch im Rechtsverkehr zurechtfinden?

Die ersten Kilometer liefen gut. Autobahn, Landstraße – ein bisschen holprig, aber machbar. Meine Beifahrerin, eine enge Freundin, plauderte entspannt, während ich mich konzentriert ans Steuer klammerte. Und dann kam er in Sicht: der Kreisel.

„Da vorne geradeaus", sagte sie beiläufig. „Kreisverkehr, aber kein Problem."

Kein Problem? Mein Herz begann zu rasen. Kreisverkehre waren für mich nie *kein Problem*. Sie waren wie eine Prüfung des Schicksals, die ich immer nur knapp bestand. Ich atmete tief durch, sagte mir, dass ich das hier doch kennen müsste. Es war Deutschland. Meine Heimat. Alles sollte normal sein.

Doch dann, aus alter Gewohnheit, bog ich falsch ein – links herum. Instinktiv, als wäre ich noch in England. Es dauerte nur eine Sekunde, bis ich merkte, dass mir die

Autos entgegenkamen. Hupen, Bremsen, Lichthupen – Chaos brach aus.

„DU BIST AUF DER FALSCHEN SEITE!", schrie meine Freundin, hielt sich die Augen zu und duckte sich, als würde sie einen Aufprall erwarten. „WAS MACHST DU?!"

„Ich weiß es nicht!", rief ich zurück, panisch nach einem Ausweg suchend. Mein Vater würde mich umbringen. Oder die entgegenkommenden Autofahrer. Oder meine Freundin. Irgendjemand, auf jeden Fall.

Ich sah eine winzige Lücke, eine Möglichkeit, mich irgendwie in die richtige Spur zu retten. Mit einem verzweifelten Manöver zog ich das Auto herum, als wäre ich Teilnehmerin eines schlechten Actionfilms. Die Autos um mich herum bremsten abrupt, und die Hupen waren inzwischen so laut, dass es sich anhörte, als würde die ganze Stadt mich verfluchen.

Als ich endlich auf der richtigen Seite des Kreisels war, saßen wir beide wie versteinert im Auto. Ich hielt an der nächsten Möglichkeit an, meine Hände zitterten am Steuer.

„Was war DAS?", fragte meine Freundin mit einem Blick, der irgendwo zwischen Wut und Todesangst lag.

„England", stieß ich hervor. „England hat mich kaputt gemacht."

„England hätte uns fast umgebracht", murmelte sie, immer noch bleich.

Die restliche Fahrt verlief schweigend. Aber eines habe ich an diesem Tag gelernt: Es spielt keine Rolle, ob man in England oder Deutschland fährt – Kreisverkehre sind mein ewiger Feind. Und meinem Vater habe ich sicherheitshalber nichts von diesem Abenteuer erzählt. Bis heute.

## Das Mysterium der Nummernschilder

Eines der ersten Dinge, die mir auf Englands Straßen auffielen – abgesehen vom Linksverkehr und den nervenaufreibenden Kreisverkehren – waren die Nummernschilder der Autos. Vorne weiß, hinten gelb. In Deutschland sind die Schilder alle einheitlich weiß. Warum also dieser Farbwechsel? Zunächst hielt ich es für eine Art optische Spielerei, um dem Fahrer hinter einem Auto zu signalisieren: „Hey, hier ist hinten! Vorsicht!" Aber natürlich hatte Tony eine Antwort parat.

Wir fuhren gerade in seinem kleinen blauen Auto durch Wincanton, als ich ihn fragte: „Tony, warum sind die Nummernschilder vorne weiß und hinten gelb? Haben die Briten Angst, dass wir vergessen, wo vorne und hinten ist?"

Tony grinste, offensichtlich froh über eine Gelegenheit, mir wieder etwas typisch Britisches zu erklären. „Es gibt natürlich eine gute Erklärung dafür", begann er, während er in den Rückspiegel schaute.

„Und die wäre?"

„Nun, vorne weiß, weil man das Auto kommen sieht – und es symbolisiert das Licht. Hinten gelb, weil man das Auto gehen sieht – und gelb ist wie ein Warnsignal."

Ich runzelte die Stirn. „Also … das ist wie bei einer Ampel? Vorne grün – alles gut, das Auto fährt – und hinten gelb: Achtung, da ist ein Auto?"

„Mehr oder weniger", sagte Tony mit einem breiten Lächeln, „aber eigentlich geht's nur darum, dass die

Polizei uns leichter erkennen kann. Gelbe Schilder reflektieren nachts stärker."

„Warte", sagte ich skeptisch. „Also liegt es an der Polizei? Das klingt nicht sehr britisch. Ihr seid doch sonst immer so höflich."

„Oh, wir sind höflich", sagte Tony, „aber nicht dumm. Außerdem macht es das Einparken für Touristen wie dich leichter – du weißt immer, wo vorne und hinten ist."

Ich verdrehte die Augen. „Danke für das Vertrauen, Tony. Aber ich dachte, es hat vielleicht irgendeinen historischen Grund. Etwas mit Rittern oder Pferden."

Tony räusperte sich und begann mit ernster Stimme: „Im Mittelalter hatten die Pferdekutschen hinten gelbe Tafeln, damit die anderen Kutschen bei Nebel nicht hineinrasten. Vorne war nichts nötig, weil man die Kutsche kommen hörte.Irgendwann hat man das Prinzip auf Autos übertragen, um den britischen Straßenverkehr noch sicherer zu machen."

Ich konnte mir ein Lachen nicht verkneifen. „Das klingt überzeugend. Aber ich bin mir sicher, du hast dir das gerade ausgedacht."

„Natürlich habe ich das", sagte Tony schmunzelnd. „Aber es ist eine gute Geschichte, oder?"

„Definitiv. Vielleicht erzähle ich das weiter – als Insiderwissen für andere Touristen."

Ob es nun tatsächlich an der Reflektion für die Polizei liegt oder an einer alten britischen Tradition, die wir nie ganz verstehen werden, ist eigentlich egal. Die zweifarbigen Nummernschilder gehören zu England wie der Linksverkehr- und der Kreisverkehr-Wahnsinn. Und ehrlich gesagt: Sie machen es wirklich einfacher, den Überblick zu behalten – besonders, wenn man nach ein zwei Bieren im Pub manchmal vergisst, wo vorne und hinten ist.

## Höflichkeit auf der Straße: Ein britisches Phänomen

Ich hatte ja bereits im vorherigen Kapitel über die Höflichkeit der Engländer gesprochen. Diese zeigt sich auch im Straßenverkehr.

Während in Deutschland ein Hupen oft als empörtes „Was machst du da?!" interpretiert wird, ist es in England fast eine Seltenheit. Hier scheint es vielmehr ungeschriebenes Gesetz zu sein, dass man sich gegenseitig hilft – selbst wenn das bedeutet, eine gefühlte Ewigkeit am Kreisel zu warten, bis der unsichere Ausländer (also ich) endlich losfährt.

Eines Tages, während ich mit Tony eine enge Landstraße entlangfuhr, hielt uns ein entgegenkommender Traktor auf. Tony fuhr ein Stück rückwärts, um Platz zu machen, und der Traktorfahrer nickte ihm freundlich zu, bevor er mit einer kurzen Lichthupe an uns vorbeizog.

„Oh, hat der uns gerade angeblinkt?", fragte ich irritiert. „Ich dachte, hier blinkt man nur, wenn man wütend ist."

Tony schüttelte den Kopf und lachte. „Du bist wirklich aus Deutschland, oder? Nein, hier bedeutet die Lichthupe: ‚Danke!' oder ‚Bitte sehr!'. Es ist ein Zeichen von Höflichkeit."

„Höflichkeit? Mit einer Lichthupe? In Deutschland bedeutet das ‚Weg da!' oder ‚Was machst du auf meiner Spur?!'"

Tony grinste. „Ja, das habe ich gehört. Aber hier nutzen wir sie, um uns zu bedanken. Oder um anderen zu zeigen, dass sie vorfahren dürfen. Es ist wie ein kleines Lichtzeichen der Wertschätzung."

Ich dachte kurz nach. „Das erklärt, warum mich bisher niemand angehupt hat, obwohl ich bestimmt fünfmal falsch abgebogen bin."

„Genau", sagte Tony. „Wir denken uns unseren Teil, aber wir hupen nicht. Es wäre unhöflich."

„Unhöflich? Selbst wenn jemand fast in dich reinfährt?"

„Natürlich! Du willst doch niemanden in Verlegenheit bringen."

Ich konnte nicht anders, als laut zu lachen. „Das ist wirklich typisch britisch. Ihr entschuldigt euch vermutlich auch, wenn euch jemand ins Auto fährt, oder?"

Tony nickte theatralisch. „Absolut. ‚Oh, es tut mir so leid, dass ich auf Ihrer Spur gefahren bin, als Sie mich gerammt haben.'"

Nach diesem Gespräch begann ich, die Straßenverkehrsregeln in England mit anderen Augen zu sehen. Die Höflichkeit hier ist kein Mythos – sie zieht sich bis in die kleinsten Gesten. An Engstellen wartet man geduldig, bis der andere vorbeigefahren ist, und man bedankt sich stets mit einem Handzeichen oder der Lichthupe. Selbst an Kreisverkehren lassen viele Fahrer andere einfädeln, ohne ein Drama daraus zu machen.

Einmal war ich an einer Kreuzung und hatte keine Ahnung, wer eigentlich Vorfahrt hatte – ein weiterer kultureller Unterschied, der mich regelmäßig verwirrte. Doch anstatt zu hupen oder wütend zu gestikulieren, ließ mich der Fahrer vor mir einfach mit einem kurzen Kopfnicken durchfahren. Es war, als würde die Höflichkeit das Chaos des Linksverkehrs ausgleichen.

Während ich immer noch manchmal Schwierigkeiten mit der Orientierung im Linksverkehr habe, schätze ich die entspannte und respektvolle Atmosphäre auf Englands Straßen. Es ist, als ob jeder Fahrer das gemeinsame Ziel hat, sicher und freundlich anzukommen – selbst wenn das bedeutet, einen nervösen Ausländer wie mich fünf Minuten an einem Kreisel herumwuseln zu lassen.

Ich habe mir mittlerweile die britische Lichthupen-Höflichkeit angewöhnt. Es ist erstaunlich, wie eine kleine Geste wie ein Lichtblinken oder ein Handheben den ganzen Verkehr menschlicher macht. Und wer weiß – vielleicht werde ich beim nächsten Besuch in Deutschland die ein oder andere Lichthupe zum Dank geben und die Verwirrung auf den deutschen Straßen um ein weiteres Mysterium bereichern.

**Winken wie die Queen**

Eines der charmantesten Dinge, die ich in England gelernt habe, ist das „Dankeswinken". Die britische Straßenhöflichkeit endet nämlich nicht mit der Lichthupe. Wenn dir jemand den Vortritt lässt – sei es an einer engen Landstraße, beim Einfädeln oder sogar an einem Kreisverkehr – dann bedankt man sich mit einem kleinen Handzeichen. Kein großes Drama, keine überschwänglichen Gesten. Einfach kurz die Hand heben, vielleicht ein leichtes Winken, und alles ist gut.

Für mich war das anfangs ungewohnt, aber irgendwie auch herzerwärmend. Ich begann, es selbst zu übernehmen, und fühlte mich damit richtig britisch. Doch was mir in England den Respekt meiner Mitmenschen einbrachte, führte bei einem Besuch in Deutschland zu einer völlig anderen Reaktion.

In England gehört das „Dankeswinken" zum Straßenverkehr wie der Tee zum Nachmittag. Es ist eine kleine, aber feine Geste, die zeigt: Ich sehe dich, ich schätze dich, und danke, dass du mich zuerst fahren lässt. Es ist höflich, zurückhaltend und – typisch britisch – niemals übertrieben.

Das Winken passiert nicht überall, sondern in ganz bestimmten Situationen. Etwa auf engen Landstraßen, wo nur ein Auto durchpasst und einer warten muss, bis der andere durchgefahren ist. Oder an einer unübersichtlichen Kreuzung, wo jemand dich zuerst einbiegen lässt. Aber bitte, und das ist ganz wichtig, niemals im Kreisverkehr. Das wäre ein Tabubruch, denn dort gelten klare Regeln, und niemand will durch ein Winken Verwirrung stiften.

Das britische Straßenwinken ist keine hektische Handbewegung. Oh nein. Es ist ein kurzes, präzises Heben der Hand – gerade genug, dass der andere Fahrer es bemerkt, aber niemals so aufdringlich, dass es wie eine Einladung zum Gespräch wirkt. Es hat etwas Elegantes, fast Majestätisches.

Manchmal fühlt es sich an, als hätte man die Ehre, die Queen zu imitieren. Stellen Sie sich vor: ein leichter Schwung aus dem Handgelenk, ein dezentes Nicken, und schon ist die britische Höflichkeit auf der Straße perfekt. Es ist, als würde jeder Fahrer seinen Beitrag dazu leisten, das Chaos des Linksverkehrs mit einem Hauch von Würde und Respekt zu bändigen.

„Es ist ein Ritual", erklärte Tony mir einmal, als wir auf einer engen Landstraße unterwegs waren. Ein entgegenkommendes Auto wartete höflich, während wir durchfuhren, und Tony hob entspannt die Hand. „Man bedankt sich einfach. Das gehört hier dazu."

„Also, so wie die Queen beim Buckingham Palace winkt?", fragte ich scherzhaft.

„Ganz genau. Kurz, präzise, und niemals mit übertriebenem Elan. Wir wollen ja nicht, dass die Leute denken, wir sind aufgeregt."

Es war ein schöner Tag, und ich fuhr mit dem Auto durch eine enge Straße in meiner deutschen Heimatstadt. Ein entgegenkommendes Auto blockierte den Weg, und ich dachte mir: Kein Problem, ich warte einfach, lasse ihn durch und winke ihm dann freundlich zu. Genau so, wie ich es in England gelernt hatte.

Also bremste ich, ließ den Fahrer passieren und hob freundlich die Hand, um zu signalisieren: Bitte, gerne, mach's gut!

Doch der andere Fahrer reagierte … sagen wir, unerwartet. Er starrte mich an, als hätte ich ihm soeben die absurdeste Frage seines Lebens gestellt, und zog mit einem misstrauischen Blick an mir vorbei. Kein Nicken, kein Lächeln, nichts.

Ich fühlte mich irritiert, aber ließ mich nicht entmutigen. Vielleicht war das einfach ein schlechter Tag für ihn, dachte ich. Doch dann geschah es erneut.

Ein paar Straßen weiter wiederholte sich die Situation. Diesmal war es eine enge Einbahnstraße, und ich wartete geduldig, bis ein Lieferwagen durchfuhr. Auch hier hob ich die Hand zum Dank und fügte sogar ein freundliches Lächeln hinzu. Doch der Fahrer des Lieferwagens schien völlig perplex. Er sah mich an, als hätte ich ihm gerade eine geheime Botschaft übermittelt, die er nicht entschlüsseln konnte.

Am schlimmsten war der Moment, als ein anderer Fahrer hinter mir anhielt und fragte: „Was wollten Sie mir gerade sagen?"

„Nichts, ich wollte nur danke sagen!", antwortete ich.

„Danke? Wofür?" Er schaute mich an, als wäre ich von einem anderen Planeten.

Es wurde mir langsam klar, dass die deutsche Straßenmentalität eine ganz andere ist. Hier ist die Straße ein Ort des pragmatischen Überlebens, keine Bühne für gegenseitige Anerkennung. Enge Straßen? Derjenige mit dem größeren Auto oder der besseren Nerven fährt zuerst.

Es stellte sich heraus, dass Winken auf deutschen Straßen oft als Ironie oder, noch schlimmer, als Sarkasmus interpretiert wird. „Ach, wie nett von dir, mich durchzulassen!" – das war offensichtlich die Botschaft, die meine freundliche Geste in Deutschland vermittelt hatte.

Hier scheint die unausgesprochene Regel zu sein: Jeder kämpft für sich selbst. Enge Straßen? Gas geben. Wer zuerst losfährt, gewinnt. Und wenn du jemandem tatsächlich den Vortritt lässt, dann ist das entweder ein Unfall oder eine reine Notwendigkeit – aber bitte ohne Emotionen oder Dankesgesten.

Zurück in England wurde mir klar, wie sehr ich das britische Winken schätze. Es ist eine winzige Geste, aber sie macht einen großen Unterschied. Sie zeigt, dass wir uns auf den Straßen gegenseitig wahrnehmen und respektieren, selbst im hektischen Verkehrsalltag.

Das Dankeswinken ist kein großes Theater, sondern

eine Erinnerung daran, dass wir alle gemeinsam auf diesen Straßen unterwegs sind. Und während ich in Deutschland vielleicht nicht mehr winke, werde ich in England weiterhin wie die Queen grüßen – mit einem dezenten, eleganten Schwung aus dem Handgelenk, der sagt: Danke, dass du mich zuerst fahren lässt. Es war mir eine Freude.

Nachdem ich mich endlich mit dem Linksverkehr arrangiert hatte – was bedeutet, dass ich nur noch gelegentlich den Scheibenwischer statt des Blinkers betätigte und es schaffte, fast immer auf der richtigen Seite der Straße zu bleiben –, fühlte ich mich wie ein echter Teil des britischen Alltags. Ich war stolz auf mich, auch wenn meine Knöchel vom ständigen Festkrallen ans Lenkrad immer noch weiß waren.

Doch gerade, als ich dachte, ich hätte die größten Herausforderungen des Lebens in England gemeistert, begegnete mir eine ganz neue Herausforderung: die britischen Festivitäten. Egal ob Weihnachten, Bonfire Night oder ein typisch britischer Sommergarten-Event – die Briten feiern alles mit einer Hingabe, die mich gleichermaßen faszinierte und verwirrte.

Es schien, als gäbe es für jedes Fest Regeln, die niemand laut ausspricht, aber jeder kennt. Warum genau werden an Weihnachten Papierkronen aus Knallbonbons getragen? Und wie um alles in der Welt ist es möglich, dass man bei einer Hochzeitsfeier fast mehr ausgibt als im Urlaub? Auf genau diese Fragen gibt das nächste Kapitel eine Antwort.

# KAPITEL 11
# MAN MUSS DIE FESTE FEIERN WIE SIE FALLEN

Wenn es eine Sache gibt, die ich durch meine Zeit in England gelernt habe, dann die: Die Briten wissen, wie man feiert. Aber sie tun es auf eine Art, die für einen außenstehenden Deutschen gleichermaßen faszinierend wie verwirrend ist. Sie feiern mit Hingabe und Tradition – und manchmal mit so viel Eigenartigkeit, dass ich mich fragte, ob sie dabei absichtlich versuchen, uns Ausländer in den Wahnsinn zu treiben. Hier ist mein Bericht über einige, unter anderem, sehr britische Feste, die mir sowohl Lachkrämpfe als auch kulturelle Erleuchtungen beschert haben.

Ich fange mal mit Weihnachten an.

Mein erstes Weihnachten bei Rosemary und Tony war ein Abenteuer für sich. Ich wusste natürlich, dass Weihnachten in England etwas anders gefeiert wird als in Deutschland, aber nichts hätte mich auf das vorbereiten können, was mich dort erwartete.

Der Morgen begann ungewöhnlich früh. Ich wollte

mich gerade noch einmal im Bett umdrehen, als ich durch lautes Rufen von unten geweckt wurde.

„Können wir die Strümpfe jetzt öffnen?", hörte ich jemanden durch das Haus schallen.

Ich schleppte mich verschlafen nach unten und blieb irritiert vor dem Kamin stehen. Dort hing ein riesiger Strumpf – ja, tatsächlich ein Strumpf, der prall gefüllt war und aussah, als hätte er mehrere Socken in seiner Laufbahn verschlungen. Rosemary strahlte mich an.

„Hier, das ist deiner," sagte sie und reichte mir einen weiteren dieser Weihnachtsstrümpfe.

„Ähm, danke. Und … was genau macht man damit?" Ich war unsicher, was die Etikette von mir verlangte.

„Man öffnet ihn, natürlich!", rief Tony begeistert.

Der Inhalt war eine wilde Mischung: Schokolade, Nüsse, eine Mandarine und – zu meinem Erstaunen – ein Paar Wollsocken.

„Socken? Wirklich?", fragte ich, während ich versuchte, meine Enttäuschung zu verbergen.

„Du kannst nie genug Socken haben. Besonders hier in England", sagte Rosemary mit einem Augenzwinkern.

Als die Strümpfe geleert waren, bereitete Rosemary das Mittagessen vor. Der Tisch war feierlich gedeckt, und als wir uns setzten, stellte Tony eine Schale mit bunt verpackten Knallbonbons in die Mitte des Tisches.

„Was ist das?", fragte ich neugierig.

„Christmas Cracker!", rief Tony, als wäre es das Selbstverständlichste der Welt.

Jeder nahm einen der Cracker und hielt ihn an einem Ende, während der Nachbar das andere Ende festhielt.

„Okay, jetzt gleichzeitig ziehen!", forderte uns Rosemary fröhlich auf. Es knallte laut, als die Cracker zerrissen wurden, und der Inhalt fiel heraus: kleine Plastikspielzeuge, Zettel mit Witzen und – zu meiner Verwirrung – bunte Papierkronen.

„Was mache ich damit?", wollte ich wissen, während ich die Krone betrachtete.

„Aufsetzen, natürlich!", rief Tony, während seine eigene Krone schief auf seinem Kopf saß.

„Und das hier?" Ich hielt den Zettel hoch, der in meinem Cracker war.

„Lies den Witz vor!", sagte Rosemary lachend.

Ich faltete den Zettel auf und las vor: „Warum hat der Truthahn die Straße überquert?"

„Warum?", fragte Tony erwartungsvoll.

„Weil er die Cranberry-Soße gerochen hat."

Für einen Moment war es still, dann brachen alle in schallendes Gelächter aus. Ich dagegen starrte sie verwirrt an. „Das war der Witz?"

„Natürlich!", sagte Rosemary zwinkernd. „Unsere Weihnachtswitze sind immer furchtbar. Das ist Teil des Spaßes."

Nach diesem Ritual kam der Truthahn auf den Tisch. Er war so groß, dass ich mir sicher war, er hätte mich in seinem früheren Leben fressen können. Dazu gab es die berühmten „Trimmings": perfekt geröstete Kartoffeln, saftigen Rosenkohl, glasiertes Gemüse und eine süßherbe Cranberry-Soße. Alles wurde großzügig mit „Gravy", einer dunklen Bratensoße, übergossen.

„Hier, probier die Kartoffeln!", sagte Rosemary und schob mir eine dampfende Schüssel zu.

„Oh, das ist lecker!" Ich fragte mich zugleich, wie ich jemals Platz für den Nachtisch finden sollte.

Aber dann kam der Höhepunkt: der Christmas

Pudding. Tony trug ihn herein wie eine Trophäe, während Rosemary ihn großzügig mit Brandy übergoss.

„Was macht ihr da?", fragte ich skeptisch.

„Wir flambieren ihn!", erklärte Tony begeistert.

„Aber warum?"

„Tradition!", rief Tony grinsend, als er den Pudding anzündete. Für einen Moment sah es aus, als würde das Wohnzimmer mit abbrennen.

Nach dem Essen folgte die traditionelle Weihnachtsansprache der Queen. Alle versammelten sich um den Fernseher, während die Rede lief.

„Das ist wirklich schön", sagte ich.

„Ja, es bringt das Land zusammen", hörte ich Rosemary feierlich aussprechen. Tony hingegen flüsterte: „Aber ehrlich gesagt, ist es auch die perfekte Ausrede für ein Glas Sherry."

Der Abend endete mit Gesellschaftsspielen. Bei Monopoly bewies Tony, dass er ein ausgezeichneter Stratege war – und gelegentlich ein wenig zu gut darin, Häuser zu bauen.

### Pantomime

Weihnachten in England geht natürlich nicht ohne eine Pantomime. Was das ist lernte ich allerdings erst nach ein paar Jahren auf der Insel. Damals schlug mein erster Freund mir vor, uns so eine Pantomime anzuschauen.

„Lass uns ins Theater gehen und die Weihnachtspantomime anschauen, sie spielen ‚Cinderella'," sagte er begeistert.

„Pantomime? Heißt das, wir sitzen zwei Stunden lang

da und schauen Leuten zu, die wortlos herumfuchteln?"
fragte ich skeptisch.

Er lachte. „Nein, nein! Englische Pantomime hat
nichts mit stillen Pantomimen zu tun. Es ist eine
Mischung aus Theater, Slapstick, Musik und total
albernem Humor. Das gehört zu Weihnachten einfach
dazu!"

Ich war mir nicht sicher, ob ich mich freuen oder
fürchten sollte. Aber neugierig war ich allemal. Also ließ
ich mich überreden.

Als wir das Theater betraten, war ich überrascht. Der
Saal war voller Familien, Kinder in Weihnachtsoutfits
sprangen aufgeregt herum, und überall lagen Programm-
hefte mit glitzernden Buchstaben. Die Bühne war bunt
dekoriert, und eine laute, fröhliche Stimme aus den Lautsprechern kündigte den Beginn der Show an.

Dann ging es los – und ich war sofort verwirrt.

Da stand ein Mann in einem völlig übertriebenen
Kleid mit Rüschen, Perücke und knallrotem Lippenstift.
Ich beugte mich zu meinem Freund und flüsterte:
„Warum spielt ein Mann die Stiefmutter?"

Er grinste. „Das ist Tradition. Die ‚Dame' wird immer
von einem Mann gespielt. Und der Prinz? Na, pass
auf…"

Tatsächlich betrat kurz darauf eine Frau die Bühne –
in Strumpfhosen und mit Federhut, in der Rolle des Prin-
zen. Das Publikum jubelte.

Es dauerte nicht lange, bis ich mich in dem Chaos aus
Liedern, übertriebenem Schauspiel und interaktiven
Momenten verlor. Die Schauspieler auf der Bühne sprachen direkt mit dem Publikum, und die Kinder
kreischten begeistert.

„Er ist hinter dir!" brüllte ein Junge aus der ersten Reihe.

„Wo?" fragte die Figur auf der Bühne scheinbar ahnungslos.

„HINTER DIR!" riefen nun alle im Chor.

Ich sah mich um. Erwachsene brüllten mit genauso viel Begeisterung wie die Kinder. Sogar mein Freund rief mit, als wäre das das Normalste der Welt.

Dann kam ein Moment, der mich endgültig überforderte. Ein Schwall Bonbons flog aus der Bühne ins Publikum. Mein Freund fing geschickt ein Karamellbonbon und grinste. „Hier, das ist für dich!"

Ich nahm es lachend an. „Ich wusste nicht, dass man in England im Theater mit Essen beworfen wird!"

„Das ist Panto!" erklärte er zufrieden.

Kurz vor dem großen Finale wurde es noch einmal richtig chaotisch. Die Darsteller riefen zwei Kinder aus dem Publikum auf die Bühne, die ihnen bei einem magischen Trick helfen sollten, um die Prinzessin aus den Klauen der bösen Hexe zu befreien, einen Jungen und ein Mädchen. Beide wirkten anfangs aufgeregt und etwas schüchtern, doch während das Mädchen brav in ihrer Rolle blieb, wurde schnell klar, dass der Junge andere Pläne hatte.

Kaum war er auf der Bühne, verlor er völlig das Interesse am Stück. Anstatt den Anweisungen der Darsteller zu folgen, ließ er sich plötzlich auf den Boden fallen und begann, Luftgitarre zu spielen. Ich runzelte die Stirn.

„Ist das Teil des Stücks?" flüsterte ich meinem Freund zu.

Er lachte leise. „Ähm… nein."

In diesem Moment stand eine Frau aus der dritten

Reihe auf. Ihr Gesicht sprach Bände. „Henry!" rief sie streng.

Der Junge schien das nicht zu hören – oder zu ignorieren –, denn er spielte weiter seine imaginäre Gitarre, nun mit noch mehr Hingabe.

Das Publikum kicherte. Schließlich stapfte die Mutter entschlossen auf die Bühne, packte ihren Sohn an der Hand und zog ihn – unter allgemeinem Gelächter – wieder von der Bühne. „Das tut mir so leid," rief sie den Darstellern zu, während Henry weiterhin Luftgitarre spielte.

Ich konnte nicht mehr. Tränen liefen mir vor Lachen über die Wangen. „Das ist das Beste an der ganzen Pantomime," keuchte ich. Mein Freund war damals leicht irritiert, dass ich den Humor der Panto nicht so ganz verstanden hatte, aber ich hatte trozdem einen lustigen Nachmittag.

### Knall, Rauch und verbrannte Würstchen – Mein erstes Guy Fawkes Night

Als Deutsche in England wird man ständig mit kuriosen Traditionen konfrontiert, aber nichts, wirklich nichts, hat mich so verwirrt wie mein erstes Guy Fawkes Night. Es war der Tag, an dem ich lernte, dass die Engländer ein gescheitertes Attentat mit Feuerwerk, riesigen Lagerfeuern und halb verbrannten Würstchen feiern.

Der Tag begann ganz normal – ich arbeitete damals in einer Playgroup und wir hatten gerade die Bastelsachen weggeräumt, als eine meiner Kolleginnen, Sarah, neugierig fragte:

„So, what are you doing tonight?"

Ich stutzte. „Ähm … nichts Besonderes? Warum?"

„It's Guy Fawkes Night! Don't tell me you've never heard of it?", fragte sie entsetzt.

„Oh … das ist doch irgendwas mit Feuerwerk, oder?" Ich war unsicher, hatte aber irgendwo etwas von „Bonfire Night" aufgeschnappt.

Sarah warf mir einen Blick zu, den ich nur als Mitleid deuten kann, und erklärte dann mit dramatischer Stimme:

„It's the night we celebrate that a man called Guy Fawkes tried to blow up the King and Parliament … and failed!"

Meine Augenbrauen schnellten nach oben. „Moment mal. Ihr feiert … einen Typen, der einen Terroranschlag nicht hinbekommen hat?"

„Exactly!", rief Claire, eine andere Kollegin, fröhlich aus. „We burn an effigy of him, light fireworks, and eat horrible food. It's tradition!"

„Das klingt … ungewöhnlich", sagte ich vorsichtig.

„Oh, you have to come tonight!" Sarahs Enthusiasmus nahm nicht ab. „We're going to the big bonfire in the park. You'll love it."

Am Abend traf ich die beiden und ein paar andere Kolleginnen am Parkeingang. Schon von weitem konnte ich das Lagerfeuer sehen – oder besser gesagt, die Flammen, die so hoch loderten, dass ich mich fragte, ob jemand die Feuerwehr in Bereitschaft hatte. Die Luft roch nach Rauch, und überall rannten Kinder mit Wunderkerzen herum, die wie kleine Handfackeln Funken sprühten.

„There's the Guy!", rief Sarah und deutete auf eine

Puppe aus Stroh und alten Lumpen, die mitten im Feuer langsam verkohlte.

„Das ist also Guy Fawkes?"

„Yep", sagte Claire mit einem breiten Grinsen. „And if he wasn't dead already, he'd definitely be now."

Das Feuerwerk begann, und es war … chaotisch. Raketen schossen in alle Richtungen, manche so nah, dass ich sicher war, dass meine Augenbrauen in Gefahr waren. „It's all part of the fun!", rief Sarah, während ich hektisch versuchte, mich hinter meinem Schal zu verstecken.

Das Essen war eine ganz eigene Erfahrung. Neben dem Lagerfeuer hatten die Veranstalter Grills aufgestellt, und Sarah drückte mir einen Stock mit einem Würstchen in die Hand.

„Hold it over the fire until it's cooked", erklärte sie.

Ich tat, wie mir geheißen, aber anscheinend hatte ich kein Talent dafür. Mein Würstchen ging direkt von „halb roh" zu „verbrannt bis zur Unkenntlichkeit" über.

„Looks perfect!", lachte Claire, als ich es skeptisch ansah.

„Perfekt für wen?", murmelte ich, bevor ich einen vorsichtigen Bissen wagte. Es schmeckte nach Kohle. Und Enttäuschung.

Als das Feuerwerk vorbei und das Lagerfeuer nur noch ein schwaches Glühen war, machte ich mich mit den anderen auf den Heimweg. Meine Jacke roch nach Rauch, meine Hände waren klebrig von verbrannten Marshmallows, und mein Magen war sich unsicher, ob er das Würstchen behalten wollte.

„So, what do you think of your first Guy Fawkes Night?", fragte Sarah, als wir uns verabschiedeten.

Ich grinste. „Es ist … sagen wir mal, einzigartig. Wie Silvester, nur mit mehr Geschichte und schlechterem Essen."

Sarah lachte. „Next year, we'll teach you how to properly roast a sausage!"

„Oh nein", sagte ich schnell. „Ich bin sicher, ich bleibe lieber Zuschauerin."

An diesem Abend lernte ich zwei Dinge: Erstens, die Engländer brauchen keine Logik, um ein Fest zu feiern. Und zweitens, ein verbranntes Würstchen ist nicht das Schlimmste, wenn man es mit guten Leuten teilt – und einem gesunden Sinn für Humor.

### Leises Knistern statt lautem Knall

Nachdem ich Guy Fawkes Night überlebt hatte – samt verbrannter Würstchen, Rauchschwaden und pyromanischen Kindern mit Wunderkerzen – freute ich mich auf ein klassisches Silvester, wie ich es aus Deutschland kannte: Raketen, Böller, Chaos auf den Straßen und der gelegentliche Streit mit Nachbarn, weil jemand ein Feuerwerk zu nah am Auto gezündet hatte. Aber in England? Pustekuchen.

„Tony, was macht ihr hier eigentlich zu Silvester?", erkundigte ich mich am 31. Dezember, als wir im Wohnzimmer saßen.

„Oh, we celebrate, of course! Just… not like you Germans do."

„Was soll das heißen?", fragte ich skeptisch.

Tony grinste. „Well, we don't need all that firework nonsense. We got it out of our system on Guy Fawkes Night."

Und tatsächlich: Silvester in England ist im Vergleich zu Guy Fawkes Night fast schon entspannt. Es gibt Feuerwerk, klar, aber nicht in dem Maße, dass man den Eindruck hat, die Stadt würde in Flammen stehen. Stattdessen konzentrieren sich die Engländer auf die wichtigen Dinge im Leben: Essen, Trinken und jede Menge Geplauder – und, wenn ich ehrlich bin, eine überraschend große Menge Fernsehgucken.

Der Abend begann bei Rosemary und Tony mit einem gemütlichen Abendessen. Kein Fondue, keine Raclette-Orgien wie in Deutschland – stattdessen gab es Fingerfood: kleine Pies, Würstchen im Blätterteig (die berühmten „Sausage Rolls") und Sandwiches, die so klein geschnitten waren, dass ich mich fragte, ob sie für Menschen oder Puppen gedacht waren.

„Is that it?", fragte ich, als Rosemary den Tisch deckte.

„Well, you can always have more", sagte Tony und hielt mir eine riesige Schüssel Chips hin.

„Chips?" Ich schaute ungläubig auf die Schüssel

„It's tradition", sagte er trocken.

Nach dem Essen wurde der Fernseher eingeschaltet, und ich erfuhr von einer weiteren großen englischen Silvestertradition: Die BBC Silvester-Show.

„Das ist wie 'Dinner for One', oder?", fragte ich hoffnungsvoll.

„Nein, nein", sagte Rosemary lachend. „Das ist live. Musik, Comedy und, of course, the countdown."

Ich gebe zu, dass ich anfangs skeptisch war, aber irgendwann wippte ich mit dem Fuß zu den britischen Popsongs, während Tony mit einem Glas Sherry in der Hand schon leicht glühte. „You're enjoying yourself, aren't you?" Er zwinkerte mir zu, als ich zu einem Lied von Take That mitsang.

„Ja, irgendwie schon", gab ich zu.

Je näher Mitternacht rückte, desto mehr Gläser wurden gefüllt. Sekt? Fehlanzeige. Stattdessen gab es Cider, Ale und einen eigenartig süßen „Punsch", den Rosemary mit einem Augenzwinkern als „family-friendly" bezeichnete – obwohl ich sicher war, dass da mehr Rum als Saft drin war.

Um Mitternacht ging es schließlich los: Der große Countdown lief, und wir alle zählten laut mit.

„Ten! Nine! Eight!", rief Tony, als wäre er bei einem Fußballspiel. Bei „One!" jubelten wir, stießen an und schauten aus dem Fenster.

„Wo ist das Feuerwerk?", fragte ich und schaute nach draußen, wo es überraschend still war.

„Oh, there's a bit in London", sagte Tony und schaltete zur BBC-Kamera, die das Feuerwerk am London Eye zeigte.

Das war's. Kein privates Chaos auf den Straßen, keine Nachbarn, die sich gegenseitig mit Raketen bewarfen. Stattdessen saßen wir drinnen, tranken weiter und sangen „Auld Lang Syne", während wir uns gegenseitig die Hände hielten.

„Das ist … irgendwie nett", meinte ich und merkte, dass ich die deutsche Böllerei gar nicht so sehr vermisste.

„See? We're civilized", betonte Tony grinsend, während er mir ein weiteres Glas Punsch einschenkte.

Gegen zwei Uhr morgens rollte ich mich ins Bett, leicht beschwipst und mit einem Lächeln auf den Lippen. Silvester in England mag ruhiger sein, aber es hat seinen ganz eigenen Charme.

Es geht aber auch anders.

Einige Jahre später lebte ich in Weymouth, einer malerischen Küstenstadt in Dorset, über die ich später noch mehr erzähle. Hier entdeckte ich, dass Silvester in England auch ganz anders gefeiert werden kann – lauter, bunter und mit einem Hauch von Anarchie. In Weymouth ist es Tradition, sich an Silvester zu verkleiden. Die ganze Stadt wird zu einer riesigen Kostümparty, und was zunächst wie ein einfacher Abend beginnt, entwickelt sich schnell zu einem ausgelassenen Straßenfest.

„Du musst dich verkleiden", klärte mich meine Kollegin Lisa ein paar Tage vor Silvester auf und warf mir einen vielsagenden Blick zu.

„Verkleiden? Wirklich? Das klingt eher nach Karneval", erwiderte ich misstrauisch.

„Oh, it's better than Karneval", mischte sich Rob, ein anderer Kollege, ein. „Here in Weymouth, it's legendary. Trust me, you'll love it."

Nach einigem Überlegen entschied ich mich für ein Einhorn-Kostüm – ein farbenfrohes Horn, ein glitzernder Umhang und eine weiße Tunika. Lisa fand es „absolut fantastisch", während Rob sich kaputtlachte. „Seriously? A unicorn? You're going to be the most magical person in town!"

Der Silvesterabend begann mit uns vier Kollegen – Lisa als Hexe, Rob als Vampir, Liz als Superwoman und ich, das Einhorn. Wir zogen durch die Straßen von Weymouth, die vor Menschen in allen möglichen Kostümen nur so wimmelten. Von Piraten über Zombies bis hin zu einem Mann, der als Teekanne verkleidet war –

alles war dabei. Es war laut, chaotisch und unglaublich lustig.

„Schau dir den Typ an!" rief Rob und deutete auf jemanden, der als Ritter in einer aufblasbaren Rüstung durch die Menge stolperte. „Wie kann der da drin denn laufen? "

„Bessere Frage", sagte ich lachend. „Wie passt der damit in einen Pub?"

Wir besuchten mehrere Pubs, stießen mit wildfremden Menschen an und tanzten, bis wir völlig außer Atem waren. Kurz nach Mitternacht, als wir draußen vor einem Pub standen, um uns gegenseitig ein „Happy New Year!" zu wünschen, bemerkte ich plötzlich, dass meine Kollegen verschwunden waren.

„Lisa? Rob? Liz?", rief ich, aber die Menschenmenge war so dicht, dass ich sie nirgends finden konnte. Nach einem kurzen Moment der Panik beschloss ich, den Abend trotzdem zu genießen. Ich schlenderte in einen nahegelegenen Pub, wo ich auf jemanden traf, der – wie ich – als Einhorn verkleidet war.

„Oh my God, ein anderes unicorn!", rief ich, und der Mann lachte. „Ich dachte, ich sei das letzte Einhorn!"

„No way", gab er zurück. „Zwei Einhörner in der gleichen Stadt? Das muss Schicksal sein."

Wir kamen ins Gespräch und verstanden uns auf Anhieb. Die Stimmung im Pub war ausgelassen, und als plötzlich „YMCA" aus den Lautsprechern ertönte, sahen wir uns an und wussten: Es war Zeit zu tanzen.

„Kennst du den Tanz?", fragte ich ihn.

„Natürlich! Wer kennt den nicht?" Er grinste, und wir stürmten die Tanzfläche.

Zu „YMCA", einem Disco-Hit aus den 70ern von der Band Village People, tanzt man eine ikonische Choreografie, bei der man die Buchstaben des Songs mit den Armen formt. Und genau das taten wir – zwei glitzernde Einhörner mitten in Weymouth, umringt von jubelnden Menschen.

„Da bist du ja!", rief plötzlich Lisa, die mich mit Liz und Rob gefunden hatte. „Wir dachten, wir hätten dich verloren!"

„Verloren? Ich bin genau da, wo ich hingehöre!", sagte ich lachend, während ich noch tanzte.

Am nächsten Morgen erlebte ich die Krönung dieses Abends: Ein Foto von uns beiden Einhörnern erschien in der lokalen Zeitung. Sarah stürmte ins Lehrerzimmer und hielt mir die Zeitung entgegen. „Look at this! The Last Two Unicorns Ring in the New Year in Weymouth! That's you!"

„Oh no", sagte ich und musste lachen. „Ich glaube, meine geheime Identität wurde preisgegeben."

„Du bist eine Legende", kommentierte Rob grinsend. „Bestes Silvester in Jahren, huh?"

„Absolut", stimmte ich zu.

Von einem ruhigen Silvesterabend bei Rosemary und Tony zu einer wilden Straßenparty in Weymouth – England hat für jede Art von Feier seinen ganz eigenen Charme.

### Der Charme von Bridesmaids und leeren Geldbeuteln

Eine englische Hochzeit ist eine Veranstaltung, die gleichermaßen faszinierend wie verwirrend ist – besonders, wenn man aus einer Kultur stammt, in der Gäste von vorne bis hinten verwöhnt werden und vor allem kostenlos mit Getränken versorgt sind. Meine erste Erfahrung mit einer britischen Hochzeit hatte ich, als Sarah, eine Arbeitskollegin aus dem Sports Centre, mich überraschend einlud. Sie war eine freundliche, lebenslustige Frau mit einem ansteckenden Lachen und ich hatte sie im Sports Centre sofort ins Herz geschlossen. Dass sie mich zu ihrer Hochzeit einlud, war eine große Ehre – und gleichzeitig der Beginn einer kulturellen Lektion, die ich nicht so schnell vergessen würde.

„Es wird eine richtig traditionelle Hochzeit," erklärte sie mir stolz, als sie mir die Einladung überreichte. „Kirche, Bridesmaids, ein Empfang in einem Landhaus – einfach alles!"

„Das klingt wunderschön", reagierte ich begeistert. „Ich freue mich schon. Gibt es etwas, was ich wissen sollte? Ich war noch nie auf einer englischen Hochzeit."

Sarah überlegte kurz. „Hmm, nicht wirklich. Sei einfach pünktlich und… ja, hab Spaß!"

Ein paar Tage später, bei der Arbeit, fragte ich sie noch einmal nach den Details. „Wie läuft das eigentlich ab mit den Bridesmaids? Sind das Freundinnen von dir?"

„Ja, genau! Meine besten Freundinnen. Sie tragen alle die gleichen Kleider – türkisgrün, ganz schlicht, aber wunderschön. Ich wollte, dass sie sich wohlfühlen, weißt du?"

Ich nickte. „In Deutschland gibt es das so nicht. Ich meine, es gibt Brautjungfern, aber die tragen keine abgestimmten Kleider. Das ist eher wie bei Disney-Filmen, oder?"

Sarah lachte. „Vielleicht ein bisschen! Aber warte ab, ich glaube, es wird dir gefallen."

Am großen Tag war ich aufgeregt. Ich hatte mir extra

ein neues Kleid gekauft, das elegant genug war, um dem Anlass gerecht zu werden, und ich hatte mich über die englische Hochzeitsetikette schlau gemacht. Dazu gehörte auch, einen sogenannten „Fascinator" zu tragen – diese kleinen, oft extravaganten Hüte, die bei englischen Hochzeiten Pflicht zu sein scheinen. Nachdem ich mein Accessoire mit einer gefühlten Million Haarnadeln festgesteckt hatte, fühlte ich mich bereit für den Tag.

Die Kirche war wie aus einem Film. Blumenarrangements schmückten die Bänke, die Orgel spielte eine festliche Melodie, und als die Braut eintrat, hielt der ganze Raum den Atem an. Sarah sah umwerfend aus. Ihr Kleid war schlicht, aber elegant, mit langen Spitzenärmeln und einer zarten Schleppe. Aber es waren die Bridesmaids, die mir wirklich ins Auge fielen. Sie trugen alle die besagten türkisgrünen Kleider – bodenlang, mit einer dezenten Glitzerschärpe um die Taille. Sie bewegten sich wie ein synchrones Ensemble, und ich dachte mir: „Das könnte wirklich aus einem Disney-Film stammen."

Nach der Zeremonie, die wunderschön und emotional war, ging es weiter zur „Reception" in einem Landhaus mit einem malerischen Garten. Während die Gäste sich bei Häppchen und Smalltalk im Freien entspannten, bemerkte ich die entspannte, aber dennoch elegante Atmosphäre. Sarah begrüßte mich herzlich.

„Na, wie gefällt es dir bisher?"

„Es ist wunderschön. Und die Bridesmaids sehen aus, als wären sie direkt aus einem Märchenbuch entsprungen."

Sarah strahlte. „Danke! Sie haben sich so viel Mühe gegeben. Ich bin wirklich glücklich, dass alles so gut geklappt hat."

Während wir uns unterhielten, fiel mein Blick auf die Bar. Reihen von Gläsern mit prickelndem Champagner standen bereit, und ich dachte mir: Perfekt – genau das, was ich jetzt brauche. Ich entschuldigte mich bei Sarah und machte mich auf den Weg zur Bar.

Ich nahm eines der Gläser, bereit, auf den wunderschönen Tag anzustoßen. Doch bevor ich einen Schluck nehmen konnte, sprach mich der Barkeeper an.

„That'll be £9.50, please", informierte er mich freundlich.

Ich hielt inne. „Entschuldigung, wie bitte?" Sichtlich irritiert blickte ich ihn an.

„£9.50", wiederholte er, diesmal etwas langsamer.

Ich runzelte die Stirn. „Oh, ich glaube, da liegt ein Missverständnis vor. Ich bin Gast bei der Hochzeit."

Er lächelte nachsichtig. „Yes, and this is the bar."

Es dauerte ein paar Sekunden, bis ich begriff. Auf englischen Hochzeiten zahlt man seine Getränke selbst. In Deutschland wäre das ein Skandal. Bei uns sorgt der Gastgeber dafür, dass die Gläser der Gäste niemals leer bleiben – und das alles auf seine Kosten. Doch hier schien das Konzept anders zu sein. Widerwillig zog ich meinen Geldbeutel hervor und bezahlte das Glas, das plötzlich doppelt so schwer in meiner Hand lag.

Als ich mich zurück an meinen Tisch setzte, musste ich erstmal tief durchatmen. Ich schaute mich um und bemerkte, dass die anderen Gäste ihre Getränke ebenfalls bezahlten, als wäre es das Normalste der Welt. Ein anderer Gast, der wohl zum ersten Mal auf einer englischen Hochzeit war, reagierte genauso überrascht wie ich, was mich etwas tröstete. Wir warfen uns einen wissenden Blick zu und mussten beide lachen.

Später am Abend, als ich Sarah wiedertraf, erzählte ich ihr von meinem Erlebnis. „Sarah, ich muss dich etwas fragen. Warum zahlt man hier seine Getränke selbst? Ich dachte, das ist eine Hochzeit!"

Sie lachte herzlich. „Oh, das hätte ich dir sagen sollen! Es ist einfach Tradition hier. Der Gastgeber zahlt normalerweise nur das Essen, und die Gäste zahlen ihre Drinks. Das ist bei uns ganz normal."

„In Deutschland wäre das ein Skandal", erwiderte ich grinsend. „Ich hätte vorher sparen sollen!"

Sarah legte mir eine Hand auf die Schulter. „Mach dir nichts draus. Nächstes Mal bringst du einfach eine Flasche Wasser mit, oder?"

„Oder ein größeres Portemonnaie", fügte ich augenzwinkernd hinzu.

Am Ende war es ein wunderschöner Tag. Es gab Reden, die uns alle zu Tränen rührten, ein Buffet, das so liebevoll angerichtet war, dass ich kaum wusste, wo ich anfangen sollte, und eine Tanzfläche, die bis spät in die Nacht gefüllt war. Trotz des kleinen Kulturschocks habe ich die Feier in vollen Zügen genossen – und gelernt, dass man auch in England das Leben feiern kann. Man muss eben nur das entsprechende Kleingeld parat haben.

### Die, die mit dem Bürgermeister tanzt

Ein gelungenes Fest braucht natürlich Musik und Tanz, und ich dachte, ich hätte alles gesehen – bis ich zu meinem ersten Barn Dance eingeladen wurde. Wer bei diesem Namen an eine rustikale Scheune mit Heuballen, Traktoren und vielleicht einem Esel im Hintergrund denkt, so wie ich damals, wird enttäuscht. Unser Barn

Dance fand im Dorfgemeinschaftshaus von Wincanton statt, einem Ort, der mehr an eine Schulsporthalle als an ländliche Idylle erinnerte.

Der Anlass war der Besuch der deutschen Partnergemeinde, und die englische Gastgebergruppe wollte mit einem Abend „typisch englischer Kultur" glänzen.

Meine Oma war in dieser Woche auch bei mir zu Gast und als ich ihr erklärte, dass wir an einem Barn Dance teilnehmen würden, war ihre Reaktion genau so, wie ich es erwartet hatte: neugierig, schlagfertig und mit einer gehörigen Portion Humor.

„Oma, hast du eigentlich schon mal was von einem 'Barn Dance' gehört?", fragte ich sie am Morgen am Frühstückstisch.

Sie überlegte kurz, ihre Augen blitzten vor Neugier.

„Barn Dance? Hm… klingt irgendwie nach einem Tanz für Kühe und Schweine auf dem Bauernhof. Muss ich Gummistiefel dafür anziehen?"

Ich lachte. „Nicht ganz, Oma! Ein Barn Dance ist so etwas wie ein riesiges Fest im Stil von früher. Stell dir vor, alle kommen zusammen, tanzen, lachen und folgen einfachen Tanzanweisungen. Du brauchst keine Gummistiefel – es sei denn, du möchtest wirklich stilecht auftreten!"

Oma hob eine Augenbraue. „Also eine Art Bauerndisko? Muss ich dann mit einem Traktor vorfahren?"

„Das wäre der VIP-Eingang, Oma!", antwortete ich grinsend. „Aber nein, es geht mehr um Gemeinschaft und Spaß. Die Tänze sind oft Paartänze oder Kreistänze, und es gibt einen 'Caller', der die Schritte ansagt. Das ist quasi der Dirigent des Chaos."

„Ein Dirigent des Chaos?" Sie klatschte in die Hände

und lachte laut. „Klingt nach meinem Geschmack! Und was, wenn ich die Schritte nicht kapiere?"

„Kein Problem!", beruhigte ich sie. „Das gehört dazu. Niemand erwartet Perfektion, nur Spaß. Und mal ehrlich, Oma, du bist so flink auf der Tanzfläche – die anderen könnten noch was von dir lernen."

Sie grinste verschmitzt. „Das hört sich tatsächlich nach Spaß an. Gibt es da auch Musik, oder müssen wir selber singen?"

„Natürlich gibt's Musik!", erklärte ich begeistert. „Meistens eine Live-Band mit Fiddle, Banjo oder Gitarre. Es ist wie ein lebhaftes Konzert, bei dem man nicht still sitzen kann."

Omas Augen leuchteten. „Du meinst also, ich kann tanzen, lachen und noch dazu gute Musik hören? Und die Männer… die können alle nicht tanzen, oder?"

Ich grinste. „Ganz genau! Aber das ist der Witz, Oma. Es geht nicht um Können, sondern darum, mitzumachen. Und wer weiß, vielleicht ziehst du mit deinen Tanz- künsten sogar den 'Caller' von der Bühne."

„Na, dann pack ich doch lieber meine bequemen Schuhe ein!", sagte sie lachend. „Sag mir nur wann – und ich bin bereit!"

Schon als wir die Halle betraten, kam Dave, der Bürgermeister von Wincanton, schnellen Schrittes auf mich zu und sagte: „Darf ich den ersten Tanz mit Ihnen reservieren, junge Frau?" Dabei zwinkerte er mir verschmitzt zu.

Dave war ein älterer Herr, freundlich und charmant, aber mit einer deutlich sichtbaren Schwäche: zwei linken Füßen.

„Das wird ein Spaß", dachte ich, als er mir seine Hand reichte und rief:

„Let's go!"

Ich sah kurz zu meiner Großmutter, die mir mit einem Augenzwinkern bedeutete, ich solle zusagen.

„Natürlich, Mr. Mayor!", nahm ich seine Einladung an und fügte schmunzelnd hinzu: „Aber ich übernehme keine Haftung für Verletzungen."

„Keine Sorge", erwiderte er, „das tun wir hier alle nicht."

Die Band begann mit einer fröhlichen Melodie, und der Caller rief enthusiastisch:

„Alright, everyone! Grab your partner and form a circle!"

Dave nahm meine Hand und rief: „We've got this, don't worry!" Dabei trat er mir fast auf den Fuß, noch bevor wir uns überhaupt bewegt hatten.

Die ersten Schritte waren einfach: im Kreis gehen, Hände klatschen, einmal drehen. Doch dann rief der Caller plötzlich:

„Dos-à-Dos with your partner!"

Ich flüsterte: „Ähm, was ist ein Dos-à-Dos?"

„Das ist ganz einfach", meinte Dave, „man geht Rücken an Rücken aneinander vorbei. Schau einfach zu!"

Sagen wir mal so: Theorie und Praxis sind zwei verschiedene Dinge. Während die anderen Paare elegant Rücken an Rücken umeinander herumschritten, schaffte es Dave, direkt in mich hinein zu laufen. Statt mich zu umrunden, trat er auf meinen Fuß, drehte sich in die falsche Richtung und brachte uns beide fast zu Fall.

„Oh dear, sorry about that!", entschuldigte er sich

lachend, während ich versuchte, mein Gleichgewicht wiederzufinden.

„Kein Problem, aber vielleicht sollten wir ein Schild tragen: ‚Vorsicht, Anfänger!‘"

Meine Großmutter, die das Ganze von ihrem Platz aus beobachtete, lachte Tränen. „Jetzt weiß ich, warum er Bürgermeister und nicht Tanzlehrer geworden ist!", rief sie quer durch den Saal.

Der Caller, der sich von unseren Fehltritten nicht beirren ließ, schrie weiter Anweisungen ins Mikrofon:

„Swing your partner! Now promenade!"

Dave packte meine Hand und zog mich mit einer Energie, die ich ihm nicht zugetraut hätte, quer durch den Raum. Dabei gerieten wir immer wieder aus dem Takt, stießen mit einem anderen Paar zusammen und sorgten für allgemeines Gelächter.

„I think we're nailing this!", rief Dave, während ich versuchte, ihn davon abzuhalten, einen weiteren Zusammenstoß zu verursachen.

„Ja, wie zwei Nägel in einer Schachtel Schrauben!", antwortete ich lachend.

Am schlimmsten wurde es, als der Caller uns anwies, „Allemande Left" zu machen – einen Schritt, bei dem man den linken Arm seines Partners greift und sich im Kreis dreht. Dave erwischte versehentlich meinen rechten Arm, zog mich in die falsche Richtung, und wir endeten mitten in einer anderen Gruppe. Ein älterer Herr murmelte: „Es sieht ganz so aus, als ob unser Herr Bürgermeister sein übliches Chaos kreiert."

Während ich mit Dave kämpfte, hatte meine Großmutter ihren eigenen kleinen Erfolgsmoment. Sie hatte sich mit einem anderen Tänzer zusammengetan, einem agilen Rentner, der offenbar seit Jahrzehnten Barn Dances meisterte.

„Das ist großartig!", hörte ich sie rufen, während sie sich perfekt im Takt drehte. „Warum haben wir so etwas nicht in Deutschland?"

„Weil wir zu viel Wert auf Ordnung legen!", entgegnete ich, bevor Dave erneut auf meinen Fuß trat.

Der Abend endete mit dem „Virginia Reel", einem Gruppentanz, bei dem man sich in zwei Reihen aufstellt und sich immer wieder neue Partner sucht. Ich schaffte es, Dave zu verabschieden und für die letzten Minuten zu meiner Großmutter zu wechseln.

„Wie war's mit dem Bürgermeister?", wollte sie mir lachend entlocken.

„Eine Katastrophe – aber eine lustige!"

Am Ende des Abends saßen wir alle erschöpft, aber glücklich am Rand der Tanzfläche. Meine Großmutter schaute mich an, wischte sich Lachtränen aus den Augen und sagte:

„Ich habe lange nicht mehr so gelacht. Das war besser als jede Gymnastik!"

„Ja, und gefährlicher", fügte ich hinzu.

Nachdem ich die Geheimnisse britischer Feste entschlüsselt hatte – von schrulligen Traditionen wie Papierkronen an Weihnachten bis hin zu dem Typ, der versuchte, das Palamentsgebäude in die Luft zu jagen,– dachte ich, ich hätte die Briten in ihrer vollen Pracht erlebt. Doch es stellte sich heraus, dass ich nur an der Oberfläche gekratzt hatte. Denn das wahre Gesicht der britischen Kultur zeigt sich nicht auf Hochzeiten oder in der Bonfire Night – sondern im Urlaub.

Und hier reden wir nicht von glamourösen Trips nach

Saint-Tropez oder entspannten Wochen auf einer griechischen Insel. Nein, der klassische britische Urlaub findet in einem ganz eigenen Universum statt, das von Eimer- und Schaufel-Stränden, Spielautomatenhallen und einer mysteriösen Einrichtung namens Butlins geprägt ist.

Ganz zu schweigen von Blackpool, wo die Lichter glitzern, der Wind pfeift und die Seagulls die unangefochtenen Herrscher sind. Kurz gesagt: Ein britischer Urlaub ist keine Flucht aus dem Alltag – er ist der Alltag, nur mit mehr Fish and Chips.

# KAPITEL 12
# WENN EINER EINE REISE TUT

E s gibt wenige Dinge, die die kulturellen Unterschiede zwischen Deutschland und England so deutlich machen wie die Art und Weise der Urlaubsgestaltung. Während der typische Deutsche beim Packen seiner Wanderschuhe, beim akribischen Planen seiner Route und beim Schwärmen von der „frischen Bergluft" ein Lächeln nicht unterdrücken kann, haben die Engländer eine ganz andere Vorstellung davon, was Entspannung bedeutet. Und so führte mich meine erste „authentisch englische" Urlaubserfahrung in ein sagenumwobenes Butlins-Ferienlager in Minehead – ein Wochenende, das ich nie vergessen werde, obwohl ich es gerne würde.

### Die Ankunft: Kitsch trifft auf Realität

„Was genau ist Butlins?", hatte ich meine Freundin

Anne gefragt, als sie mir begeistert von ihrer Idee erzählte, dort ein Wochenende zu verbringen.

„Ach, das musst du erleben! Das ist so… typisch englisch!" Anne schien fast schon ein bisschen nostalgisch.

Ich hob skeptisch eine Augenbraue. „Typisch englisch? Du weißt, dass ich bei sowas immer vorsichtig bin. Nicht, dass es wieder sowas wird wie diese Pie-Mash-and-Liquor-Geschichte, bei der du mir nicht gesagt hast, dass das Liquor kein Alkohol, sondern grüne Soße ist."

„Diesmal wird es anders, versprochen. Es ist Spaß pur! Spiele, Shows, ein bisschen Party. Keine Sorge, es ist total entspannt."

Entspannt, dachte ich mir, wäre ein kleines Bed-and-Breakfast an der Küste, eine gemütliche Wanderung oder meinetwegen ein Nachmittagstee in einem Garten. Aber Anne bestand darauf, dass Butlins ein Abenteuer sei, das ich als Deutsche unbedingt erleben müsste, um „die Seele der Engländer" zu verstehen.

Wir fuhren also an einem regnerischen Freitagabend los – natürlich regnerisch, es war schließlich England – und erreichten Minehead nach einer längeren Fahrt durch die düsteren Landschaften von Somerset. Bereits bei der Ankunft schwante mir, dass ich hier definitiv außerhalb meiner Komfortzone war.

Das „Resort" sah aus wie eine Mischung aus einem Freizeitpark und einer amerikanischen Militärbasis aus den 1970ern. Überall blinkten Lichter, Plastikschilder wiesen den Weg zu Dingen wie „The Fun Dome" oder „Splashworld", und der Parkplatz war gefüllt mit Autos, die offenbar seit den 1990ern nicht mehr gewaschen worden waren.

„Das ist also Butlins…", murmelte ich und zog meinen Mantel enger um mich.

Anne war begeistert. „Ist es nicht herrlich kitschig? Es wird dir gefallen, warte nur ab!"

Unser „Chalet", wie es in der Broschüre euphemistisch genannt wurde, war in Wahrheit ein winziges Zimmer mit Teppichboden, der seine besten Tage hinter sich hatte, und einem Geruch, der irgendwo zwischen Chlor und nassen Turnschuhen einzuordnen war. Die Möbel wirkten, als hätte sie jemand bei einer Räumungsauktion für ein paar Pfund ersteigert, und das Bad… nun ja, ich beschloss, so wenig Zeit wie möglich darin zu verbringen.

### Freddy Mercury und die Partymeute

Nach einem hastigen Abendessen – Fish and Chips, die mehr Fett als Fisch enthielten – begaben wir uns in die Haupthalle, wo angeblich ein „Freddy Mercury Tribute" stattfinden sollte.

„Das wird großartig!", rief Anne begeistert. „Queen! Das ist doch genau dein Ding!"

„Wenn es gut gemacht ist", bemerkte ich vorsichtig, während ich mich in der Halle umsah. Sie war mit billigen Plastikstühlen gefüllt, und auf der Bühne stand ein Mann in einem schlecht sitzenden gelben Jackett, der aussah, als hätte er Freddy Mercury nur aus der Ferne gesehen.

Kaum hatte er angefangen zu singen, wollte ich schreiend weglaufen.

„Das ist ein Verbrechen an Queen!", zischte ich Anne zu. „Hast du gehört, wie er gerade *Bohemian Rhapsody* geschändet hat? Das war ein ganzer Ton daneben!"

Anne kicherte. „Entspann dich. Es ist doch nur Spaß."

Ich hielt es genau bis zur zweiten Strophe von *Somebody to Love* aus, dann sprang ich auf. „Ich muss hier raus."

Anne überredete mich jedoch, noch etwas zu bleiben – schließlich, meinte sie, „fängt der Abend gerade erst an". Draußen begann sich eine Partymeute zu formieren, und ich erkannte sofort, dass ich völlig underdressed war. Während ich in schlichten Jeans und einem Pullover unterwegs war, hatten sich die anderen Frauen in knappen Minikleidern und schwindelerregend hohen Absätzen zurechtgemacht. Die Männer trugen Jogginghosen und T-Shirts, die aussahen, als hätten sie ihre besten Tage ebenfalls hinter sich.

„Ich fühle mich wie ein Wanderer auf dem Weg zu einem Ball", flüsterte ich Anne zu, die in ihrer Glitzerbluse blendend aussah.

„Ach was, du siehst super aus", behauptete sie, aber ich konnte mich des Gefühls nicht erwehren, fehl am Platz zu sein. Besonders als wir in die nächste Bar gingen und ich zwischen Tanzenden stand, die eher wie für ein Musikvideo als für einen Abend im Resort gekleidet waren.

### Das große Bingo Debakel

Am Samstag bestand Anne darauf, den Morgen in „Splashworld" zu verbringen, dem Schwimmbad des

Resorts. Ich hatte mich auf eine entspannte Wellness-Erfahrung eingestellt – sanftes Gleiten durchs Wasser, vielleicht ein paar Sprudelbäder und eine leise, meditative Hintergrundmusik. Stattdessen fanden wir uns in einem grell beleuchteten, akustischen Schlachtfeld wieder, das so stark nach Chlor roch, dass mir Tränen in die Augen schossen, bevor ich auch nur einen Zeh ins Wasser gesetzt hatte.

„Das ist das Beste!", rief Anne begeistert, während wir uns durch eine Menschenmenge zwängten, die aussah, als hätte das halbe Königreich beschlossen, hier seine Wochenendeinladung wahrzunehmen. Im Wasser selbst war es so voll, dass ich mich fühlte wie eine Sardine im Schwarm – wenn dieser Schwarm aus kreischenden Kindern bestand, die sich auf Wasserrutschen mit einer Geschwindigkeit bewegten, die eigentlich einen Führerschein erfordert hätte.

Das „Schwimmen" bestand eher darin, still an Ort und Stelle zu treiben und dabei zu hoffen, nicht von einem Gummiring oder einem tobenden Teenager umgenietet zu werden. Die „Entspannung" war so weit entfernt wie ein Wellnessbad in Deutschland – es war laut, chaotisch und die Wasserrutschen dominierten das gesamte Schwimmbad.

Anne überredete mich schließlich, eine der Rutschen auszuprobieren. „Das wird dir gefallen!" Skeptisch musterte ich die Wendungen und steilen Abgründe der „Kamikaze-Slide". Doch bevor ich mich wehren konnte, fand ich mich sitzend in einer Plastikröhre wieder. Die Sekunden danach lassen sich nur als kontrollierter Sturz beschreiben: Die Schwerkraft übernahm, Wasser spritzte in alle Richtungen, und ich schoss mit einer Geschwindigkeit nach unten, die meine inneren Organe dazu brachte, ihre Position zu überdenken. Am Ende landete ich mit einem platschenden Finale im Auffangbecken, komplett durchnässt und mit dem seltsamen Gefühl, gerade überlebt zu haben. Anne klatschte begeistert. „Siehst du, hab ich doch gesagt, das ist super!"

Am Abend schlug Anne einen Besuch in der „Bingo Hall" vor. Ich war zunächst skeptisch. Bingo klang für mich eher nach einem Spiel für Rentner und nicht nach einem Highlight in einem Ferienresort. Aber ich dachte mir: Nach dem Freddy Mercury-Desaster konnte es ja nur besser werden.

„Bingo ist hier Kult", erklärte Anne begeistert, als wir uns in die überfüllte Halle quetschten. „Jeder Engländer liebt Bingo. Und wenn du erst mal gewinnst, wirst du es auch lieben!"

Ich war mir nicht sicher, ob ich es so schnell lieben würde, aber ich ließ mich widerstandslos auf einen der Plastikstühle fallen. Vor mir lag eine riesige Papierkarte voller Zahlen und ein dicker Marker.

„Wie funktioniert das überhaupt?", fragte ich und starrte auf die Zahlen.

„Ganz einfach!" Anne deutete auf die Karte. „Jemand ruft die Zahlen durch, und du markierst sie. Sobald du eine komplette Reihe, rufst du ,Bingo'!"

„Okay… das klingt nicht so schwer."

„Ah… es geht aber noch weiter. In der nächsten Runde musst du Bingo rufen, sobald du zwei Reihen in einem Haus komplett hast."

„Ein Haus?" Anne erntete nur ratlose Blicke von mir.

„Ja, eine Bingo Karte ist unterteilt in Häuser." Sie nahm eine Bingo Karte in die Hand und deutete auf die Unterteilung.

„Also jedes Haus hat quasi drei Reihen?"

„Ja genau. Und in der letzten Runde musst du Bingo rufen, wenn du alle Zahlen in einem Haus markiert hast."

Ich nickte, denn so langsam begann ich es zu verstehen.

„Es gibt aber noch ein paar Regeln", fügte sie hinzu. „Du musst genau zuhören, und wenn du zu früh ‚Bingo!' rufst, blamierst du dich. Aber keine Sorge, das passiert nur Anfängern."

Ich nickte, versuchte aber, die leise Panik in meinem Inneren zu unterdrücken. Schließlich war ich keine Anfängerin, die sich blamieren wollte – zumindest nicht öffentlich.

Der Saal war voll, und die Stimmung konnte nur als elektrisiert beschrieben werden. Neben uns saß eine ältere Dame, die ihre Bingo-Karte mit der Präzision eines Schachmeisters bearbeitete. Vor ihr stand eine Thermoskanne Tee, und sie war so konzentriert, dass ich mich nicht traute, sie anzusprechen.

„Das ist ernst hier", flüsterte ich Anne zu.

„Oh ja", stimmte sie zu. „Die Leute hier nehmen Bingo todernst. Vor allem die älteren Damen. Du willst sie nicht ärgern."

Das Spiel begann, und der Ansager, ein Mann mit einer tiefen Stimme und einem seltsamen Sinn für Humor, ratterte die Zahlen in einem Tempo herunter, das mich völlig überforderte.

„Leg los, 88 – zwei fette Ladies!", rief er.

„Was hat er gesagt?"

„88! Zwei fette Ladies! Es gibt für jede Zahl so lustige Namen", klärte sie mich auf.

Ich versuchte mitzuhalten, aber der Mann war schneller als ich, und als ich endlich eine Zahl gefunden und markiert hatte, war er schon bei der nächsten.

Nach ein paar Runden fühlte ich mich sicherer. Ich markierte Zahlen, nickte gelegentlich anerkennend, wenn ich eine Reihe fast voll hatte, und begann sogar, die seltsamen Spitznamen für die Zahlen zu verstehen. „Leg los, 11 – zwei kleine Beine!" war mein Favorit.

Und dann passierte es.

„44 – Droopy Drawers!", rief der Ansager.

Ich starrte auf meine Karte. Ich hatte tatsächlich eine komplette Reihe voll! Ohne nachzudenken sprang ich auf und rief: „Bingo!"

Die Halle verstummte.

Alle Augen richteten sich auf mich, während ich stolz meine Karte hochhielt. Der Ansager grinste. „Oh, wir haben ein Bingo! Zeigen Sie uns die Karte, Love."

Ich marschierte nach vorne, mein Herz schlug vor Aufregung, und ich reichte ihm meine Karte. Er sah sie sich an, dann hob er eine Augenbraue.

„Tut mir leid, aber das ist kein Bingo."

„Was?" Ich war entsetzt. „Doch, ich habe eine ganze Reihe voll!"

„Ja, aber das Spiel war für ‚zwei Reihen', nicht für eine", erklärte er freundlich, während die Menge in schallendes Gelächter ausbrach.

„Oh nein", murmelte ich, während ich rot anlief.

„Ein klassischer Anfängerfehler!", teilte mir der

Ansager mit. „Keine Sorge, Love, das passiert den Besten."

Anne kicherte so heftig, dass sie fast von ihrem Stuhl fiel. Ich hingegen wollte am liebsten im Boden versinken.

Trotz meiner peinlichen Einlage ließ ich mich überreden, noch eine Runde mitzuspielen. Diesmal konzentrierte ich mich doppelt so stark und hörte genau zu, was die Spielregeln waren.

Und dann, am Ende der letzten Runde, geschah das Unglaubliche: Ich hatte tatsächlich zwei Reihen voll. Ich zögerte, unsicher, ob ich wieder etwas falsch gemacht hatte.

„Ruf schon ‚Bingo'!", drängte Anne, während die Zahlen weitergerufen wurden.

„Bingo?", sagte ich zögernd.

„Lauter!", ermutigte mich Anne.

„BINGO!", schrie ich schließlich.

Diesmal stimmte es tatsächlich. Ich gewann eine riesige Schachtel Schokolade – viel zu groß, um sie nach Hause zu schleppen, aber der Stolz auf meinen Sieg ließ mich alles andere vergessen.

Als wir später zurück in unserem Chalet waren, legte Anne sich lachend aufs Bett. „Dein Gesicht, als du zu früh ‚Bingo' gerufen hast – unbezahlbar!"

„Ich werde nie wieder Bingo spielen", erklärte ich feierlich. „Aber zumindest weiß ich jetzt, wie es geht."

Anne grinste. „Das ist es, was Butlins ausmacht – Chaos, Lachen und Erinnerungen, die du nie loswirst."

„Ich hätte lieber eine Erinnerung, die weniger peinlich ist", murmelte ich.

Am Sonntagmorgen, als wir abreisten, fühlte ich mich

wie eine Überlebende. Anne sah mich an und fragte: „Na, was sagst du?"

Ich seufzte. „Wenn das typisch englisch ist, bleibe ich nächstes Mal lieber beim Afternoon Tea."

Anne lachte, und ich konnte nicht anders, als mitzulachen. Denn so absurd das Wochenende auch gewesen war, es war auf seine eigene chaotische Weise doch unterhaltsam gewesen. Und vor allem hatte es mir gezeigt, dass die Engländer wirklich einzigartig sind – besonders, wenn es um Urlaub geht.

**Weymouth**

Man sagt, man ist in England nie mehr als eine Stunde vom Meer entfernt und dies ist im Grunde auch wahr. Wincanton lag genau eine Stunde entfernt von Weymouth und so machte ich mich an einem Samstagmorgen auf den Weg, diese Stadt am Ärmelkanal zu erkunden. Ich freute mich darauf, mir mal frische Seeluft um die Nase wehen zu lassen.

Ich hatte mich im Vorfeld natürlich schon ein bisschen über den Ort informiert und fand heraus, dass

Weymouth auf eine lange Geschichte als Küstenstadt zurückblickt, die ihren Höhepunkt im 18. Jahrhundert erreichte, als König George III. es zu seinem persönlichen Badeort erklärte. Der Monarch, bekannt für seine Vorliebe für Seebäder (und seine gelegentlichen Ausbrüche von Wahnsinn), machte das kleine Fischerdorf zu einem Hotspot der britischen Aristokratie. Damals flanierten Damen in voluminösen Kleidern und Herren mit Zylinder an der Promenade, während man sich im kühlen Wasser der englischen Kanalküste erfrischte.

Diese glorreichen Zeiten schienen jedoch längst vorbei zu sein, als ich in Weymouth ankam. Ja, es gab noch die hübschen georgianischen Gebäude, die wie Perlen an einer Kette die Küste säumten, und der Strand war – objektiv betrachtet – wirklich einladend, aber dieser Eindruck änderte sich schnell, je näher ich der Innenstadt kam.

Die ersten Anzeichen für das, was mich erwartete, bemerkte ich bereits, als ich durch die Innenstadt ging. Hier reihten sich kleine Läden mit „I Love Weymouth"-T-Shirts, blinkenden Schlüsselanhängern und Sandspielzeug aneinander, daneben Cafés, die Fish and Chips für „£5.99 inkl. Getränk" anpriesen.

„Na gut", murmelte ich. „Das ist halt Tourismus. Der Strand wird sicher besser sein."

Doch je näher ich der Promenade kam, desto lauter wurde es. Es war ein seltsamer Mix aus Geräuschen – das Lachen von Kindern, das Dröhnen von Popmusik, die Schreie von Möwen und ein gelegentliches „PING!" aus den nahegelegenen Spielhallen.

Als ich endlich die Promenade erreichte, blieb ich stehen. Vor mir erstreckte sich der Strand, und ja, er war durchaus hübsch – feiner Sand, die sanften Wellen des Ärmelkanals und eine breite Promenade, gesäumt von georgianischen Gebäuden, die von vergangener Eleganz zeugten. Aber all das wurde von den Aktivitäten auf der Promenade und am Strand selbst überschattet.

Das erste, was mir auffiel, war eine kleine Karawane von Eseln, die aufgereiht am Strand standen und aufgeregte Kinder auf ihrem Rücken trugen. Ein Mann mit einer flachen Kappe und einem stark westenglischen

Akzent rief: „Eselreiten! Nur £3 für fünf Minuten! Kommt und reitet wie früher!"

Eselreiten? Am Strand?

Ich stand eine Weile da und beobachtete die Szene. Kinder quietschten vor Vergnügen, während die Esel stoisch ihren Job machten, offensichtlich daran gewöhnt, den ganzen Tag hin und her zu trotten. Nebenan standen ein paar Verkäufer, die Zuckerwatte und Eiscreme in neonfarbenen Tönen verkauften.

„Das ist nicht, was ich mir vorgestellt habe", brummelte ich und zog die Schultern hoch, während ich versuchte, die Szene in meinen Kopf einzuordnen.

Die Promenade war nicht besser. Ich beschloss, ein wenig zu schlendern und vielleicht ein ruhiges Café mit Blick aufs Meer zu finden. Doch Ruhe war hier offensichtlich Mangelware.

Zu meiner Linken dröhnte aus einer offenen Spielhalle irgendein Remix eines 90er-Jahre-Hits, während Kinder in bunten Jacken zwischen blinkenden Spielautomaten hin und her rannten. Zu meiner Rechten standen Dutzende von Fast-Food-Ständen, die alles von Fish and Chips bis hin zu „Deep Fried Mars Bars" anboten. Ich hatte keine Ahnung, dass man einen Schokoriegel überhaupt frittieren konnte – geschweige denn, warum man das tun wollte.

Nachdem ich den Tag in Weymouth verbracht hatte, konnte ich nicht aufhören, Vergleiche zu ziehen – zwischen dem, was ich dort erlebt hatte, und den Strandtagen, die ich aus Deutschland kannte. Ein Strand an der Nordsee, dachte ich, hätte nicht unterschiedlicher sein können.

Für mich, als Deutsche, war das eine völlig neue

Erfahrung. Ich konnte mich nicht entspannen, weil ich ständig das Gefühl hatte, etwas zu verpassen. Sollte ich eine Runde im Karussell drehen? Mich in die Schlange für Eselreiten stellen? Oder doch eine Münze in den blinkenden Automaten werfen, um ein Plüschtier zu gewinnen?

An der Nordsee dagegen weiß man, was man bekommt: Ruhe, Wasser, Sand. Und das war's. Es gibt keinen Druck, etwas zu tun, weil es nichts zu tun gibt.

„Wir Deutschen sind es einfach nicht gewohnt", sagte ich zu mir selbst. „Für uns ist der Strand ein Ort, um abzuschalten. Für die Engländer ist er ein Ort, um aufzudrehen, oder sich vom schlechten Wetter abzulenken."

Nach diesem Tag dachte ich, dass meine Eindrücke von englischen Küstenstädten nicht übertroffen werden konnten. Doch da lag ich sehr falsch.

### Blackpool: Das Mekka der Spielarkaden

Wenn Weymouth eine sanfte Einführung in die Welt der britischen Küstenstädte war, dann ist Blackpool ihr Epizentrum. Im Nordwesten Englands gelegen, ist Blackpool eine der bekanntesten Küstenstädte des Landes und das ultimative Reiseziel für Familien, Partygruppen und Nostalgiker, die eine Zeit zurücksehnen, in der Unterhaltung einfacher (und lauter) war.

Diesmal war es meine Freundin Helen, die mich einlud, ein Wochenende mit ihr in Blackpool zu verbringen. „Du musst es gesehen haben. Blackpool ist... ein Erlebnis."

Schon die Zugfahrt nach Blackpool war ein Ereignis. Der Zug war voll mit Familien, die mit Kühltaschen, aufblasbaren Gummitieren und einem Hauch Chaos ausgestattet waren. Junge Männer in Fußballtrikots prosteten sich mit Bier zu, während eine Gruppe Frauen in funkelnden Kostümen offensichtlich auf Junggesellinnenabschied war und bereits um zehn Uhr morgens Prosecco aus Plastikbechern trank.

Als wir in Blackpool ankamen, war ich zunächst sprachlos. Die Promenade war ein einziges Gewirr aus Spielhallen, Fast-Food-Buden, Souvenirläden und – natürlich – Menschen. Viele Menschen. Es fühlte sich an, als wäre die halbe Nation an diesem Wochenende in Blackpool versammelt, um sich dem kollektiven Lärm, Spaß und Chaos hinzugeben.

„Das ist unglaublich", sagte ich zu Helen, während wir die Promenade entlanggingen. „Das ist kein Urlaub. Das ist… ein Festival des Wahnsinns."

Das Zentrum von Blackpool ist unbestreitbar der Blackpool Tower, ein Nachbau des Pariser Eiffelturms, der mit einer Mischung aus Stolz und Kitsch in den Himmel ragt. Helen bestand darauf, dass wir die Aussicht von oben genießen mussten, und ich musste zugeben, dass der Blick auf die Küste und die Stadt beeindruckend war – wenn man von der nervenaufreibenden Fahrt im klappernden Aufzug absah.

„Siehst du das?" Helen deutete auf die unzähligen Arkaden, die sich wie ein Band entlang der Küste zogen. „Das ist Blackpool. Pure Unterhaltung."

Am Abend verwandelte sich der Ort in eine Mischung aus Diskothek und Zirkus. Helen überredete mich, in eine Show zu gehen, die sich „Las Vegas Nights" nannte. Ich wusste, dass ich vorsichtig sein sollte, nachdem ich meine Erfahrung mit Freddy

Mercury in Butlins gemacht hatte, aber ich ließ mich breitschlagen.

Die Show bestand aus einer Reihe von Tanznummern, die so synchron waren wie ein Hühnerhaufen, und einem Zauberer, dessen Tricks offensichtlich waren, aber dennoch von der Menge gefeiert wurden. Das Highlight des Abends war ein Karaoke-Wettbewerb, bei dem eine Dame im Leopardenmusterkleid „My Heart Will Go On" schmetterte, als würde ihr Leben davon abhängen.

„Helen", flüsterte ich. „Ich weiß nicht, ob ich lachen oder weinen soll."

„Beides", antwortete sie und bestellte noch einen Gin Tonic.

Nach zwei Tagen in Blackpool hatte ich eine neue Erkenntnis: Für Briten ist Urlaub nicht unbedingt Entspannung. Es geht um Spaß, um Eskapismus, um das Gefühl, alles hinter sich zu lassen – und wenn dabei eine Plastikbox mit Chips und Erbsenpüree sowie ein blinkender Glücksspielautomat beteiligt sind, umso besser.

„Das ist doch das Tolle an Blackpool", erklärte mir Helen, als wir am letzten Abend bei einem überteuerten Eis saßen. „Es ist roh, es ist laut, und es ist total egal, was andere denken. Hier kann jeder machen, was er will."

Ich dachte an deutsche Strände mit ihren Strandkörben, den ruhigen Spaziergängen und der ordentlichen Reihenfolge, in der Handtücher ausgebreitet wurden. Blackpool war das genaue Gegenteil davon. Aber genau das machte es irgendwie… charmant.

„Ich weiß nicht, ob ich es jemals lieben werde", gestand ich. „Aber ich werde es definitiv nie vergessen."

Meine Freundin lachte. „Das reicht doch."

Nachdem ich nun typisch britische Urlaubsziele wie

Butlins und Blackpool erleben durfte – und sogar irgendwie genossen hatte,– wurde mir klar, dass die Briten nicht nur Meister der kuriosen Unterhaltung sind, sondern auch ein beeindruckendes Talent dafür haben, ihre eigenen Wahrzeichen in Szene zu setzen. Denn egal, ob man sich in einem Ferienpark vergnügt oder an der Küste den Möwen trotzt, irgendwann kommt immer der Moment, an dem jemand sagt: „Wie wär's mit einem kleinen Ausflug nach Stonehenge?"

# KAPITEL 13
# WAHRZEICHEN MADE IN BRITAIN

Wenn man die Leute fragt, was für sie das Wahrzeichen von England ist, kommt wie aus der Pistole geschossen: Big Ben! „Big Ben ist England!" werden sie sagen. Und das ist ja auch verständlich – dieser riesige Turm mitten in London, der jedem Touristen von Postkarten entgegenwinkt. Aber ehrlich gesagt, für mich ist das nicht das echte Wahrzeichen von England. Für mich ist es Stonehenge. Dieser mystische Steinkreis, mitten im Nirgendwo, ist das einzig wahre Symbol der Insel.

Das erste Mal sah ich Stonehenge, als ich 16 Jahre alt war. Wir waren mit der Jugendgruppe vom CVJM in England unterwegs. Wir hatten uns in einen alten Reisebus gequetscht, der eindeutig schon bessere Tage gesehen hatte. Es war früh am Morgen, und alle im Bus schliefen tief und fest – bis auf die Fahrerin, hoffentlich. Plötzlich schrie ein Mädchen auf:

„Da vorne ist Stonehenge! Ich sehe Stonehenge!"

Alle schreckten hoch, manche halb wach, andere mit Kopfabdrücken von der Busscheibe auf der Stirn. Ich, damals völlig unbedarft, fragte nur:

„Was ist Stonehenge?"

Die anderen sahen mich an, als hätte ich gefragt, wer die Beatles sind.

„Das sind diese uralten Steine, die die Engländer überall auf ihre Teetassen drucken!", erklärte jemand mit einem Ton, der zwischen Genervtheit und Überzeugung lag.

Ich verstand die Aufregung der anderen immer noch nicht. Es waren doch nur Steine, oder? Aber als wir schließlich direkt davor standen, musste ich zugeben, dass es schon beeindruckend war. Damals, in den späten 90ern, konnte man mit dem Bus noch direkt neben den Steinen parken und fast an sie ranlaufen. Kein Zaun, keine Seile – nur du und diese riesigen Monolithen. Heute wäre das unvorstellbar.

Heutzutage ist Stonehenge ein ganz anderes Erlebnis. Man parkt fast zwei Kilometer entfernt und wird mit einem Shuttlebus zum Gelände gefahren.Der Steinkreis ist durch ein Seil abgesperrt, und man kommt nicht mehr an die Steine ran.

„Stonehenge aus sicherer Entfernung" könnte man das jetzt nennen. Einige sagen, das sei gut, um die alten Steine zu schützen, aber ich finde, es hat ein bisschen von seiner Magie verloren. Trotzdem bleibt Stonehenge ein Ort voller Geheimnisse.

Ein unvergessliches Erlebnis hatte ich, als ich einmal die Nacht der Sommersonnenwende am 21. Juni bei Stonehenge verbrachte. Es war eine wilde Mischung aus Esoterik, Musik und Tanz. Ich war mit einer Gruppe

Amerikaner dort, die von einem Kreuzfahrtschiff in Southampton kamen. „We wanted the *real* England experience!", erklärten sie mir.

Die Nacht war voller Gesang, Trommeln und Lagerfeuerstimmung. Und das Beste: Man durfte die Steine anfassen! Das ist heutzutage undenkbar. Ich erinnere mich noch, wie jemand sagte:

„Wenn du die Steine berührst, wirst du geheilt."

Da ich mir sechs Wochen zuvor die Hand gebrochen hatte, konnte ich nicht widerstehen. Ich legte meine Hand auf einen der Monolithen, schloss die Augen und sagte laut:

„Ich bin geheilt!"

Alle lachten, und ich lachte mit. Natürlich war meine Hand nicht sofort wieder in Ordnung, aber sechs Wochen später war sie tatsächlich verheilt. Zufall? Vielleicht. Magie? Wer weiß.

### Cecil Chubb: Der Mann, der Stonehenge kaufte

Die Geschichte von Cecil Chubb ist ein Kapitel für sich. Stell dir vor: Du gehst zu einer Auktion, vielleicht, um ein paar schicke Möbelstücke zu kaufen – und kommst mit einem prähistorischen Monument zurück. Genau das passierte 1915. Damals stand Stonehenge tatsächlich zum Verkauf. Das klingt heute absurd, aber zu jener Zeit galt es eher als verfallene Ruine und weniger als nationales Heiligtum.

Cecil, ein Anwalt aus dem nahegelegenen Shrewton, bot bei der Auktion mit und bekam den Zuschlag für 6.600 Pfund. Seine Begründung?

„Ich dachte, ein Herr aus der Gegend sollte es besitzen."

Doch die wahre Geschichte ist vermutlich etwas kurioser. Es wird gemunkelt, dass seine Frau ihn zur Auktion geschickt hatte, um ein paar schicke Möbelstücke für ihr Anwesen zu ersteigern. Stattdessen kam er mit einem Steinkreis nach Hause. Das Ergebnis?

„Was soll ich damit?", soll seine Frau entsetzt gefragt haben.

Cecil, ein Mann mit britischem Humor, antwortete angeblich trocken:

„Dekoration für den Garten, Schatz!"

Man kann sich vorstellen, dass die Stimmung im Hause Chubb an diesem Tag etwas frostig war.

Da Stonehenge offenbar keine Begeisterung bei seiner Frau auslöste, musste Cecil sich etwas überlegen. Und hier zeigt sich sein großzügiges Herz: Er entschied, Stonehenge der britischen Nation zu schenken. Aber nicht ohne Bedingungen! In seiner Schenkungsurkunde von 1918 stellte er sicher, dass Stonehenge immer öffentlich zugänglich bleiben sollte. Er wollte, dass die Menschen den Steinkreis so erleben konnten, wie er es getan hatte – frei, ohne Absperrungen.

Die britische Regierung nahm das Geschenk natürlich dankend an, auch wenn sie sich wohl erst einmal fragte: „Und was machen wir jetzt damit?" Denn damals war Stonehenge weder so bekannt noch so geschützt wie heute.

## Die Transformation von Stonehenge

Nach der Übergabe begann für Stonehenge eine

neue Ära. Die Regierung investierte in die Restaurierung der Steine, die im Laufe der Jahrhunderte umgestürzt oder abgesunken waren. In den 1920er Jahren wurden einige von ihnen wieder aufgerichtet und stabilisiert. Damals dachte man noch nicht viel über den ursprünglichen Zustand nach – Hauptsache, es sah ordentlich aus.

Gleichzeitig wurde das Gebiet um Stonehenge zunehmend geschützt. Man begann, die umliegenden Grundstücke aufzukaufen, um die Landschaft so zu bewahren, wie sie vielleicht vor Jahrtausenden ausgesehen hatte. Es war ein langsamer Prozess, aber Stonehenge entwickelte sich mehr und mehr zu einem Wahrzeichen.

In den 1960er und 70er Jahren wurde Stonehenge zu einem beliebten Treffpunkt für Hippies und New-Age-Anhänger. Der Steinkreis war das perfekte Symbol für Freiheit, Spiritualität und die Rückkehr zur Natur. Es gab wilde Feste, bei denen getanzt, getrommelt und manchmal auch ein bisschen zu viel geraucht wurde.

Wie bereits erwähnt entwickelte sich die Sommersonnenwende zu einem Großereignis, bei dem Menschen aus aller Welt nach Stonehenge pilgerten, um den Sonnenaufgang zu feiern. Manche setzten sich stundenlang auf die Steine, um „die Energie zu spüren". Einer von ihnen behauptete, die Steine hätten seine Zahnschmerzen geheilt. Vielleicht waren es aber auch die Hippie-Tropfen, die er vorher eingenommen hatte.

Allerdings führte die wachsende Beliebtheit von Stonehenge auch zu Problemen. In den 1980er Jahren wurde die Situation bei den Sonnenwendfeiern zunehmend chaotisch. Es kamen nicht nur Hippies, sondern auch Schaulustige, Touristen und einige, die einfach nur

Krawall machen wollten. Schließlich entschied die Regierung, strengere Regeln einzuführen.

Stonehenge wurde eingezäunt, und der Zugang zum Steinkreis wurde begrenzt. Heute gibt es ein Besucherzentrum, Shuttlebusse und jede Menge Sicherheitspersonal. Die Zeiten, in denen man einfach auf die Steine klettern konnte, sind endgültig vorbei.

Cecil Chubb hätte sich wohl nie träumen lassen, dass sein spontaner Kauf eines Steinkreises einmal so weltberühmt werden würde. Heute ist Stonehenge ein UNESCO-Weltkulturerbe und zieht jährlich über eine Million Besucher an.

Manchmal frage ich mich, was Cecils Frau wohl gedacht hat, als sie all das sah. Vielleicht hat sie irgendwann gesagt:

„Weißt du, Cecil, das war doch keine so schlechte Idee."

Oder vielleicht war sie auch einfach froh, dass die Steine nicht mehr in ihrem Garten standen.

Warum gibt es diesen Steinkreis überhaupt? Was hat er zu bedeuten? Diese Fragen stellen sich Wissenschaftler, Archäologen und Esoteriker seit Jahrhunderten – und die Antworten reichen von "prähistorisches Observatorium" bis zu "keltischer Partyplatz".

Stonehenge ist alt. So alt, dass selbst die alten Römer es schon als „uralt" bezeichneten. Die ersten Bauarbeiten begannen vor etwa 5.000 Jahren, ungefähr 3.000 v. Chr. – das war die Jungsteinzeit, also die Ära, in der Menschen das Rad erfanden, aber immer noch in Tierfellen rumliefen. Man vermutet, dass der Steinkreis in mehreren Etappen gebaut wurde und nach etwa 1.500 Jahren fertiggestellt war. Das ist beeindruckend, wenn man bedenkt, dass es heutzutage schon ein Jahr dauert, bis ein Hand-werker überhaupt auf deinen Anruf reagiert.

Die Theorien darüber, was Stonehenge einmal war, sind so vielfältig wie die Menschen, die es besuchen. Hier ein paar der populärsten Ideen:

1.Ein prähistorisches Observatorium:

Die Ausrichtung der Steine scheint auf Sonnenauf- und -untergänge zur Sommersonnenwende hinzudeuten. Manche glauben, dass die Erbauer Himmelsbewegungen beobachteten und vielleicht sogar einen Kalender hatten. Es war quasi das „Stonehenge 3000 B.C."-Edition von „Google Calendar".

2.Ein heiliger Ritualplatz:

Andere vermuten, dass Stonehenge ein Ort für reli-giöse oder spirituelle Zeremonien war. Es könnte ein prähistorischer Tempel gewesen sein, wo die Menschen den Göttern dankten, tanzten oder einfach nur ihre Sorgen loswurden – vielleicht eine Art Wellness-Oase der Jungsteinzeit.

3.Ein Friedhof:

Archäologische Funde von menschlichen Überresten in der Nähe legen nahe, dass Stonehenge auch als Begräbnisstätte genutzt wurde. Ob die Leute dort nur bestattet wurden oder ob es große Totenrituale gab, ist allerdings unklar.

4.Leylines und magische Kräfte:

Einige glauben, dass Stonehenge auf sogenannten Leylines liegt – unsichtbaren Energiepfaden, die bestimmte spirituelle Orte miteinander verbinden. Für Esoteriker ist das der Beweis, dass Stonehenge ein ener-getischer Hotspot ist, eine Art „Chakra der Erde". Ob diese Energien heilend, inspirierend oder einfach nur schwer messbar sind, bleibt der Fantasie überlassen. Ich persönlich habe dort noch keine Batterie aufgeladen bekommen.

## Begegnung mit den „Energiefühlenden"

Eines Tages hatte ich das Vergnügen, eine Gruppe spiritueller Reisender zu Stonehenge zu fahren. Schon im Bus waren sie ungewöhnlich still, was mich fast ein bisschen nervös machte – normalerweise sind solche Gruppen laut und aufgeregt. Aber diese hier schienen förmlich aufgeladen mit Energie. Kaum waren wir angekommen, zogen sie ihre Schuhe aus und verteilten sich um den Steinkreis, wie Ameisen um ein Zuckerstück.

Einer der Teilnehmer, eine Dame mit einer Frisur, die an ein Vogelnest erinnerte (inklusive einer kleinen Feder darin), kam direkt auf mich zu. Sie sah mich mit funkelnden Augen an und fragte:

„Fühlen Sie die Energie der Steine?"

Ich war ehrlich. „Nein, ich spüre nur den Wind in meinen Socken."

Das schien sie nicht im Geringsten zu stören. Sie nickte wissend, setzte sich in den Schneidersitz und begann zu summen. Der Rest der Gruppe folgte ihrem Beispiel, und bald vibrierte die Luft vor lauter Meditation und positiver Energie. Ein Mann klopfte sogar mit einem Klangstab an einen Stein und murmelte etwas von „kosmischen Resonanzen". Ich war mir nicht sicher, ob ich lachen oder mich ihnen anschließen sollte.

Ob man nun an Leylines, kosmische Energien oder einfach an die Schönheit der Geschichte glaubt, eines ist sicher: Stonehenge hat eine besondere Wirkung auf die

Menschen. Man steht dort und denkt: „Wie haben sie diese Steine bewegt? Warum haben sie sich so viel Mühe gemacht? Und was hat das alles zu bedeuten?" Vielleicht werden wir es nie genau wissen – und genau das macht den Zauber von Stonehenge aus.

Die Frage, warum dieses Bauwerk existiert, hat schon Generationen von Wissenschaftlern, Archäologen, Esoterikern und Menschen mit zu viel Freizeit beschäftigt. Jeder hat so seine eigene Theorie – und manche davon sind so verrückt, dass sie fast schon wieder plausibel wirken.

Eine Theorie, die besonders unter Hippies beliebt ist: Stonehenge war der Coachella der Steinzeit. Die Leute kamen von weit her, brachten ihre besten Felle, Trommeln und selbstgebrauten Getränke mit und feierten ausgelassen. Vielleicht war es eine Mischung aus religiösem Ritual und einem richtig guten Festival – quasi eine prähistorische Rave-Party. Wenn das stimmt, dann war der Steinkreis vermutlich die VIP-Lounge. Und wenn man bedenkt, wie sehr die heutige Sommersonnenwende an ein Festival erinnert, könnte das gar nicht so weit hergeholt sein.

Jetzt wird es richtig schräg: Manche Leute sind überzeugt, dass Stonehenge von Außerirdischen gebaut wurde. Schließlich konnte niemand vor 5.000 Jahren so riesige Steine durch die Gegend schleppen – oder? Also müssen es Aliens gewesen sein, die hier eine Art intergalaktischen Flughafen errichtet haben.

„Wenn du genau hinsiehst, erkennst du, dass die Steine perfekt ausgerichtet sind", sagt ein Anhänger dieser Theorie. „Das beweist, dass es keine Menschen waren."

Ich wollte mal einen solchen Alien-Theoretiker ärgern und meinte: „Vielleicht hatten sie auch nur viel Zeit und große Muskeln?" Das kam nicht gut an. Er sah mich an, als hätte ich vorgeschlagen, dass Big Ben ein IKEA-Bausatz war.

Eine meiner Lieblingstheorien: Stonehenge war das erste Fitnessstudio der Welt. Die Steine wurden von muskelbepackten Jungsteinzeitlern durch die Gegend gerollt, die sich gegenseitig zeigen wollten, wer der Stärkste im Dorf war.

„He, Grog, ich wette, ich kann den größeren Stein schieben als du!" – „Hah, probier's doch, aber ich schaff ihn schneller!"

Wenn das stimmt, könnte Stonehenge eine Mischung aus Steinzeit-„Strongman-Wettbewerb" und Freiluft-Muckibude gewesen sein. Vielleicht gab es sogar einen Coach, der daneben stand und schrie: „Noch fünf Umdrehungen! Fühl das Brennen in den Beinen!" Wer braucht schon Fitnessgeräte, wenn man tonnenschwere Monolithen hat?

Dann gibt es die Theorie, dass Stonehenge eine Art prähistorisches Einkaufszentrum war. Die Menschen reisten von weit her, um dort Handel zu treiben, Waren auszutauschen und Neuigkeiten zu erfahren. Sozusagen das „Amazon Prime" der Steinzeit, nur ohne Versandkosten.

„Ich nehme diesen schönen Feuerstein und tausche ihn gegen zwei Ziegen."

„Einverstanden, aber die Ziegen müssen fehlerfrei blöken."

Stell dir vor, wie geschäftig es damals zuging, mit Steinzeit-Marktschreiern und wilden Diskussionen über die Qualität von Mammutfellen.

Und schließlich gibt es die Theorie, dass Stonehenge einfach ein riesiger Streich war. Vielleicht saß ein besonders humorvoller Stammesführer am Lagerfeuer und dachte sich: „Lasst uns etwas bauen, das die Menschen in 5.000 Jahren völlig verwirren wird." Sie holten alle Steine zusammen, stapelten sie so kompliziert wie möglich, und lachten sich ins Mammutfell. Und jetzt, Jahrtausende später, stehen wir hier und zerbrechen uns die Köpfe, während sie im Jenseits kichern.

Egal, welche Theorie einem gefällt, Stonehenge scheint eine besondere Verbindung zur Erde zu haben.

Was Stonehenge wirklich war, werden wir vielleicht nie erfahren. Aber das ist auch gar nicht so wichtig. Jeder, der diesen Ort besucht, spürt auf seine Weise, dass er besonders ist. Ob es die perfekte Ausrichtung zur Sonne, die imposante Größe der Steine oder einfach die jahrtausendealte Geschichte ist – Stonehenge ist ein Ort, der einen nicht loslässt.

Vielleicht liegt der wahre Zauber von Stonehenge darin, dass jeder seine eigene Theorie mitbringen kann. Und während die Wissenschaftler weitergraben, die Esoteriker meditieren und die Touristen ihre Selfies machen, bleibt Stonehenge eines: ein Rätsel mit viel Humor und noch mehr Geschichten.

### Big Ben und die „wahren Queens"

Ein anderes Wahrzeichen Englands, das jeder sofort mit der Insel verbindet, ist natürlich der Big Ben. Kein Besuch in London wäre komplett ohne das obligatorische Foto vor diesem majestätischen Glockenturm – vorzugsweise mit einem gezwungenen Lächeln, während der Regen dir ins Gesicht peitscht.

Big Ben ist so etwas wie das Symbol für britische Pünktlichkeit, auch wenn die Briten selbst oft eher „modisch spät" unterwegs sind. Aber egal, der Turm steht da, hoch und majestätisch, und erinnert uns daran, dass man Großes erreichen kann, wenn man genügend Zeit hat – immerhin hat sein Bau satte 13 Jahre gedauert.

Ich hatte das Vergnügen, Big Ben bei einem ganz besonderen Ausflug zu sehen. Zwei meiner besten Freundinnen, Bea und Nadine, besuchten mich in England, und wir beschlossen, einen Mädelsausflug nach London zu machen. Wie alle Touristen wollten wir die klassischen Sehenswürdigkeiten abklappern: Big Ben, die Tower Bridge, Buckingham Palace. Aber, wie es bei uns oft der Fall war, verlief der Ausflug schnell in eine Richtung, die kein Reiseführer je empfohlen hätte.

Während wir durch die geschäftigen Straßen Londons schlenderten, wurden wir von einem kleinen Souvenirladen angelockt. Er war vollgestopft mit allem, was das Touristenherz begehrt: Schlüsselanhänger, Teetassen, Kühlschrankmagnete – und eine riesige Auswahl an T-Shirts. Dort entdeckten wir sie: knallpinke T-Shirts mit der Aufschrift „I am the only true Queen."

Wir starrten die Shirts an und brachen in schallendes Gelächter aus. Nadine hielt sich den Bauch, Bea schnappte nach Luft, und ich konnte mir schon vorstellen, wie wir alle drei in diesen Neon-Alptraum-Outfits durch London marschieren würden.

„Das müssen wir haben!", beschloss Bea für uns. Und weil wir nicht nur für unseren Humor, sondern auch für unsere fehlende Zurückhaltung bekannt waren, kauften wir sie – in der Überzeugung, dass uns diese Shirts quasi königlich wirken ließen.

Natürlich zogen wir sie sofort an. Es war nicht einmal so, dass wir noch darüber nachdachten. Wir standen mitten im Laden, tauschten unsere Kleidung gegen die leuchtend pinken Statements und waren plötzlich nicht mehr bloß Touristinnen. Wir waren die neuen, selbsternannten Königinnen von England. Und oh, haben wir Aufmerksamkeit erregt.

In unseren Shirts liefen wir durch die Straßen Londons, stolz wie Queen Elizabeth höchstpersönlich.

Aber als wir den halben Tag durch die Stadt gewandert waren, meldeten sich unsere Füße – und unsere Mägen. Es war Zeit für eine Pause, also steuerten wir die nächste Pizzeria an. Wir bestellten eine gigantische Pizza, drei Gläser Cola und ließen uns erschöpft in die Stühle fallen. Endlich saßen wir, zufrieden damit, dass wir für den Moment nichts anderes tun mussten, als zu essen und ein bisschen zu lachen.

Am Tisch neben uns saß ein deutsches Ehepaar, Mitte fünfzig, perfekt gekleidet, so wie man es bei deutschen Touristen erwartet. Sie hatten das volle Programm durchgezogen: funktionale Wanderschuhe, Rucksäcke, und beide trugen diese praktischen, aber hässlichen Weste-mit-Tausend-Taschen-Outfits, in denen man sowohl ein Fernglas als auch ein Schweizer Taschenmesser verstauen könnte. Sie waren offensichtlich irritiert von uns – vielleicht lag es an unseren Shirts, vielleicht an unserem lauten Gelächter. Aber es war der Moment, als der Mann zu seiner Frau sagte:

„Schau dir mal diese drei Miss Piggies an."

Er hatte sich offenbar sicher gefühlt, das auf Deutsch

zu sagen, ohne zu ahnen, dass er von drei muttersprachlichen „Miss Piggies" umgeben war.

Für einen Moment herrschte Stille an unserem Tisch. Nadine und Bea sahen mich an, ihre Augenbrauen gehoben, während ich überlegte, wie ich reagieren sollte. Dann stand ich auf, ganz ruhig und mit meinem besten „Ich-bin-eine-Queen"-Gesichtsausdruck, und ging zu ihrem Tisch.

Ich sah ihn direkt an und sagte mit fester Stimme:

„Ich weiß, dass ich übergewichtig bin, und glauben Sie mir, ich könnte das ändern, wenn ich wollte. Aber ich bin mir nicht sicher, ob Sie wissen, dass Sie doof sind – und das ist wirklich schwer zu ändern."

Die Frau schnappte nach Luft, der Mann starrte mich an, als hätte ich ihn gerade zum Duell herausgefordert, und ich drehte mich um und setzte mich zurück zu meinen Freundinnen. Wir versuchten, nicht laut loszulachen, aber es war unmöglich. Der Mann saß da mit offenem Mund, und seine Frau schien zu überlegen, ob sie in die nächste U-Bahn steigen und ihn irgendwo in London zurücklassen sollte.

Man muss eben vorsichtig sein, wenn man in der Öffentlichkeit über andere lästert, besonders wenn man in einem fremden Land ist. Man könnte verstanden werden.

**Die Big-Ben-Mission**

Nach unserem königlichen Ausflug in die Pizzeria hätten wir den Tag einfach entspannt ausklingen lassen können. Wir hätten rechtzeitig zurück nach Hammersmith fahren, unseren Bus nehmen und zufrieden nach

Wincanton zurückkehren können. Aber nein, Nadine hatte eine Idee.

„Wir können doch nicht in London gewesen sein, ohne Big Ben aus der Nähe gesehen zu haben!", sagte sie plötzlich.

Ich warf ihr einen skeptischen Blick zu. „Nadine, der Bus fährt in einer Stunde ab. Das ist zur Rush Hour. Die Züge werden voll sein. Wenn wir Pech haben, verpassen wir ihn."

Doch sie war nicht zu bremsen. „Ach was, das schaffen wir locker. Wir machen ein, zwei Fotos und sind pünktlich zurück."

Bea nickte zustimmend, und bevor ich noch einmal betonen konnte, dass wir hier von der Londoner Rush Hour sprachen – einem Ereignis, das irgendwo zwischen einem Marathonlauf und einer Sardinenbüchse einzuordnen ist –, waren wir schon auf dem Weg zur nächsten U-Bahn-Station.

Für diejenigen, die es nicht wissen: Das Londoner U-Bahn-Netz, die sogenannte Tube, ist ein riesiges Labyrinth aus Linien, Tunneln und Schildern, das selbst die besten Orientierungssinn-Besitzer in den Wahnsinn treiben kann. Jede Linie hat eine Farbe, aber nach ein paar Minuten unter der Erde hat man das Gefühl, dass alles gleich aussieht. Der berühmte Satz „Mind the Gap" schallt in Dauerschleife durch die Lautsprecher, und irgendwann fragt man sich, ob „Gap" nicht einfach eine Metapher für den Zustand des eigenen Verstandes ist.

Zu normalen Zeiten ist die Tube schon hektisch, aber zur Rush Hour verwandelt sie sich in einen Schauplatz, der an einen Survival-Wettbewerb erinnert. Menschen drängen sich wie wild in die Wagen, und es wird kein

Zentimeter Platz verschwendet. Hier gibt es keine Höflichkeit mehr – die britische Zurückhaltung verschwindet, sobald es darum geht, noch in den Zug zu passen. Es ist, als hätte jemand eine unsichtbare Regel aufgestellt: „Wenn du atmen kannst, hast du noch Platz."

Ich versuchte, meine beiden Freundinnen darauf vorzubereiten. „Leute, es wird eng, stickig und chaotisch. Bleibt dicht bei mir, sonst verliert ihr euch."

„So schlimm wird es schon nicht sein." Nadine zeigte sich optimistisch.

Als der erste Zug in die Station einfuhr, sahen wir, wie die Türen aufgingen – und keine einzige Person einsteigen konnte, weil der Zug schon voll war. Die Menschen standen zusammengequetscht, die Gesichter an die Scheiben gepresst, wie eine Gruppe unfreiwilliger Akrobaten in einer winzigen Kiste.

„Oh, wow", murmelte Bea. „Das ist… beeindruckend."

Als der nächste Zug kam, beschlossen wir, unser Glück zu versuchen. Es war wie ein Spiel: Man musste sich im perfekten Moment vorwärts schieben, ohne jemanden umzustoßen oder selbst zu Boden zu gehen. Es war eine Mischung aus Strategie und purer Dreistigkeit.

„Einatmen, zusammenrücken und rein da!", kommandierte ich, und irgendwie schafften wir es in den Wagen.

Drinnen standen wir wie Sardinen, und ich war mir sicher, dass ich jetzt jedem Mitfahrer so nah war wie einem guten Freund. Nadine versuchte, sich mit einer Hand festzuhalten, während sie in der anderen ihr Handy hielt.

„Ich mach ein Selfie!", rief sie, woraufhin ein

genervter Pendler neben uns murmelte: „Bloody tourists…"

Trotz aller Widrigkeiten schafften wir es tatsächlich bis nach Westminster. Big Ben, eingehüllt in die goldene Dämmerung, war beeindruckend – auch wenn wir uns für unser „royales Fotoshooting" beeilen mussten. Wir posierten in unseren pinken T-Shirts, während die Londoner vorbeieilten und uns entweder belustigt oder irritiert anstarrten.

„Das ist es wert gewesen!", rief Nadine triumphierend, nachdem wir etwa ein Dutzend Fotos geschossen hatten.

„Na ja", murmelte ich, und schaute auf meine Uhr.

Unsere Rückfahrt war genauso chaotisch wie die Hinfahrt. Wir rannten durch die Gänge der Tube-Stationen, sprangen in die Züge, während die Türen sich fast vor unserer Nase schlossen, und wurden von der Rush Hour wie von einem wilden Flussbett mitgerissen. Als wir schließlich um 18:05 Uhr in Hammersmith ankamen, war unser Bus weg. Ich wiederhole: weg.

Bea sank auf eine Bank, während Nadine mit schuldbewusstem Gesichtsausdruck zu mir sah. „Okay, vielleicht war das nicht meine beste Idee."

„Nicht deine beste?" Ich war kurz davor, eine Rede über Zeitmanagement und U-Bahn-Logistik zu halten, entschied mich dann aber, meinen Ärger mit einem tiefen Atemzug herunterzuschlucken.

Zum Glück erfuhren wir, dass ein weiterer Bus eine Stunde später fuhr – allerdings nicht direkt nach Wincanton, sondern in einen Nachbarort. Ich griff sofort zum Handy und rief Tony an.

„Tony, wir sitzen hier fest. Kannst du uns abholen?"

Tony, ganz der entspannte Busfahrer, lachte am anderen Ende der Leitung. „Ihr und eure Abenteuer! Natürlich hole ich euch. Aber ihr schuldet mir eine Tasse Tee."

Um 23:30 Uhr standen wir endlich am Ziel. Tony wartete schon in seinem kleinen Auto und winkte uns zu. „Habt ihr wenigstens was von Big Ben gesehen?", fragte er, als wir einstiegen.

„Oh ja", sagte Nadine, „aber ich bin mir nicht sicher, ob es das wert war."

Mir wurde nach einigen Jahren auf der Insel sehr bewusst, dass die Briten nicht nur ihre Wahrzeichen lieben, sie lieben auch das, was sie symbolisieren.

Denn hinter jedem Tower, jeder Brücke und jedem Palast steckt mehr als nur Geschichte – darin steckt ein tiefer Stolz auf die eigene Kultur, die Monarchie und all das, was Großbritannien ausmacht. Ob bei einer Wachablösung vor dem Buckingham Palace oder dem Klang der Nationalhymne, die Briten feiern ihre Traditionen mit einer Hingabe, die mich gleichermaßen faszinierte wie zum Schmunzeln brachte.

# KAPITEL 14
# RULE BRITANIA - EINE ODE
# AN DAS LAND

Neben Big Ben und Stonehenge gab es zu unserer Zeit in England ein weiteres großes Wahrzeichen: Queen Elizabeth II. Die Queen war nicht nur das Gesicht auf Münzen und Briefmarken, sondern für viele Briten auch der Inbegriff von Würde, Tradition und einem perfekt sitzenden Hut. Man könnte sagen, sie war ein wandelndes Symbol für alles, was England ausmacht – inklusive der Fähigkeit, auch bei Regen noch makellos auszusehen.

Was ich allerdings auf die harte Tour lernte: Nicht jeder versteht Humor, wenn es um die Queen geht.

Unsere knallpinken Queen T-Shirts kamen noch einmal zum Einsatz.

In der gleichen Woche, in der Nadine und Bea mich besuchten, waren wir abends bei einem befreundeten Paar, Eve und Patrick, zum Grillen eingeladen. Eve war eine herzensgute Frau, die alles dafür tat, dass sich Gäste wohlfühlten, aber sie war auch ein echter Royalist. Für die, die es nicht wissen: Ein Royalist ist jemand, der die königliche Familie mit einer Hingabe verehrt, die irgendwo zwischen „Fan" und „Pilger" liegt.

Eve gehörte zu den Hardcore-Fans. Für sie war die Queen nicht nur die Monarchin, sondern fast schon eine Heilige. Ihr Wohnzimmer war ein kleines Museum der königlichen Familie, inklusive Porzellanfiguren und einer Schachtel mit Keksen, auf der ein lächelndes Bild von Elizabeth II. prangte.

Was wir zu diesem Zeitpunkt nicht wussten: Man macht keine Witze über die Queen in Eves Anwesenheit.

In unserer Unwissenheit beschlossen wir, zur Grillparty in unseren berühmten pinkfarbenen T-Shirts mit der Aufschrift „I am the only true Queen" aufzutauchen. Wir dachten, das sei einfach lustig. Schließlich war es doch offensichtlich ein Scherz, oder?

Als wir bei Eve und Patrick ankamen, begrüßte uns Patrick freundlich mit einem Lächeln und einem Bier in der Hand. Eve hingegen sah uns an, als hätten wir gerade ihren Garten mit einem Traktor umgepflügt. Ihre Augen verengten sich, und sie starrte unsere T-Shirts an, während ihr Gesicht die Farbe einer überreifen Tomate annahm.

„Was... ist das?", fragte sie langsam, und ihre Stimme klang wie ein drohendes Gewitter.

„Oh, das?", sagte Nadine unschuldig und zeigte auf ihr Shirt. „Das ist doch nur ein Scherz! Wir haben sie vorgestern in London gekauft."

„Ein Scherz?" Eve wiederholte das Wort, als wäre es ein persönlicher Angriff. „Über die Queen?"

Bea versuchte, die Situation zu retten. „Ach, Eve, wir meinen das doch gar nicht so. Es ist nur Spaß!"

Eve verschränkte die Arme. „Die Queen ist kein Spaß. Sie ist das Herz und die Seele dieses Landes!"

Patrick, der das Drama kommen sah, trat schnell ein. „Macht euch nichts draus, Mädels. Eve nimmt die Royals ein bisschen… ernst." Er senkte die Stimme. „Ich schlage vor, ihr geht kurz nach Hause und zieht euch etwas anderes an. Es gibt noch genug Zeit, bevor das Essen fertig ist."

Unsere Gesichter wurden knallrot vor Scham – passend zu den T-Shirts. Ohne ein weiteres Wort machten wir uns auf den Weg zurück, um uns umzuziehen. Auf dem Rückweg sagte ich: „Ich wusste ja, dass die Briten ihre Queen lieben, aber das ist doch ein bisschen übertrieben, oder?"

Nadine nickte. „Wenigstens wissen wir jetzt, dass man hier keine Scherze über die Queen macht. Nächstes Mal sollten wir Shirts mit ‚I love Corgis' tragen."

Als wir zurückkamen – diesmal in ganz normalen T-Shirts –, war Eve wieder die perfekte Gastgeberin. Sie umarmte uns, entschuldigte sich für ihre Reaktion und sagte: „Ihr müsst verstehen, die Queen ist etwas ganz Besonderes für uns. Sie hat so viel für dieses Land getan. Ich konnte einfach nicht anders."

Wir versprachen, die T-Shirts nie wieder in ihrer Nähe zu tragen, und mit einem Glas Wein in der Hand war alles vergeben und vergessen.

Der Abend entwickelte sich schließlich zu einem der schönsten, den wir in England hatten. Das Essen war köstlich, die Stimmung entspannt, und wir lernten sogar ein neues Getränk kennen: Drambuie.

Wie Patrick uns erklärte, handelte es sich dabei um einen Likör, der aus schottischem Whisky, Honig, Kräutern und Gewürzen besteht. Er hat einen süßen, kräftigen Geschmack und ist so etwas wie ein kulinarischer Umhang aus Samt. Angeblich war es der Lieblingsdrink von Bonnie Prince Charlie, einem schottischen Rebellen im 18. Jahrhundert, der ihn als „Geschenk" hinterließ – vermutlich, weil er damit alle Feinde betrunken machen wollte.

Patrick goss uns ein Glas ein und sagte mit einem Grinsen: „Das hier ist besser als jeder Champagner. Wenn die Queen davon nichts in ihrer Teetasse hat, verpasst sie was."

Nadine nahm einen Schluck und verzog das Gesicht. „Das ist… intensiv."

Bea hingegen war begeistert. „Ich glaube, ich habe gerade mein neues Lieblingsgetränk gefunden!"

Ich probierte vorsichtig einen Schluck und fühlte, wie der Likör meine Kehle hinunterlief wie flüssiger Honig, der kurz inne hielt, um ein bisschen Feuer zu hinterlassen. „Das ist wie eine königliche Umarmung mit einem Tritt in den Hintern", beschrieb ich es lachend.

Eve, die uns inzwischen verziehen hatte, sagte: „Wisst ihr, die Queen trinkt bestimmt auch gerne einen Drambuie. Sie hat schließlich Stil."

Der Abend endete mit viel Gelächter, Drambuie und einer neuen Wertschätzung für die britische Monarchie. Wir hatten gelernt, dass die Queen für viele Briten nicht nur ein Symbol, sondern fast schon eine Familienangehörige war. Und obwohl wir nicht immer verstanden, warum, hatten wir Respekt vor dieser Hingabe – zumindest solange wir keine pinkfarbenen T-Shirts trugen.

Am Ende des Abends hob Eve ihr Glas und sagte: „Auf die Queen und auf euch. Ihr seid vielleicht keine echten Royals, aber ihr seid okay."

## God save the Queen

Eine weitere Eigenheit der Briten, die mir schnell auffiel, war ihre fast schon heilige Beziehung zur Nationalhymne. God Save the Queen war nicht einfach nur ein Lied – es war ein nationales Ritual, ein musikalisches Äquivalent zum Teetrinken: überall, jederzeit und mit einer Ernsthaftigkeit, die ihresgleichen sucht.

Ich erinnere mich besonders an ein Erlebnis in der Weihnachtszeit, als ich Tony und Rosemary besuchte, bevor ich hier lebte. Wir saßen gemütlich beisammen im Wohnzimmer, die Weihnachtslichter funkelten, der Kamin knisterte, und es lief die traditionelle Weihnachtsansprache der Queen. Es war alles sehr festlich und irgendwie feierlich – bis plötzlich das erste feierliche „God save our gracious Queen" erklang.

Zu meinem Entsetzen sprangen alle wie auf Kommando von ihren Sofas auf. Tony schob sich noch schnell ein letztes Stück Mince Pie in den Mund, während er hastig aufstand. Und dann standen wir alle da, mitten im Wohnzimmer, stramm wie bei einem Militärappell, und sangen voller Inbrunst mit. Selbst Tony, den ich noch nie zuvor singen gehört hatte, schmetterte die Hymne mit einem Enthusiasmus, als hinge die nationale Sicherheit davon ab.

„Macht man das hier immer so?", flüsterte ich zu Rosemary, die neben mir mit geschlossenen Augen sang.

„Natürlich!", antwortete sie, ohne die Lippenbewegungen zu unterbrechen. „Es ist Tradition!"

Aber nicht nur zu Weihnachten bekam ich das zu sehen. Bei einem Konzertbesuch wurde ich erneut Zeugin dieser britischen Hymnen-Magie. Noch bevor der erste Musiker auch nur einen Ton gespielt hatte, stand das gesamte Publikum auf, und los ging es: God save our gracious Queen! Der Mann vor mir hatte eine so laute Baritonstimme, dass ich mich kurz fragte, ob ich versehentlich in einer Oper gelandet war. Die Frau neben ihm hielt dabei eine kleine Union-Jack-Flagge hoch, die sie offenbar immer für solche Gelegenheiten in der Handtasche hatte.

Es war faszinierend und leicht einschüchternd zugleich. Wie selbstverständlich schien jeder Brite diese Tradition im Blut zu haben. Egal ob bei Sportevents, vor dem Fernseher, auf der Straße oder vermutlich sogar unter der Dusche – die Hymne war immer dabei. Es war wie eine patriotische Playlist auf Dauerschleife.

Natürlich war das alles noch zu Zeiten von God Save the Queen – heutzutage ist es God Save the King, aber ich stelle mir vor, dass der Enthusiasmus derselbe geblieben ist. Vielleicht haben sie sich sogar für die Umstellung besondere Feierlichkeiten einfallen lassen, wie ein Hymnen-Upgrade oder einen Karaoke-Abend im ganzen Land.

Und obwohl ich anfangs skeptisch war, musste ich zugeben: Es hatte etwas Mitreißendes, sich für zwei Minuten so sehr in die nationale Leidenschaft zu stürzen. Selbst ich fand mich irgendwann dabei wieder, wie ich beim nächsten Konzert ein leises, aber stolzes „God save the Queen" mitmurmelte. Ein bisschen falsch, aber immerhin mit Herz.

### Fröhlicher Patriotismus

Ich versuche, mich an den genauen Moment zu erinnern, als ich mich in diese Insel verliebte. Es muss in der High School gewesen sein. Ich erinnere mich an meine allererste Englischstunde.

Mein Englischlehrer, obwohl Deutscher, war die lebende Verkörperung von Mr. Bean und Paddington Bär. Er bat uns, so viele englische Wörter aufzuschreiben, wie wir bereits kannten. Wir dürfen nicht vergessen, dass dies die 80er Jahre waren, und obwohl englische Musik im Radio gespielt wurde, war ich dem nicht so ausgesetzt wie die Teenager heutzutage. Wir lebten damals ein etwas behüteteres Leben. Obwohl es in so gut wie jedem Haushalt einen Fernseher gab, spielten wir damals noch draußen. Wir trugen gebrauchte Kleidung und schürften uns die Knie auf.

Diese Liste habe ich immer noch:

Jeans, Love, Hate, Coke, Hamburger, Skateboard, T-Shirt.

Englisch war damals und ist auch heute noch Pflichtfach an deutschen Schulen und an meinem Gymnasium wurden wir in Gruppen eingeteilt. Es gab ein A-Set, ein B-Set und ein C-Set. Ich wurde in die B-Gruppe eingeteilt. Das hing davon ab, wie gut ich in anderen Fächern war und wie ich mit dem akademischen Druck zurechtkam. Ich erinnere mich noch lebhaft daran, wie viel Spaß diese Stunden machten. Als wir lernten, „Sonst noch etwas?" zu sagen, dachte ich immer an die Tante meines Vaters, die Else hieß. Ich erinnere mich daran, dass ich Folgen von 'Das magische Karussell' gesehen habe, und ich erinnere mich, dass die Lehrerin uns Paddington-Geschichten vorlas. Mein Lehrer erinnerte mich tatsächlich sehr an diesen Bären. Er hatte eine tiefe, sanfte Stimme und liebte Marmeladen-Sandwiches.

Bei meinem ersten Besuch im Vereinigten Königreich fiel mir sofort auf, wie viele Unionsflaggen es überall gab. Nicht nur auf T-Shirts, die von Straßenhändlern an willige Touristen verkauft werden, sondern auch auf Handtaschen, Geldbörsen, Kinderrollern, Bonbongläsern, Keksdosen und so weiter. Das war für mich ungewöhnlich.

Wir Deutschen haben immer noch gemischte Gefühle in Bezug auf unsere Flagge und unser historisches Gepäck. Wie dem auch sei, ich habe im Laufe der Jahre gelernt, dass die Briten einen fröhlichen Patriotismus haben. Die Unionsflagge ist eine Art Soft Power, ein Zeichen für kulturelles Prestige. Tony Blair nannte sie sogar 'Cool Britannia', und wegen dieser Coolness, die mit der Unionsflagge assoziiert wurde, kauften mein Freund und ich bei unserem Besuch in London genau diese T-Shirts von einem Straßenmarktstand und trugen sie mit großem Stolz.

### Die Last Night of the Proms: Eine patriotische Party mit musikalischem Augenzwinkern

„Also, wenn es eine Sache gibt, die du in England *einmal* erleben musst, dann ist es die Last Night of the Proms", sagte Rosemary eines Abends, während sie mir eine dampfende Tasse Tee reichte.

„Last… Night… of the was?" Ich wiederholte den Satz langsam, als hätte sie mir gerade ein kompliziertes Rezept für Yorkshire Pudding diktiert.

„The Proms", wiederholte sie, mit einem betonten *o*. „Eine Konzertreihe, die den ganzen Sommer über läuft und mit einer großen Feier endet. Es ist das britischste Spektakel überhaupt."

„Ah, okay, also ein Konzert."

„Nicht *ein* Konzert! Es ist eine nationale Institution", stellte Tony richtig, während er sein Kreuzworträtsel zuklappte. „Ein bisschen wie das Oktoberfest – nur, dass niemand betrunken ist und die Leute Anzüge tragen."

Rosemary rollte mit den Augen. „Tony, hör auf, ihr Angst zu machen."

Die Last Night of the Proms, so erklärte sie mir, sei ein Abend, an dem die Briten alles, was sie an Musik und Patriotismus lieben, in eine große, chaotische Party packen. Es gibt klassische Stücke, populäre Melodien und natürlich die patriotischen Hymnen – jene Lieder, bei denen die Briten mit Fahnen schwenken, lauthals mitsingen und dabei stolz auf ihre Geschichte sind.

„Ich erinnere mich, wie ich es als Kind zum ersten Mal im Fernsehen gesehen habe", sagte Rosemary. „Es war, als hätte man die Oper mit einem Rockkonzert gekreuzt. Die Leute singen, jubeln, klatschen – und alles in der ehrwürdigen Royal Albert Hall."

„Und warum singen sie *Land of Hope and Glory*?", wollte ich wissen.

„Weil wir Briten keine Gelegenheit auslassen, uns selbst zu feiern", grinste Tony. „Aber im Ernst – es ist ein Lied über Stolz und Hoffnung. ‚Widerstandskraft durch Schwierigkeiten', sozusagen."

. . .

## Land of Hope and Glory: Die inoffizielle Hymne Englands

„Es ist doch eigentlich unglaublich", begann Rosemary, „dass *Land of Hope and Glory* nicht unsere Nationalhymne ist. Wenn du die Texte hörst, wirst du verstehen, warum wir es so lieben."

Sie begann zu zitieren: „*Land of Hope and Glory, mother of the free…*"

„Das klingt ja schon ganz schön episch", bemerkte ich.

„Das ist es auch! Die Melodie stammt von Edward Elgar, einem unserer berühmtesten Komponisten, und der Text ist von Arthur Benson. Ursprünglich war es Teil von Elgars *Pomp and Circumstance March No. 1* – einem Marschstück, das er für König Edward VII. geschrieben hat. Später wurde es mit diesem Text versehen, und der Rest ist Geschichte."

Rosemary setzte sich aufrecht hin und strahlte: „Es ist ein Lied, das uns daran erinnert, was wir als Nation erreicht haben – und wozu wir fähig sind."

Tony hingegen hatte eine etwas nüchternere Perspektive: „Es geht eigentlich nur darum, dass wir uns bei festlichen Anlässen richtig großartig fühlen. Und seien wir ehrlich: Es ist einfach ein Knaller, der sofort gute Laune macht."

„Und was ist mit *Rule, Britannia!*?", fragte ich.

„Ah, das ist ein Klassiker", sagte Rosemary. „Das Lied stammt aus dem 18. Jahrhundert, als Großbritannien eine echte Seemacht war. Der Text von James Thomson und die Musik von Thomas Arne feiern unseren maritimen

Stolz. Es ist sozusagen unser musikalisches ‚Wir sind die Besten' – mit einem Augenzwinkern natürlich."

„Aber ehrlich gesagt, wenn du bei der Last Night bist, singst du mit, ob du willst oder nicht", fügte Tony hinzu. „Es ist unmöglich, sich der Stimmung zu entziehen."

„Das Beste ist eigentlich das Publikum", sagte Rosemary. „Bei der Last Night sind die Menschen Teil der Inszenierung. Sie kommen mit Union-Jack-Fahnen, Hüten, manchmal sogar im Union-Jack-Kostüm, und machen mit ihrer Begeisterung die Stimmung aus."

„Es klingt wie ein Fußballspiel für Klassikfans", stellte ich fest.

„Exakt!", rief Tony. „Nur dass niemand mit Bierbechern wirft und alle die Melodie treffen."

Rosemary lachte. „Und wenn die Kamera über das Publikum schwenkt, siehst du die Leute mit Tränen in den Augen, während sie *Jerusalem* singen. Das ist ein weiteres Lied, das wir lieben. Es ist poetisch, wunderschön – und passt perfekt zu unserer Liebe für Tradition."

Am Ende der Erklärung fühlte ich mich fast so, als hätte ich die Last Night of the Proms selbst miterlebt.

„Wir könnten ja für nächstes Jahr Karten besorgen", schlug Rosemary vor.

„Und was, wenn ich die Hymnen nicht mitsingen kann?", fragte ich.

„Das ist ganz einfach", sagte Tony trocken. „Schwenk eine Fahne, öffne den Mund und tu so, als wüsstest du den Text. Ehrlich gesagt macht die Hälfte der Leute das genauso."

„Aber du wirst sehen, dass es ein Moment ist, in dem man sich einfach von der Begeisterung anstecken lässt", fügte Rosemary hinzu. „Es geht nicht darum, alles perfekt zu machen. Es geht darum, zu feiern – mit Herz, mit Humor und mit einem großartigen Soundtrack."

Und genau das schien mir der wahre Kern der Last Night of the Proms zu sein: ein Abend, der zeigt, dass Tradition, Stolz und Musik sich wunderbar ergänzen können – wenn man sie mit einem Lächeln und einer Prise Selbstironie feiert.

## Women's Institute

Während meiner Zeit in England hatte ich viele Gelegenheiten, den britischen Patriotismus in all seinen Facetten zu erleben – von den großen Spektakeln der Last Night of the Proms bis hin zu kleinen, aber nicht weniger eigenwilligen Traditionen wie dem Women's Institute. Für diejenigen, die das nicht kennen: Das Women's Institute (kurz WI) ist eine Organisation, die ursprünglich gegründet wurde, um Frauen während des Ersten Weltkriegs zusammenzubringen und sie zu ermutigen, ihre Gemeinden zu stärken. Ursprünglich begann das mit ganz praktischen Dingen wie dem Einmachen von Marmelade, dem Austausch von Tipps zur Selbstversorgung und dem gemeinsamen Organisieren von Hilfsaktionen. Inzwischen hat sich das WI weiterentwickelt, aber vieles von seinem liebenswert-verschrobenen Charme ist geblieben.

Rosemary war ein engagiertes Mitglied des örtlichen Women's Institute. Eines Morgens lud sie mich ein, sie zu einem ihrer berühmten Coffee Mornings zu begleiten. „Es ist für einen guten Zweck", betonte sie und fügte hinzu, dass der Erlös an ein lokales Tierheim gehen würde. Das klang harmlos genug, also stimmte ich zu – nichtsahnend, dass mich eine meiner unvergesslichsten Begegnungen mit der britischen Kultur erwarten würde.

Der Veranstaltungsraum – ein Gemeindezentrum, das definitiv schon bessere Tage gesehen hatte – war vollgestellt mit Teetischen, die sorgfältig mit weißen Spitzendeckchen geschmückt waren. Auf den Tischen standen Teller mit selbstgebackenen Scones, Kuchen und Keksen, so perfekt, dass ich vermutete, sie seien das Ergebnis eines geheimen Backwettbewerbs. Die Damen des WI saßen in kleinen Gruppen, ihre Perlenketten glänzten im schummrigen Licht eines Kronleuchters, der vermutlich seit den 1970er-Jahren nicht mehr entstaubt worden war.

„Das ist eine wunderbare Gelegenheit, die echte englische Gemeinschaft zu erleben", flüsterte Rosemary mir zu, während wir Platz nahmen. Sie selbst hatte einen Teller mit einem Stück Zitronenkuchen ergattert, der so köstlich aussah, dass ich mir ernsthaft überlegte, ob ich sofort nach dem Rezept fragen sollte.

Ich nahm den Raum in mich auf: Hier und da wurden lose Blätter mit handgeschriebenen Marmeladenrezepten ausgetauscht, während an einem anderen Tisch eine hitzige Debatte über den besten Zeitpunkt für das Umtopfen von Tomatenpflanzen geführt wurde. Einige Frauen standen an einem Stand, an dem sie selbstgestrickte Schals und bunte Topflappen verkauften – ebenfalls zugunsten des Tierheims.

Kurz nachdem wir uns gesetzt hatten, begann das Programm. Zunächst hielt eine Dame mit beeindruckendem grauem Haarknoten einen Vortrag über die Bedeutung von Blumenbeeten im öffentlichen Raum. Ich hätte nie gedacht, dass ich jemals die Worte „strategische Pflanzenplatzierung" hören würde, doch genau das geschah. Mit großer Ernsthaftigkeit erklärte sie, wie man Ringelblumen und Lavendel so anordnet, dass sie nicht nur optisch ansprechend, sondern auch bienenfreundlich seien.

„Ist das immer so ernst?", wollte ich von Rosemary wissen, die den Vortrag mit ernstem Nicken verfolgte.

„Oh nein", sagte sie, „wir haben auch lustigere Themen. Letzte Woche hatten wir einen Vortrag über die Geschichte des Pudding-Dampfgarens. Du hättest mal die Gesichter der Damen sehen sollen, als wir über die besten Rosinensorten für einen Christmas Pudding abstimmten."

Nach dem Vortrag folgte ein kleines Quiz über die besten Apfelsorten für Apfelkuchen – offensichtlich eine heiß umkämpfte Kategorie. Die Damen diskutierten angeregt über die Vorzüge von Bramley-Äpfeln im Vergleich zu Cox Orange, und ich fühlte mich wie in einer Episode von „The Great British Bake Off".

Doch der Höhepunkt des Morgens war das Singen von Jerusalem – ein Ritual, das offenbar jede WI-Versammlung abschließt. Für diejenigen, die es nicht kennen: Jerusalem ist ein patriotisches Lied mit einem Text von William Blake, der sich fragt, ob Jesus einst in England wandelte. Es ist feierlich, aber auch leicht absurd – ein Lied, das die Briten mit einer Inbrunst singen, die nur sie aufbringen können, egal, ob sie den Text verstehen oder nicht.

Die Damen erhoben sich wie auf Kommando. Rosemary legte ihre Serviette beiseite, stand auf und gab mir einen auffordernden Blick. Ich folgte ihrem Beispiel, obwohl ich mich in diesem Moment mehr denn je wie ein Fremdkörper fühlte. Die ersten Klaviertöne erklangen, und die Damen sangen mit einer solchen Hingabe, dass ich sicher war, sie könnten allein mit der Kraft ihrer Stimmen das gesamte Gemeindezentrum zum Einsturz bringen.

„And did those feet in ancient time…"

Rosemary sang aus voller Kehle und sah mich zwischendurch ermutigend an. Ich bewegte meine Lippen wie bei einem schlecht geprobten Karaoke-Auftritt und hoffte inständig, dass niemand bemerken würde, dass ich den Text nicht konnte. Währenddessen dachte ich nur: Was genau waren noch mal diese „dark satanic mills", und warum scheint das niemanden hier zu stören?

Nach dem Lied – das wie eine Mischung aus National-hymne und Gebet klang – setzten sich die Damen wieder hin, als wäre nichts passiert. Ohne eine Sekunde zu verlieren, griffen sie wieder zu ihren Teetassen und führten ihre Gespräche über Marmeladenrezepte und den neuesten Klatsch aus dem Nachbardorf fort.

Später fand eine kleine Tombola statt. Eine der Damen führte sie mit der Präzision eines Bühnenmanagers durch, und ich war beeindruckt von der Menge an Preisen – darunter hausgemachte Liköre, gehäkelte Tisch-decken und ein riesiges Glas selbstgemachte Erdbeermar-melade. „Alles Spenden", erklärte Rosemary mir. „Wir sammeln so das Geld für die Gemeindeprojekte."

Auf dem Heimweg fragte ich Rosemary: „Singen sie wirklich jedes Mal Jerusalem?"

„Oh ja. Es gehört einfach dazu. Es gibt uns das Gefühl, Teil von etwas Größerem zu sein – auch wenn dieses ,Größere' manchmal nur der Wettbewerb um die beste Marmelade ist."

So altmodisch und seltsam das Ganze auf mich gewirkt hatte, ich konnte nicht leugnen, dass es auch schön war. Das WI war wie ein Mikrokosmos des britischen Patriotismus: charmant, aus der Zeit gefallen, aber mit einer unerschütterlichen Hingabe zu Traditionen. Selbst wenn ich bei den meisten Gesprächsthemen nicht mitreden konnte, bewunderte ich, wie diese Frauen ihre Gemeinschaft pflegten – mit Tee, Scones und einem Lied, das selbst William Blake wahrscheinlich zum Schmunzeln gebracht hätte.

Großbritannien war für mich immer ein Land der Gegensätze – ein Ort, der Traditionen über alles stellte und gleichzeitig ständig nach Veränderung strebte. Auf der einen Seite gibt es den warmen Duft von Scones und die unvergleichliche Eleganz eines Afternoon Tea, die so tief in der britischen Seele verankert sind, dass sie wie ein fester Bestandteil der DNA erscheinen. Auf der anderen Seite die Bereitschaft, alles infrage zu stellen, was zu lange Bestand hatte – manchmal mit einem fast trotzigem Stolz auf das Anderssein.

Doch was passiert, wenn die Sehnsucht nach Veränderung plötzlich alle Brücken zu den Traditionen kappt, die uns verbinden? Was passiert, wenn ein Land beschließt, sich von dem loszusagen, was jahrzehntelang Teil seines Fundaments war? Genau das geschah im Jahr 2016. Der Brexit war nicht nur eine politische Entscheidung – er war ein Erdbeben, das auch das soziale Gefüge und das Selbstverständnis eines Landes erschütterte. Für mich persönlich war es der Moment, in dem die Liebe zu den britischen Traditionen von einer neuen Realität überschattet wurde: dem Gefühl, nicht mehr willkommen zu sein.

Der Brexit war kein sanfter Übergang, kein schleichender Wandel. Er traf mich wie ein Blitz aus heiterem Himmel, und die Risse, die er in meiner Welt

hinterließ, waren tief. So sehr ich die britischen Eigenheiten liebte, so sehr fühlte ich mich plötzlich wie eine Außenseiterin in einem Land, das ich einst Heimat genannt hatte.

# KAPITEL 15
# BREXIT

**2**4. Juni 2016

Was passiert, wenn man plötzlich in seiner „Wahlheimat" nicht mehr willkommen ist? Wenn man nach sechzehn Jahren, in denen man zum System beigetragen hat, einen Antrag stellen muss, um dort bleiben zu können? Man muss sich fragen, ob man bleiben darf oder nicht.

Ich habe die Abstimmung über den Austritt sehr persönlich genommen. Es war wie ein Schlag in die Magengrube. Den 24. Juni 2016 werde ich nie vergessen. Es war der Tag, an dem viele meiner Freundschaften endeten. Als ich Beiträge von Leuten sah, rief ich meine Freunde auf Facebook an, entfreundete sie und blockierte sie auf meinem Handy. Es fühlte sich wie ein solcher Schock an, dass Menschen, die ich für Freunde gehalten habe, sich gegen Europa entschieden und somit gegen mich.

Es ist schwer, mit Menschen in Kontakt zu bleiben, die eine so grundlegend andere Sichtweise auf die Welt haben. Das Gefühl, nicht mehr willkommen zu sein, hat sich in mir festgesetzt. Es ist, als ob eine unsichtbare Mauer zwischen mir und vielen meiner britischen Freunde errichtet wurde. Diese Mauer war schon lange da, aber nun ist sie endlich sichtbar geworden. Und je mehr Zeit vergeht, desto stärker wird diese Mauer. Die Tatsache, dass ich nicht mehr als gleichwertig angesehen werde, nur weil ich aus einem anderen Land komme, schmerzt tief.

Ich habe das Gefühl, als ob ich plötzlich in einem Land lebe, das mir nicht mehr gehört. Und obwohl ich mich immer als Teil von Großbritannien gesehen habe, scheint es, als ob diese Zugehörigkeit nun in Frage gestellt wird. In den Gesprächen mit Freunden und Bekannten höre ich immer wieder die gleichen Sprüche: „Es ist nicht gegen dich persönlich, es ist nur gegen die EU." Aber es fühlt sich trotzdem so an , als ob es sich gegen mich persönlich richtet. Es ist schwer zu erklären, wie sich dieser Schmerz anfühlt, wenn du in einem Land lebst, das sich plötzlich verändert, das seine Haltung dir gegenüber verschiebt, nur weil du Teil eines größeren Ganzen bist, das viele als problematisch empfinden. Ich bin keine Fremde, ich bin nicht „die andere". Ich bin jemand, der sich für Großbritannien entschieden, hier ein Leben aufgebaut und sich immer als Teil dieses Landes verstanden hat. Doch nun fühlt es sich an, als ob man mir das weggenommen hat.

Es ist ein merkwürdiges Gefühl, sich als Teil von etwas zu fühlen und gleichzeitig ausgeschlossen zu werden. Die Veränderungen, die durch den Brexit ausgelöst wurden, haben nicht nur politische, sondern auch emotionale Auswirkungen. Jeder Kommentar, jede Diskussion über das Thema macht mich ein wenig kleiner, als würde ich weniger Wert haben. Es sind nicht nur die politischen Konsequenzen, es sind auch die sozialen, die auf subtile Weise ins Spiel kommen.

In vielen Gesprächen, die ich seitdem geführt habe, merke ich, wie sich die Beziehungen verschieben. Alte Freunde, die immer so offen und tolerant waren, zeigen jetzt eine andere Seite. Es gibt eine Distanz, eine Kluft, die sich nicht überbrücken lässt. Die Differenz zwischen denen, die geblieben sind, und denen, die gegangen sind, wird immer größer. Diese Trennung ist nicht nur geografisch, sie ist auch emotional.

Ich frage mich oft, was aus all dem werden soll. Wie wird die Zukunft aussehen? Wird Großbritannien das Land bleiben, das es einmal war, oder wird es sich weiterhin in eine Richtung bewegen, die sich immer mehr von Europa entfernt? Wird es irgendwann ein Land sein, in dem Menschen wie ich – die nicht britisch geboren wurden, aber britische Werte und Kultur angenommen haben – nicht mehr willkommen sind?

Manchmal frage ich mich, ob der Brexit nur der Anfang von noch größeren Veränderungen ist. Veränderungen, die sich auf alle auswirken werden, die hier leben und arbeiten, aber nicht ursprünglich aus Großbritannien stammen. Es bleibt abzuwarten, wie sich die Gesellschaft weiterentwickeln wird, aber für mich persönlich ist es eine Zeit des Umdenkens. Vielleicht muss ich mich neu definieren und überlegen, wie ich in dieser neuen Realität zurechtkomme. Aber das wird nicht leicht sein.

Was auch immer die Zukunft bringt, ich werde weiterhin an meiner Identität als Deutsche und an meinen europäischen Wurzeln festhalten. Auch wenn mir Großbritannien nicht mehr das Gefühl von Heimat geben kann, das es einmal tat, bleibe ich der Überzeugung treu, dass wir alle mehr miteinander verbunden sind, als uns politische Entscheidungen glauben machen können. Und am Ende bleibt mir nur eines: weiterzumachen, weiter zu kämpfen, weiter zu leben. Denn wer ich bin, das lässt sich nicht so leicht in Frage stellen.

Großbritannien hatte schon immer ein schwieriges Verhältnis zum übrigen Europa. Auf der Landkarte gehört es eindeutig dazu, aber in Wirklichkeit war es ein bisschen wie die launische Ehefrau in einer langen Ehe, und Europa war der geduldige, liebende Ehemann, der ein Auge zudrückte. England wollte immer anders sein. Sie fuhren links, sie maßen in Pints, Meilen und Steinen, und als es um den Euro ging, durfte es sogar das Pfund behalten, nur weil Europa den Frieden bewahrte und die Scheidung nicht wollte. Alles begann mit dem Referendum. England wollte seine Koffer packen und gehen. Es hinterließ einen Brief für den Ehemann (Europa): Es liegt nicht an mir. Du bist es.

Nigel Farage war wie diese langweilige Person, die man allein in einer Bar trifft und die von der guten alten Zeit erzählt. Alle gehen ihm aus dem Weg, aber wenn jemand eine Runde bezahlt, würde er einen doppelten Schluck nehmen. Als Vorsitzender der UKIP-Partei drängte er darauf, die EU zu verlassen und alle Grenzen zu schließen, um die Insel vor Invasionen zu schützen. Es ist nur ein bisschen ironisch, dass Farage mit einer Deutschen verheiratet ist. Aufgrund der steigenden Popularität dieser rechtsgerichteten Partei bot David Cameron der Nation einen Deal an. Wenn sie sich für die Konservativen entscheiden würden, würde er ein Referendum über den Verbleib oder den Austritt aus der EU abhalten. Es ist kaum zu sagen, dass sie gewonnen haben.

Das Referendum fand im Jahr 2016 statt. Zwei Organisationen waren für die Information der Bevölkerung verantwortlich. Es gab die „Leave"-Kampagne und die „Remain"-Kampagne.

Die „Remain"-Kampagne hatte nicht viel Hoffnung, wenn man diesem Interview Glauben schenken darf:

Gove: Ich denke, die Menschen in diesem Land haben genug von Experten, von Organisationen mit Akronymen, die sagen…

Interviewer: Sie haben genug von Experten? Die Menschen haben genug von Experten? Was meinen Sie damit?

Gove: Leute von Organisationen mit Akronymen, die sagen, dass sie wissen, was das Beste ist, und sich dabei ständig irren.

Interviewer: Die Menschen in diesem Land haben genug von den Experten?

Gove: Weil diese Leute die gleichen sind, die immer wieder falsch lagen, was passierte.

Wenn die gesamte Menschheit ausgestorben ist, nachdem Trump alles Leben auf der Erde mit einem Atomkrieg vernichtet hat, der alles zerstört hat, und wenn in einer Million Jahren eine riesige Kakerlake die Welt regiert, dann werden sie in ihrem Museum einen ganzen Raum Michael Gove gewidmet haben, und dieser

Satz wird auf einem Banner quer durch den Raum stehen. Es war wie die Trompete vor dem Untergang des Schiffes. Die letzte Geige auf der Titanic. Es war also keine große Überraschung, dass „Leave" mit 51,9 % gewonnen hat. Es war ein Sieg, wenn auch nur mit einem kleinen Vorsprung, aber es war ein Sieg.

Das Gefühl nicht mehr willkommen zu sein ließ mich einfach nicht los. Vieles veränderte sich. Großbritannien, das ich einst als meine Heimat angesehen hatte, fühlte sich mit jedem Tag weniger wie ein Zuhause an. Doch inmitten all dieses Chaos brachte das Leben eine unerwartete Wendung.

Zwei Jahre nach dem Referendum lernte ich Alan kennen. Wir trafen uns bei einer Fortbildung für Reisebusfahrer, und er machte direkt einen bleibenden Eindruck – nicht nur, weil ich meinen Kaffee verschüttete, sondern auch, weil er meinen schrägen Humor teilte. „Ich bin froh, dass du genauso ungeschickt bist wie ich", lachte ich. Alan grinste: „Warte ab, bis du siehst, wie ich Bus fahre."

2019 beschlossen wir, beruflich zusammenzuarbeiten, und wurden ein echtes Team – im Leben und auf der Straße.

Doch der Brexit blieb allgegenwärtig, und mit ihm kamen die ersten bürokratischen Herausforderungen.

### Niederlassungsstatus

Ich beschloss, den „Niederlassungsstatus" zu beantragen, weil ich mir Sorgen machte, dass Boris Johnson Premierminister werden könnte. Ich gab bei Google „Antrag auf Niederlassungsstatus" ein und wurde auf die Website der Regierung weitergeleitet. Der von mir gewünschte Abschnitt trug den Titel: Apply to the EU Settlement Scheme.

Ich klickte auf die Schaltfläche „Jetzt beginnen" und wurde auf eine andere Seite weitergeleitet. Auf dieser Seite wurde mir mitgeteilt, dass ich zuerst meine Identität überprüfen lassen muss, bevor ich den „Settled Status" beantragen kann. Das bedeutete, dass sie meinen Reisepass überprüfen mussten, bevor ich überhaupt einen Antrag stellen konnte. Dies kann auf drei Arten geschehen: über eine App, per Post oder persönlich. Da ich es lieber persönlich mag, klickte ich auf die Option „persönlich". Ich musste meine Postleitzahl eingeben, um herauszufinden, wo die nächstgelegene Stelle ist.

Es stellte sich heraus, dass Bath der nächstgelegene Ort zu Weymouth ist und ich nur nach Terminvereinbarung gesehen werden kann. Da Bath gut anderthalb Stunden entfernt ist, beschloss ich, zurückzugehen und auf die App-Option zu klicken. Nachdem ich mir alle Anweisungen durchgelesen hatte, wurde mir am Ende gesagt, dass diese App zur Überprüfung meines Reisepasses nur für Android-Telefone und nicht für iPhones verfügbar ist. Es sah so aus, als gäbe es für mich keine andere Alternative, als das Ganze auf die altmodische Weise per Post zu erledigen. Es gab acht Felder, die ausgefüllt werden mussten. Das erste war mein Name und mein Nachname. Das war einfach. Das nächste war mein Mädchenname und mein Geburtsort. Im dritten Abschnitt wurde meine derzeitige Adresse abgefragt. All das war ziemlich einfach, dachte ich. Dann musste ich ein Foto hochladen, mit zurückgestecktem Haar und gut beleuchtet. „Jetzt geht's los", dachte ich. Nach fünf Versuchen, ein Bild hochzuladen, wurde der sechste Versuch endlich akzeptiert.

Nachdem ich alle Felder ausgefüllt hatte, bekam ich eine Fallnummer, die ich auf einen Umschlag schreiben und an eine Adresse in Liverpool schicken sollte. Mir wurde mitgeteilt, dass der gesamte Vorgang bis zu dreißig Tage dauern kann. Da das Reisen zu meinem Beruf gehört, schlug ich meinen Laptop zu und begann zu weinen.

Um ehrlich zu sein, war ich schon frustriert, bevor ich überhaupt mit dem ganzen Antragsverfahren begonnen hatte, weil ich es für falsch halte. Ich habe zwanzig Jahre lang im Vereinigten Königreich gelebt, und jetzt muss ich darum bitten, hier bleiben zu dürfen? Ich war auch frustriert, dass die einfachste Option, die App-Option, auf IOS nicht verfügbar war. Warum eigentlich? Gehen sie davon aus, dass sich kein armer Ausländer ein solches Gerät leisten kann?

**Heimliche Einreisende**

Eine unserer gemeinsamen Fahrten führte uns mit einer örtlichen Schulgruppe nach Frankreich, Disneyland. Alan und ich fuhren jeweils einen Reisebus, und wir beförderten zusammen etwa 90 Personen. Nachdem wir zwei wunderbare Tage im Bus verbracht hatten, wurde unsere Laune am Hafen von Calais getrübt, als die Spürhunde drei illegale Passagiere unter unseren Fahrzeugen fanden.

Unsere Jugendherberge war etwa vier Stunden von Calais entfernt, und der leitende Lehrer beschloss, einen Zwischenstopp bei "City Europe" einzulegen, damit die

Kinder sich etwas zu essen besorgen konnten. Das war natürlich eine faule Ausrede, denn die Lehrer wollten ihre Weinkeller selbst auffüllen, was wir herausfanden, als sie mit drei Wagen voller Traubensaft zurückkamen.

In all unseren Unterlagen wurde davon abgeraten, innerhalb einer Stunde vor Calais anzuhalten, und wir zeigten dies der Lehrerin. Sie sagte uns, dass sie dies bereits mit ihrem Reiseveranstalter geklärt habe und dass wir dorthin fahren sollten. Da merkte ich, dass es ein schmaler Grat ist, sich um seine Kunden zu kümmern und sich als Fahrer zu schützen, aber wir fuhren trotzdem hin.

Wir kamen um viertel vor eins an und die Lehrer gaben ihnen eine Stunde Zeit, um einkaufen zu gehen. Alan und ich ließen die Federung an unseren Bussen herunter und gingen um sie herum. Es war ein riesiger Busparkplatz, aber wir waren die einzigen beiden Busse dort. Draußen war es sehr heiß.

Die meisten Schüler waren pünktlich zurück, aber fünf Kinder fehlten uns. Als sie sich setzten, ließen wir die Motoren an und schalteten die Klimaanlage ein, da es sonst im Inneren des Fahrzeugs unerträglich gewesen wäre. Alan und ich machten uns zunehmend Sorgen.

Wir verließen "City Europe" mit zwanzig Minuten Verspätung und erreichten den Hafen mit dreißig Minuten Verspätung, um die gebuchte Fähre zu erreichen. Alan und ich setzten die Passagiere an der französischen Grenzkontrolle ab, um ihre Pässe kontrollieren zu lassen, und fuhren dann mit unseren Bussen in die Abfertigungshalle. Da wir zusammen waren, stellten wir beide Busse in eine Bucht. Alan öffnete seine Schränke und den Motorraum, und mir wurde gesagt, ich solle warten, bis sein Bus kontrolliert wurde. Eine kleine Dame in einer blauen Uniform kam mit einem Springer Spaniel. Sie führte den Hund um das Fahrzeug herum. Als sie sich der Vorderseite meines Wagens näherte, kroch der Hund direkt darunter und sie hatte Mühe, ihn herauszuziehen. Da wusste ich, dass etwas nicht stimmte, aber ich war noch nicht an der Reihe.

Sie ging mit dem Hund weiter um Alans Wagen herum, und der Hund verschwand unter dem Radkasten der Tasche. Die Dame schaltete ihre Taschenlampe ein und folgte dem Hund unter den Bus. Als sie wieder herauskam, lobte sie den Hund, gab ihm Leckerlis und warf ein schwarzes Tuch gegen den Radkasten.

Dann wurden wir beide aufgefordert, uns von unseren Fahrzeugen zu entfernen. Es dauerte dreißig Minuten, bis wir einen Mann unter Alans Bus herausgeholt hatten. Es waren vierzig Grad an diesem Tag. Ich hatte das Gefühl, ich würde schmelzen. Die Sonne war unbarmherzig. Sie mussten einen zweiten Spürhund holen und ihn erneut unter Alans Wagen gehen lassen, nur um festzustellen, dass er wieder positiv war. Es dauerte weitere zwanzig Minuten, bis sie einen weiteren Mann darunter hervorziehen konnten.

Sie sahen für mich nicht verschwitzt aus, denn jemand meinte, wir hätten sie am Tag zuvor in Disneyland abgeholt. Das konnte ich nicht glauben, denn das wären vier Stunden unter einem Reisebus direkt am Motor bei extremer Hitze gewesen. Unsere Vermutung war, dass sie gerade erst bei 'City Europe' zugestiegen waren. Der englische Polizist stimmte mir da zu. Er sagte, dass sie sehr schnell sind und weniger als eine Minute brauchen, um sich darunter zu verstecken. Ich glaube, es muss passiert sein, als wir auf die fünf Nachzügler warteten und wir abgelenkt waren.

Ich brauchte dringend etwas zu trinken und wollte meine Handtasche aus dem Bus holen, weil ich nicht riskieren wollte, dass sie gestohlen wird, aber das durfte ich nicht.

Ich fühlte eine Mischung aus Wut und Traurigkeit. Außerdem war mir sehr heiß, ich war dehydriert und hatte wirklich keine Lust mehr, weiterzufahren. Wir hatten noch vier Stunden Fahrt vor uns, bis wir auf der anderen Seite ankamen. Die Grenzkontrolleure hielten uns drei Stunden lang im Hafen fest, und wir wurden getrennt untersucht. Wir wurden wie Kriminelle behandelt. Ich möchte an dieser Stelle erwähnen, dass die Strafe pro illegalem Einreisenden zweitausend Pfund beträgt und die Fahrer dafür verantwortlich sind, diese Strafe zu zahlen.

Die Verzweiflung, England zu erreichen, war schockierend. Ich weiß, es ist nicht zum Lachen, und diese Menschen würden ihr Leben riskieren, um hierher zu kommen, aber wenn mein Französisch besser wäre, hätte ich ihnen gesagt, dass sie in die andere Richtung laufen sollen, vor allem jetzt, wo Boris Johnson am Ruder dieses sinkenden Schiffes steht.

Während ich immer noch den nervenaufreibenden Papierkrieg für meine Niederlassungserlaubnis durchfechte, hatte Alan kürzlich einen genialen Geistesblitz. „Weißt du, falls sie dich nach Deutschland abschieben, hole ich dich mit einer Kutsche ab – und lasse dich direkt drunterkommen!" Haha, Alan, echt urkomisch. Ich lach später.

Nach 19 Jahren in England – einer Zeit voller Chaos,

Brexit und einer unerklärlichen Liebe zu Fish and Chips – habe ich mich schließlich entschieden, wieder nach Deutschland zurückzukehren. Warum? Weil die Bürokratie in Deutschland wenigstens ehrlich darüber ist, dass sie dein Leben kompliziert macht. Aber bevor ich endgültig die Koffer packte, wollten mein Mann und ich unsere Zeit in Großbritannien mit einem Knall abschließen. Und wo könnte man das besser tun als in Gretna Green, der romantischsten Kleinstadt, die aussieht wie ein Historienfilm mit Souvenirladen?

Gretna Green, für alle Unwissenden, ist wie das schottische Las Vegas. Nur statt Elvis-Imitatoren gibt es hier Ambosse, und statt Blitzhochzeiten gibt's… na ja, Blitzhochzeiten, aber mit mehr Geschichte und weniger Glitzer. Bereits im Jahr 1754, als England beschloss, dass Teenager nur mit Mama-und-Papa-Genehmigung heiraten dürfen, sagte Schottland: „Ach, lasst sie doch machen!" Und so wurden hier Tausende von jungen Paaren in einer Schmiede getraut, oft mit einem Amboss als Trauzeugen. Klingt seltsam? Klar. Aber wer sind wir, das zu hinterfragen?

Natürlich waren mein Mann und ich nicht mehr ganz in der Zielgruppe für rebellische Teenie-Ehen. Tatsächlich lagen wir altersmäßig eher in der Kategorie „Hoffentlich gibt's hier bequeme Stühle". Trotzdem war der Gedanke an die historische Schmiede einfach zu verlockend. „Stell dir vor", sagte ich lachend, als wir im Dorf ankamen, „wir könnten behaupten, wir wären vor meinen strengen Eltern geflüchtet!" Mein Mann grinste. „Ja, klar. Und danach erzählen wir, dass wir beide Vollwaisen mit tragischer Hintergrundgeschichte sind."

Die Trauung selbst war – wie soll ich's sagen – rustikal, aber charmant. Unsere Trauzeugen? Zwei ältere Damen, die

gerade zufällig vor Ort waren und aussahen, als hätten sie ihren Nachmittag mit einer Tasse Tee und einem Sudoku geplant. „Oh, wie aufregend!", quietschte eine von ihnen. „Das ist besser als Bingo!" Ihre Freundin nickte. „Ich hoffe, wir kriegen ein Stück Hochzeitstorte."

Nach der Zeremonie schlenderten wir durch das Dorf, das irgendwo zwischen „süß" und „Touristenfalle" angesiedelt ist. An einem Stand mit personalisierten Hochzeitsgeschenken blieb ich stehen und hielt eine Tasse hoch, auf der „Just Married – Gretna Green" stand. „Das hier ist wirklich der perfekte Mix aus Romantik und Kommerz", stellte ich fest. Mein Mann schüttelte den Kopf. „Wir brauchen unbedingt die Variante mit unserem Bild drauf."

Nach unserer Hochzeit machten wir uns auf den Weg nach Deutschland – allerdings nicht nur für die Flitterwochen. Innerhalb von nur einer Woche fanden wir ein Haus, das wie für uns gemacht schien, und entschieden uns, es zu kaufen. Es fühlte sich an wie ein Neuanfang, ein Zeichen, dass es Zeit war, das Kapitel England zu schließen und ein neues Leben aufzubauen.

Doch die Entscheidung, England zu verlassen, fiel mir nicht leicht. In einer stillen Minute, während ich meine Koffer packte, ließ ich meinen Blick durch unser Zuhause schweifen, das so viele Erinnerungen enthielt. „Es fühlt sich an, als würde ich ein Stück von mir selbst zurücklassen", sagte ich zu meinem Mann, der mich in den Arm nahm. „Aber vielleicht ist es an der Zeit, dass wir uns ein neues Zuhause schaffen", antwortete er leise.

Die Rückkehr nach Deutschland war sowohl ein Ende

als auch ein Neuanfang. Obwohl ich mit schwerem Herzen meine Wahlheimat hinter mir ließ, fühlte ich auch eine gewisse Erleichterung. England, das einst mein Zuhause war, fühlte sich nicht mehr wie meine Heimat an. Deutschland, das Land, aus dem ich stamme, empfing mich mit offenen Armen. Das dachte ich zumindest.

Aber das ist eine andere Geschichte!

# ÜBER DIE AUTORIN

Es sollte nur ein Jahr Auszeit sein. Ein bisschen Abstand vom deutschen Alltag, neue Erfahrungen, ein paar Küstenwanderungen – und dann zurück ins „richtige Leben". Doch England hatte andere Pläne. Und ich? Ich hatte plötzlich einen Wasserkocher, der wichtiger wurde als jede Kaffeemaschine.

Heute lebe ich zwischen zwei Kulturen – wortwörtlich und innerlich. In mir schlagen zwei Herzen: eines für Effizienz, Durchblick und Brotkultur. Und eines für Höflichkeitsfloskeln, Regenromantik und das erstaunliche britische Talent, aus allem ein „Sorry" zu machen.

Ich arbeite als Reiseleiterin und begleite deutsche Gäste auf ihren Entdeckungsreisen durch England, Schottland und Irland. Dabei erzähle ich nicht nur von Schlössern, Legenden und Landschaften, sondern auch von den kleinen kulturellen Stolpersteinen, die das Leben hier so herrlich unperfekt machen: vom Linksverkehr bis zur Diskussion, ob man die Clotted Cream nun *unter* oder *über* die Marmelade streicht (die Antwort ist natürlich: es kommt auf die Grafschaft an).

Dieses Buch ist aus all den Momenten entstanden, in denen ich gleichzeitig lachen, staunen und mitschreiben wollte. Aus Alltagsszenen, die irgendwie typisch britisch sind – und doch plötzlich ganz persönlich wurden. Und aus dem Gefühl, dass man sich manchmal erst ganz fremd fühlen muss, um irgendwo wirklich anzukommen.

Mein neues Buch ist gerade in Arbeit. Darin erzähle ich von meinen Erlebnissen mit Reisegruppen – von charmanten Missverständnissen, kuriosen Fragen und stillen Augenblicken der Verbundenheit. Denn wenn Deutsche auf der Insel unterwegs sind, wird es nie langweilig – versprochen.

Mehr über mich, meine Bücher und das Leben zwischen den Welten finden Sie auf:

www.brittaontour.org